블루마운틴

제4회 법계문학상 수상작

블루마운틴

초판 1쇄 인쇄 및 발행 2020년 12월 30일

지은이 강영애

펴낸이 정창득
기획 법계문학상 운영위원회
총괄진행 이종숙
책임편집 전현서
디자인 스튜디오 달사람 moonmanstudio@naver.com

펴낸곳 도서출판 얘기꾼
연락처 T 070.8880.8202 F 0505.361.9565 E batistaff@naver.com
주소 서울시 종로구 삼일대로 30길21, 703호

ISBN 979-11-88487-07-3 03810
출판등록 2013. 1. 28 [제300-2013-124호]

ⓒ 강영애 2020

블루마운틴

강영애
장편소설

차 례

제1장	백운사	9
제2장	첫 산행	25
제3장	장미	53
제4장	소봉준	77
제5장	감자 다섯 개	101
제6장	종소리	121
제7장	산삼	143
제8장	소울메이트	163
제9장	용운토굴	191
제10장	동화	217

제11장	그 꽃	239
제12장	빙산	267
제13장	체로금풍	299
제14장	변화	323
제15장	한 개의 별을 노래하자	343
제16장	신라석공	367
제17장	블루마운틴	389

| *심사후기_ 남지심 (소설가) | 406 |
| *작가의 말 | 408 |

제1장

백운사

아궁이에서 장작이 활활 탄다. 장작을 하나 더 던진다. 속살을 드러낸 장작은 불 속에 들어가자마자 바람과 섞이면서 불꽃을 만들어 낸다. 개미 한 마리가 불속에 던져진 장작의 흰 속살 위로 기어가고 있다. 저런! 타 죽을 텐데. 그리로 가면 불꽃이 있는 곳이야. 반대로 가야 살지, 반대쪽으로! 개미는 뜨거운 아궁이 속 불타는 장작 위에서 오직 기어간다. 지선은 아궁이 속으로 손을 뻗어 방황하는 개미를 살짝 집어내어 멀리 던진다. 개미는 하도 가벼워서 날아갔는지 떨어졌는지 알 수가 없다.

 지선은 다시 아궁이 앞에 앉는다. 개미가 기어가던 장작은 기세 좋게 타오르며 불꽃을 피워내고 있다. 또 장작을 던져 넣는다. 굴뚝의 호흡과 타고 있는 장작들의 뜨거움으로 아궁이 속은 비명이 난무한다. 지선은 얼굴을 벌겋게 물들인 채 불꽃에 빨려들고 있다. 불꽃은 일순간도 고정되지 않고 흔들리면서 타오른다. 바람이 불어오면 일렁이고 바람이 멎으면 고요히 타오른다.

커다란 가마솥에는 물이 설설 끓고 있다. 물은 아까부터 끓고 있었지만 지선은 완전히 정신을 빼고 불꽃에 취해 모르고 있다.

"물이 저렇게 끓고 있는데 퍼뜩 안 데치고 머하고 있노?"

지나가던 도감스님이다. 도감스님은 행여 무슨 예기치 않은 일이라도 발생하지 않나 늘 도량을 돈다.

공양간 바깥에 있는 수곽 옆에는 큰 가마솥이 걸려 있어 많은 양의 채소는 불을 때서 데친다. 지선은 솥뚜껑을 열어젖히고 소쿠리 가득 씻어 둔 여린 배추를 가마솥 속에 쏟아 넣는다. 긴 주걱으로 한번 뒤집고 잠시 기다린 후 자루가 달린 뜰채로 배추를 건져 받아 둔 찬물에 넣어 헹군다. 도감스님은 수곽 옆에 서서 지선의 동작을 지켜보고 있다. 지선은 데쳐낸 배추를 공양간에 가져다주고 잠시 하늘을 본다. 새벽하늘에 별이 총총하다. 석가모니 부처님은 새벽별을 보고 깨쳤다는데 무얼 깨쳤을까.

"스님, 부처님은 새벽별을 보고 깨달음을 얻었다는데 무엇을 깨쳤을까요? 누구나 볼 수 있는 새벽별이잖아요?"

커다란 뜰채를 들고 지선이 도감스님께 질문을 한다.

"진리."

큰소리로 한마디를 남기고 도감스님은 곧바로 수곽을 떠났지만 지선은 꽤 오랫동안 새벽별을 보다가 아궁이 앞에 돌아와 앉는다. 아궁이 속의 불꽃은 그 기세를 잃고 점점 사그라지고 있다. 개미가 하마터면 타 죽을 뻔했어. 진리를 깨달으셨다고? 그 진리가 무엇일까?

 지선은 백운사에서 생활하게 되면서 우선 몸의 기력을 회복하게 되었다. 한꺼번에 밀어닥친 충격 때문에 육체도 정신도 무방비 상태에 있었고 생에 대한 애착도 던진 상태였다. 백운사 공양간에 소속된 후로 그녀는 시간이 되면 어김없이 나와야했다. 기력이 없어도 퍼져있을 수가 없었다. 도시에서 살 때는 집 청소도 파출부 아줌마가 와서 해 놓고 갔었다. 이제 백운사에 와서 공양간에 소속되자 상황은 달랐다. 새벽에 일어나서 시간 맞추어 나오면 우선 메뉴판을 보고 무를 씻고 감자를 깎고 밭에 가서 야채를 뽑아다가 깨끗이 다듬어 씻어서 채공들이 조리할 수 있게 준비해 주어야했다. 지선은 버텼다. 서서 산더미 같은 설거지를 할 때는 다리가 후들후들 떨리고 식은땀이 났다. 둘이서 짝을 지어 설거지를 하니 그만둘 수도 어정거릴 수도 없었다. 하루가 지나고 또 하루가 지나는 사이 거짓말처럼 적응이 되어 갔다.
 백운사는 그녀에게 강요했다. 맑은 식사와 맑은 물과 맑은 공기를 주면서 그녀에게 아기처럼 튼튼해지기를 강요했다. 벅찬 노동과 규칙적인 시간 때문에 지선은 죽을 맛으로 하루하루를 견디는 처지였지만 몸은 생기를 되찾아 갔다. 바쁠 때는 그녀도 간단한 요리를 하나씩 맡았다. 두부를 굽는다든가 김을 굽는다든가 장떡을 굽는다든가 그런 걸 맡았다. 정해진 시간에 백 명 분의 음식을 해내야 했기 때문에 잡념이 들어올 틈이 없었다.

세면장에서 젖은 앞치마를 빨아 널 때 다른 보살들과 잡담에도 끼어들고 웃게 되었다. 같이 잡담하고 웃는 중에 그녀는 남편을 잊을 수 있었다. 남편에 대한 원망이 사라져갔다. 거기엔 보덕화가 큰 몫을 했다. 보덕화가 남편의 외도를 용서하지 못하고 몇 년을 웃음 한번 웃지 않고 불행을 발끝까지 뒤집어쓰고 있는 걸 보고 무서웠다. 그 집착이 소름 돋았다. 지선은 자기도 남편에게 그렇게까진 아니지만 비슷한 마음인 걸 알고 깜짝 놀라 얼른 그 마음을 던졌다.

남편은 사업이 한 번에 무너지자 그의 하늘도 무너졌다, 지선에게 솔직히 털어놓지 못하고 쪽지 한 장을 남겨놓고 사라졌다. 지선이 말기 암 수술을 받고 병원에 누워 있을 때였다. 사업이 그렇게까지 되도록 자기에게는 의논 한번 하지 않은 것에 지선은 절망했다. 나는 그에게 뭐였나. 남편은 늘 말했었다. 나는 행운아야. 당신 같은 여자를 만나서. 그간 남편의 그늘에서 무엇 하나 부족한 것 없이 살았다. 그런데 그뿐이었다. 사업이 송두리째 무너졌는데도 지선은 아무것도 몰랐다. 너무나 무참하고 허망했다.

온 들판에 개복숭아꽃이 불쑥불쑥 피어났다. 논두렁을 태우는 연기도 불쑥불쑥 피어났다. 보이는 듯 안 보이는 듯 아지랑이도 골짜기를 따라 흐르는 듯 피어났다. 지선은 보리성을 꼬드겨 소쿠리를 들고 개복숭아꽃잎을 따러나갔다. 개복숭아꽃잎을 따다가 전을 부쳐 먹자고 보리성을 불러냈지만 실은 아지랑이 올라오는 들판에서 커피 한 잔을 마시는 사치를 부리고 싶어서였다. 보리성은 쉬는 시간이면 커피와 과자가 든 보퉁이를 막대 끝에 매달고 날마다 소풍을 가는 아가씨다.

"보리성아, 난 네 웃음소리를 들으면 우울이 싹 날아가는데 그 비밀이 뭐야?"

슬픔도 기쁨도 전염된다는데 보리성과 있으면 우울한 마음이 온데간데없다.

"웃음 그 자체가 그거 아닐까요?"

보리성은 하얀 앞니를 드러내고 어김없이 웃었다.

"진짜 넌 우울할 때 없어?"

"전요, 우울할 짬이 없어요."

보리성이 손수건으로 묶은 머리를 쩔레쩔레 흔들며 말했다.

"아이고, 부러워라."

"좋아할 것도 많은데 뭐 땜에 우울을 좋아하냐구요."

보리성은 주역을 공부했는데 일찌감치 독신주의자가 됐다. 자기 사주에는 남편이 없다는 것이다. 지선은 보리성의 단호한 성격이 부럽다.

"보리성, 너 회오리바람 알지?"

"알죠. 갑자기 뭔 회오리바람?"

보리성은 벌써 웃을 준비를 하고 눈을 가늘게 뜨고 귀를 쫑긋했다.

"내가 백운사로 올 때 회오리바람을 타고 날려 왔거든."

"다 사주에 있어서 그래요. 있으니 겪는 거예요. 막는다고 겨울이 안 오나요? 오거든요. 겨울이 오면 겨울을 즐기고 겨울이 가면 겨울은 보내주고. 그 자리에 또 봄이 오잖아요?"

"나이도 어린데 달관했구나 넌."

"자연의 순리가 그렇다는 거죠. 주역이 자연의 순리를 말한 거거든요."

"그래서 결혼 안 하는 거야? 아깝다."

"난 구차하게 살기 싫어요. 혼자 살아도 자유를 누리며 사는 게 더 좋아요. 보살님은 남편한테 사랑 많이 받았죠?"

"그랬지. 그런데 이젠 뭐가 사랑인지 모르게 됐어."

지선은 씁쓸한 마음을 어쩔 수 없었다. 그건 사랑이 아니었기 때문이다.

"자 자, 우리 이제부터 커피 한 잔의 여유를 즐겨요. 그러려고 나왔잖아요."

보리성이 지선의 기분을 얼른 눈치채고 보따리를 풀밭 위에 펼쳐놓았다. 두 사람은 아지랑이 피는 풀밭에 앉아 싸가지고 온 커피를 마시며 봄날에 젖어들었다. 지선의 울컥했던 마음도 어느새 잠잠해졌다.

눈 뜨고 일어난 것은 보통날과 같았지만 날이 밝기 시작하면서부터 사람들이 몰려들기 시작하더니 드넓은 도량은 사람들로 가득 뒤덮였다. 부처님오신날의 공기는 생기로 가득했고 사람들 마음에는 웃음이 넘쳤다. 이런 날 공양간 일은 신도회에서 도맡아 한다. 지선은 일없이 돌아다니며 여기저기 기웃거리기도 하고 꽃나무 아래서 오가는 사람들을 구경하기도 하며 모처럼 한가로운 시간을 보냈다. 월광보살이 지선을 찾아내어 말했다.

"한참 찾았네. 지선보살, 등 접수 좀 해요. 저기 앉아서."

"다른 보살 시켜요."

지선은 이런 날 조그만 책상 앞에 앉아 등 접수를 받는 데 붙잡히기 싫었다.

"해요 해. 보살은 인상도 좋고 예뻐서 등을 많이 달게 할 꺼라."

월광보살은 듣기 좋은 말로 지선을 추켜세웠다. 그러면서 아예 지선을 밀고 가서 책상 앞 걸상에 앉히고 펜까지 손에 쥐어 주고는 씩 웃고 가버렸다. 그렇게 지선은 온종일 작은 책상 앞에 앉아 등 접수를 받았다. 등 접수를 일단 시작하자 어디서 그런 용기가 났는지 능숙한 선수처럼 등을 권했다. 자신도 예상치 못했던 말들로 사람들이 즐거워하며 등을 달게 했다. 무심히 왔던 사람들도 지선과 마주앉게 되면 최고의 등을 밝히고 갔다. 대체 어디서 이런 적재적소의 말들이 쏟아져 나온담, 하고 그녀는 자화자찬했다. 산사는 고요함이 넘치는 게 아니라 한껏 떠들썩함으로 넘쳤다. 지선은 '등 다세요.'하고 큰소리로 지나가는 사람을 부르기까지 했다. 부처님오신날 절에 와서 가족을 위해 정성스레 등을 다는 그들의 마음이 아름답게 느껴졌고 흐뭇했다.

월광보살이 커피를 갖고 나타났다. 특별 주문해 온 거야. 마시면서 해. 잘하네, 잘해. 등 공양은 부처님과 다이렉트랬어. 그러면서 지선의 등을 토닥여주곤 사라졌다.

평소 지선은 이처럼 많은 사람이 북적대는 걸 좋아하지 않았으나 오늘은 시장통처럼 붐비는 분위기가 좋았다. 사람 사는 세상 같아요, 하고 옆 책상의 모르는 보살에게 말도 걸었다. 순간적으로 지선의 뇌리에 병실 복도가 떠올랐기 때문이다. 살기 위해 죽음을 생각하는 거기와 이곳의 화사한 들뜸이 선연하게 대비되었다. 암은 말기였고 열 시간 수술할 예정이었다. 그런데 세 시간 만에 수술이 끝났다. 암세포가 확산되어 큰 덩어리만 들어내고 나머지는 약으로 다스려졌다. 항암 약이 너무 지독했다. 모든 내장은 약해질 대로 약해지고 몸의 기력은 쇠잔해질 대로 쇠잔해졌다. 몸은 음식을 거부했고 목소리는 모깃소리만 해졌다.

지금 지선은 열두 시간씩 공양간에 서서 일한다. 스스로 대견해서 지선의 얼굴에 미소가 퍼졌다.

이제 일주일 후면 하안거(夏安居)가 시작된다. 벌써 방부(房付 선방에 안거를 청함)들인 스님들이 하나둘씩 모여들었다. 백 명 가까운 스님들이 방부를 들였단다.

주지스님은 주지스님대로 준비를 하지만 공양간은 공양간대로 만반의 준비를 갖춘다. 우선 대대적인 대청소로부터 준비는 시작된다. 장독대를 점검한다. 간장과 된장은 예부터 부엌살림의 기본이자 주인이다. 특히 절에서는 장이 맛나면 그 해 반찬 걱정은 안 해도 된다는 말이 전해온다. 장이 맛나면 스님들의 반찬은 큰 걱정할 것 없다. 모든 음식이 야채를 이용해 간장이나 된장으로 조화를 부려서 만들어지기 때문이다. 월광보살이 공양간 여섯 보살에게 늘 하는 말이 있다. '이곳은 선방이므로 음식을 잘 공양 올려 스님들이 건강하게 정진할 수 있게만 하면 큰 문제가 없다.' 백운사 된장 간장은 쏟는 정성만큼이나 맛났다.

참선하는 큰 선방과 발우공양하는 설선당에 용상방(龍象榜)이 내걸렸다. 안거 동안 각자 맡은 소임이 적힌 긴 두루마리이다. 공양간 월광보살을 포함한 일곱 보살의 이름도 채공으로 나란히 올라있다. 밥을 짓는 공양주는 두 명의 스님이 맡는다. 별도로 떨어져 있는 밥 짓는 아궁이 부엌에는 오래된 조왕대신 탱화가 걸려 있다. 그곳은 정갈하고 엄숙하다. 안거 동안 두 스님은 정성을 다 쏟아 밥 짓는 불길을 보살핀다. 불길이 세서 행여 태울세라 물이 많아서 행여 밥이 질세라 두 스님은 묵언까지 한다.

반찬이 만들어지고 설거지가 이루어지는 이쪽 보살들이 일하는 공간은 엄숙보다는 활기가 넘친다. 보살들은 저마다 분주하다. 국 전문 갱두보살은 열 명도 더 들어가는 커다란 솥의 손잡이를 돌려서 맛있는 국물을 만들고 그 국물로 야채 된장국도 미역국도 구수하게 시원하게 잘도 끓인다.

지선은 밭에서 야채 따오는 일을 맡았다. 커다란 소쿠리를 끼고 밭으로 가서 그날그날의 메뉴에 해당하는 채소들을 따왔다. 고소, 오가피 순, 두릅, 엄나무잎, 다래 순, 홑잎, 머위, 질경이, 방풍, 원추리, 봄배추, 시금치, 미나리, 쑥 등 다 새싹들이다.

산에서 흘러온 물은 맑고 차디찼다. 이파리들을 씻으려고 물속에 손을 담그면 처음엔 너무 차가워 손에 통증 같은 게 느껴졌다. 차가운 물에 손을 담그고 이파리들을 깨끗이 씻어 채공에게 갖다주면 채공은 맛난 산나물 반찬을 만들어 냈다. 지선은 이런 일들이 신선했다. 마음이 자꾸 단순해져 갔다.

공양간 일이 끝나면 지선은 산책을 나갔다. 국보살이나 보리성하고 어울리지만 거의 혼자였다. 기운이 달려 다른 사람과 보조를 맞추기가 쉽지 않았고 아무 생각 없이 걷는 게 좋기 때문이기도 했다. 도시에서는 친구들과 대화하기를 좋아했지만 백운사에 오니 침묵도 좋았다. 혼자 숲을 다 차지한 욕심 많은 숲의 요정이 된 기분이었다. 그러나 산으로 오르는 등산로는 엄두도 못 내고 평지로 이어지는 숲길만 걸었다. 가다가 산으로 오르는 등산로 입구가 보이면 그곳은 자신과 무관한 길이라고 고개를 돌려버렸다. 몸은 그냥 방에 쓰러지고 싶었으나 눈부신 햇살이 신록 사이로 쏟아지는 숲길의 유혹을 뿌리칠 수 없어서 번번이 방 대신 숲으로 나갔다. 처음엔 조금 가다 주저앉고 했지만 차츰 주저앉는 횟수가 줄어들었다. 그리고 너무 많이 진출한 날은 공양 준비 시작하는 시간에 늦을까 허둥지둥 돌아오느라 곤혹을 치렀다.

새벽에 막 눈을 뜨려고 하는데 어디선가 속삭이는 소리가 들려온다. 가슴에서 들려오는 소리였다. 몸은 비었어. 지선은 눈을 뜨려다 말고 감은 채로 소리에 귀를 쫑긋한다. 몸은 비었어, 몸은 비었어, 몸은 비었어 그 소리는 줄을 지어서 까마득한 공간 속으로 사라지고 있다. 잠깐 눈을 감고 있었는데 시간은 길었던 모양이다. 옆방의 보살들은 벌써 다 법당으로 가고 조용하다. 법당은 맨 위에 있다. 계단을 오를 때는 힘이 달려 손으로 계단을 짚고 오른다.

선방에 든 스님들은 죽비예불이고 나머지 절의 대중인 주지스님, 공양 짓는 두 스님, 행자, 공양간 보살들은 법당예불이다. 딱! 죽비소리에 맞추는 선방의 죽비예불이나 목탁소리에 맞추어 올리는 법당예불이나 공경심으로 올리면 똑같은 예불인데 지선은 죽비예불이 좋게 보인다. 딱! 하면 끝나는 예불이 무척 신선하게 느껴졌다.

지선이 법당문을 열었을 때는 지심귀명례가 끝나고 반야심경을 독송하고 있다. 삼배를 올리고 반야심경을 따라 왼다. 입으로는 반야심경을 독송하고 있지만 마음은 그 속삭이는 소리에 가 있다. 몸은 비었어.

월광보살은 공양간 보살들에게 새벽예불에 꼭 참석하라고 신신당부했다. 그래서 백운사 공양보살들은 전원 하루도 안 거르고 새벽예불에 참석했다. 반찬 하나 만들기 위해 새벽예불 하는 것이니 새벽예불에 꼭 참석해라. 반찬 하나 만드는 것이 우리의 정진이다. 우리 이름이 스님들 이름과 나란히 용상방에 올라 선방에 걸려 있지 않느냐. 정성을 다해서 반찬을 만들어 올리는 것이 우리 정진임을 명심하고 새벽예불에 빠지지 마라. 정성은 새벽예불에서 출발한다. 15분 일찍 나오면 108배를 할 수 있다. 15분 일찍 일어나서 108배 기도를 한다면 정진 제대로 하는 것이다. 이왕 예까지 왔을 때 정진해라. 국보살과 보리성은 15분 일찍 나와 108배 기도를 하지만 지선은 엄두도 못 냈다. 3시에 나와 새벽예불에 참석하는 것만으로도 스스로 대견하다. 자신을 통으로 던지는 것이 기도라는 말을 여기 와서 한 스님에게 들었다. 자신을 통으로 던지고 싶지만 힘이 없다. 기도보다 아무데고 그냥 쓰러지고 싶었다. 힘들어서 아무데고.

　지선은 아직 한 가지 해야 하는 일이 더 있다. 원을 세우는 일이다. 새벽예불 후에 창건주의 탑비 앞에서 합장하고 원을 세웠고 원은 차곡차곡 쌓여갔다. 올해 마흔여섯 지선은 원이 있다. 그녀의 원은 입 밖으로 나온 적이 없다. 바로 옆의 선원은 고요 속에 잠겨있다. 캄캄한 어둠 속, 선원에서는 동화 나라처럼 불빛이 새어 나온다. 도시에서는 모두 고단한 잠 속에 잠겨있는 시간이다. 이곳은 고요 속에서도 진리에 대한 열기로 가득하다. 저분들이 다 성불하소서. 고요한 새벽, 선방에서 새어 나오는 불빛을 보면서 지선은 저들이 다 성불하기를 원 세우며 합장한다. 세상 모든 수행자가 다 성불하소서. 지선의 원은 호수의 물결처럼 가슴속에서 동심원을 그린다. 그들을 위해 주지스님은 새벽마다 각 전각을 돌면서 지극정성으로 절을 하며 원을 세우고 도감스님도 새벽마다 도량을 돌면서 그들을 비호하는 걸 지선은 알고 있다.

　가슴의 소리를 듣느라 세수도 못하고 법당에 갔었다. 지선은 세수를 하고 두건을 쓰고 앞치마를 두르고 공양간으로 간다. 벌써 도마소리가 경쾌하다. 저마다 맡은 일을 하느라 공양간은 일사불란하게 돌아가고 있다. 지선은 감자를 깎고 있는 묘심에게로 걸어갔다.

제2장

첫 산행

거북이한의원의 낡은 미닫이문은 드르륵 소리와 함께 열렸다. 문의 유리에 흰 페인트로 써진 거북이한의원 여섯 글자가 함께 소리를 냈다 닫혔다. 기다란 소파 세 개가 덩그러니 놓여있는 환자 대기실엔 이미 대여섯이 차례를 기다리며 텔레비전 아침뉴스를 보고 있었다. 지선은 그들 사이의 빈자리에 앉아 주위를 둘러보았다. 참 아무것도 없는 공간이다. 출입문 유리에 아무 글자도 없었다면 이곳에 왜 사람들이 이런 이른 시간에 모여 있는지 짐작할 수 없는 공간이었다.

지선이 백운사에 온 지도 두 달이 넘었고 그럭저럭 공양간 일에 익숙해졌지만 그야말로 젖 먹던 힘을 써서 버티는 중이었다. 지선의 힘없는 상태를 옆방의 묘심이 알아챘다.

"요 아래 한의원이 아주 용하대요. 도시에서 큰 한의원 하다가

온 사람이래요. 가서 진맥 받고 한약 지어 먹어요."

"곰쓸개라도 먹어야 할라나 봐, 보살님, 나 실은 죽을 힘도 없어. 기운이 너무 없을 땐 지푸라기라도 붙잡고 엉엉 울고 싶어."

지선이 그렇게 말하자 정말 눈물 한 방울이 뚝 떨어졌다. 너무 기운이 없는 몸으로 다른 보살들 보조를 맞춰가려니 속으로는 죽을 지경이었다. 정말 지푸라기라도 잡으려고 다음날 아침 설거지가 끝나자마자 서둘러 사하촌 거북이한의원 문을 들어선 것이다.

그는 군살이 하나도 없고 평범한 얼굴에 눈빛이 맑았다. 머리를 묶은 게 특이하다.

"침이나 한 대 놓아 주세요."

커튼만 동그마니 달린 진료실을 둘러보며 지선이 말했다. 첫눈에 봐도 아무 실력도 없어 보이는 시골 한의사였다.

"어디가 불편하죠?"

성량이 풍부하고 맑다. 어디에 그런 기운이 숨어있었나 의아하게 생각하며 지선이 말했다.

"그냥 기운이 없어요. 그러니 기운 차리는 침을 놔주세요. 전 노는 사람이 아니에요."

맥을 잡으며 의사는 숨을 멈추고 눈을 감았다. 탐색시간이 의외로 길다. 지선의 희망대로 그녀를 진료 침대에 뉘고 침을 꽂았다. 그리고 삼십 분이 지나도록 아무런 말이 없었다. 지선은 너무 말이 없어 환자를 불안하게 하는 의사에게 한마디 했다.

"기운 나는 약을 지어주세요. 매일 엄청난 일을 해야 하는데 나는 서 있기조차 힘들어요. 절에서 일하려면 기운이 필요해요."

지선은 자신이 엄청난 양의 일을 하고 있다고 강조했다.

"매일 산에 올라가십시오."

"기운이 없어 못 가요."

"내가 기운 도는 침을 놨으니 매일 산에 오르세요."

의사는 단호하게 말했다.

"나는 기운이 없어 못 가요. 죽을 기운도 없어요. 약을 지어 주세요. 기운이 생기는 약이요. 한의원이라는 데는 그런 곳이 아닌가요?"

지선은 의사를 붙잡고 자신이 기운 없는 것이 마치 의사 책임인 양 떼를 썼다. 어느새 눈에는 눈물이 그렁그렁하다. 지선을 물끄러미 바라보기만 하던 의사가 말했다.

"산에 다녀서 조금이라도 건강해지면 그때 약을 지어드리죠."

"기운이 없는데 어떻게 산엘 올라가요? 약을 먹고 기운이 돌아오면 모를까. 약을 먹고 기운이 돌아오면 그때는 산에 갈 수 있으려나."

지선은 그만 울 것 같았다. 누구도 자신을 도울 수 없다.

"갈 수 있는 데까지만 가세요."

지선은 오르막이 힘들었다. 평지면 모를까. 예불하러 법당을 가려면 계단을 거의 기어서 갔다. 산은 오르막이다. 의사의 말에 절망적이 된 지선의 눈에서 눈물이 뚝 떨어졌다. 의사는 생떼를 쓰는 환자를 보고 그만 웃고 말았다. 이번엔 달래는 어투로 말했다.

"오늘 100미터 갔으면 내일은 100미터하고 10미터 더 가고 모레는 100미터 하고 20미터 더 가십시오. 하루에 10미터씩만 더 늘려서 올라가십시오. 이게 내 처방입니다. 열흘 동안 건강해져서 오면 그때 약을 지어 가시죠."

지선은 그의 거침없는 목소리를 듣고 있는 사이 어쩐 일인지 저절로 신뢰가 갔다. 목소리에 깊은 울림이 있고 맑았다. 계속 듣고 싶어지는 목소리였다.

한의원을 나온 지선은 부처님을 생각하며 걸음을 뗐다. 부처님 걸음을 생각하며 발걸음을 떼는 건 지선의 숨은 버릇이었다. 인도에 성지순례 갔을 때 평생을 걸어 다니셨던 부처님 발걸음을 만난 후 생긴 버릇이었다. 여기서 절까지는 다행히 큰 오르막이 없는 평탄한 길이지만 꽤 멀다.

발걸음이 소중한 힘이라는 걸 의식조차 않고 살았어. 따지고 보면 사람의 평생은 발걸음을 옮겨 놓는 거였어. 만약 오늘 100미터 올랐으면 다음 날은 거기다가 10미터를 보태서 올라라. 지선에겐 잔인한 처방이었지만 훌륭한 처방 같았다. 그 처방전이 왠지 마음 든든했다. 지선은 처방을 잘 따라야겠다고 맘먹으며 한 발 한 발 떼어 놓았다.

사하촌 끝자락에서 자그만 화랑 간판이 지선의 눈에 띄었다. 나무판자에 붓 한 자루가 그려져 있고 '모연화랑'이라 씌어 있으니 분명 화랑이다. 이런 오지에 무슨 화랑일까? 그러나 지선은 그런 생각도 잠시, 그냥 지나쳤다. 옛날의 지선이었다면 호기심에 들어갔겠지만 지금 지선에게 그림 같은 건 까마득한 사치였다. 무사히 절까지 걸어가는 일이 백배 더 중요했다. 눈앞에 걸어야 할 길이 들판 가운데로 쭉 직선으로 뻗어 가다가 산모퉁이를 돌면서 사라져있다. 지선은 부처님 걸음을 생각하며 발걸음을 떼어 놓았다.

순조는 비누와 수건을 들고 화랑을 나섰다. 냇가에 가서 머리를 감고 머리를 말리면서 해바라기를 할 참이었다. 파릇한 풀들이 돋아난 논둑길을 걸어 늘 오는 냇가에 이르렀다. 냇물 가운데 두 발을 벌리고 서서 엉덩이를 한껏 치켜들고 흐르는 냇물에 머리를 담갔다가 비누칠을 하고 하얗게 거품을 내서 머리를 다시 냇물 속에 담갔다. 물은 흘러가면서 자동으로 비누 거품을 씻어 갔다. 순조는 아이처럼 다리 사이로 세상을 거꾸로 보면서 그냥 머리카락을 냇물에 맡겨 놓고 있었다. 도로에 한 사람이 걸어가는데 발걸음이 몹시 불안하다. 아무래도 길옆 도랑으로 빠질 것 같았다. 어디서 막대기라도 구해주어야 할 것 같다. 순조는 후딱 냇물에서 나와 머리와 발의 물기를 닦고 신발을 신었다. 그리고 쫓아갔다.

"이봐요!"

순조는 걸어가는 사람을 불렀다. 여자는 못 들었는지 돌아보지 않았다.

"이봐요!"

좀 더 큰 소리로 불렀다. 순조는 자기 소리에 깜짝 놀랐다. 아니 내가 왜 부리나케 쫓아와서 이 사람을 부르나. 뭐 하려고? 뭐하긴, 도와주려는 거지. 순조는 혼자 부지런히 자신을 변명했다.

여자가 돌아보았다. 땀에 젖어 상기된 모습이 몹시 아름다워 순조는 그만 감전된 사람처럼 그 자리에 서버렸다. 아! 아름다운 여인이다. 순조의 입이 바보처럼 벌어졌다.

"무슨 일 있어요?"

여자가 말했다. 순조는 그냥 멀뚱히 여자를 쳐다보며 서 있었다. 둥그스름한 얼굴이 복스러우면서 기품이 서려있고 서늘한 눈매가 어딘가 도도하게 느껴졌다.

"무슨 일 없으면 전 갈게요."

여자는 몸을 돌리고 가던 길을 갔다. 순조는 무안해하며 다시 냇가로 돌아와 신발을 벗어 놓고 냇물에 두 발을 담갔다. 냇물은 흘러와서 두 발을 휘감고는 다시 흘러갔다. 이제 의식은 발을 간질이는 물에 있지 않았다. 더듬거리던 걸음에 머물러 있었다. 뭣 때문에 그렇게 걸어간담. 도랑에 안 빠지고 잘 갔을까? 여자는 더 듬거리는 걸음이었지만 장님은 아니었다.

도혜스님이 백운사에서 떠나버렸을 때 순조도 그랬었다.
도혜. 하루도 잊은 적이 없는 이름이다. 행여 나타날까 기대하며 백운사 밑에 산다. 어느 날 나타나리란 허무한 기대를 하며 산 무심한 시간들. 까짓 한생 안 태어난 셈 치지 뭐. 순조는 그리고 자신을 달랬다.
행자가 된 화가 조소를 백운사에서 마주쳤던 그 날의 일은 시간과 무관하게 언제나 선명하다. 그날 담연선사가 내주는 커피를 막 마시려는 참이었다. 마당에서 남자의 목소리가 들려왔다.
"스님, 말씀하신 자료 찾아왔습니다."
"들어와."
갈색 옷을 입은 행자는 서류 봉투를 담연선사 앞에 놓고 나가려고 몸을 돌렸다. 그때 순조가 어머! 소리와 함께 찻잔을 방바닥에 떨어뜨렸다. 다행히 잔은 깨어지지 않았지만 커피는 방바닥에 쏟아졌다. 행자가 얼른 마루에서 걸레를 가져다 엎질러진 커피를 닦고 조용히 물러갔다. 순조는 바보 같은 얼굴로 간신히 물었다.
"스님, 저 사람이 어찌 여기 있어요?"
"보면 몰라? 백운사 행자야."
"백운사 행자요? 그럼 출가했어요? 왜요?"

"출가할 수도 있지. 그래서 사람이제. 그게 궁금한가?"

"머 땜에 저 사람이 출가를 해요? 저 사람은 훌륭한 화가라구요. 뉴욕에 간다고 신문에도 났었는데 어째서 여기 있어요? 뉴욕에 안 있고 여기 있으면 어떡해요."

순조는 흥분하여 말이 마구 쏟아져 나왔다. 방금 왔던 행자 조소, 순조는 그의 그림을 좋아해서 다섯 점이나 샀다. 인사동 모연 화랑에서 기획전을 열어주었을 때 산 것인데 아직은 신진 작가라 순조도 그림을 살 수 있었다.

"제가 저 사람 그림을 무지 좋아한다구요. 그런데 여기 있으면 어떡해요."

순조는 너무 당황해 같은 말만 되풀이했다.

"네가 어째서 저 사람 일에 콩 놔라 팥 놔라 하나?"

"말했잖아요. 제가 저 사람 그림을 좋아하니까요."

"네가 저 사람 그림을 좋아하는 거랑 저 사람 출가랑은 아무 상관없는 일이야."

"그래두요."

순조는 중얼거렸다.

순조는 담연선사의 방을 나오는 대로 행자부터 찾았다. 행자는 공양간에서 막 도착한 두부를 들여놓고 있었다. 그녀는 곧장 행자에게로 갔다. 잠시 그를 선생님이라고 불러야 할지, 행자님이라고 불러야 할지 망설이다가 "행자님!"하고 불렀다. 파랗게 삭발

하고 공양간에서 행자의 일을 하고 있는데 선생님이라 부를 수는 없었다. 행자가 돌아보았다. 방금 스님 방에서 커피를 쏟은 모연 화랑 관장, 스스로 찾아와 자신의 기획전을 열어 준 여자다.

"저한테 볼일이 있습니까?"

"잠시 저쪽에서 얘기 좀 할 수 있을까요?"

순조는 자기가 왜 행자를 불러 세웠는지도 몰랐다. 딱히 할 말이 있는 것도 아니었다. 왠지 심장이 터져버릴 것처럼 두근거려서 무턱대고 부른 것이다.

순조보다 먼저 행자는 공양간을 나갔다. 그는 장작더미가 질서정연히 쌓여 있는 나뭇간 앞에서 뒤돌아섰다. 행자를 공양간까지 쫓아가서 용감하게 불렀고 할 얘기가 있다고 따로 바깥에서 보자고해서 나뭇간까지 왔지만 막상 순조는 무슨 말을 해야 할지 막연했다. 참새처럼 가슴만 뛰었다.

"스님 방에서 보고 놀랐어요. 그래서 찻잔을 그만 떨어뜨렸어요."

행자는 가만히 서 있었다. 여자가 중이 된 자기를 보고 놀라서 찻잔을 떨어뜨린 건 맞다. 방금 전에 일어난 일이니까. 그런데 어쨌다는 건가. 행자가 아무 말이 없이 듣고만 있자 순조는 또 떠듬거리며 말했다.

"전 선생님 그림을 좋아해요. 돌 위에 나비가 있는 그림은 정말 좋아요."

이 말을 하려고 공양간까지 쫓아와서 따로 불러냈나. 행자는 전혀 모르는 사람을 보듯 순조를 보았다.

조소는 뉴욕으로 떠나기 전 여태까지의 작업을 총결산하는 고별 전시회를 했다. 전시회를 끝내고 자고 일어난 다음 날 아침 그 이상한 현상이 일어났다. 아침에 눈을 뜨고 침대에 누운 채 창으로 보이는 하늘을 무심히 보고 있었다. 구름 한 점 없는 하늘을 무심하게 올려다보고 있는데 머릿속이 텅 빈 것 같았다. 그는 바보처럼 꼼짝 않고 하늘을 멍하니 바라보고 있었다. 거기 푸른 하늘에 지나온 시간이 파노라마로 흘러가고 있었다. 자신이 만들어냈던 순간들이 차별 없이 흘러가고 있었다. 자신이 그렸던 숱한 그림들이 떠내려가고 있었다. 그들은 자신과 아무 상관없이 떠내려가는 것이었다. 아무런 감정이 일어나지 않았다. 자신의 일이 아닌 것처럼. 그리고 그는 내리 사흘을 아무 생각 없이 잠만 잤다.

그림이 먼지로 느껴졌다. 창구멍으로 새어든 햇빛의 띠에 선명하게 떠올라 천천히 부유하는 먼지들. 추구했던 아름다움은 모두 어디로 가고 먼지가 되어 부웅 떠돌고 있었다. 자신을 모두 쏟아부었던 그림이 아닌가. 더 적극적으로 자신을 쏟아부으려고 뉴욕으로 갈 만반의 준비도 마쳤다. 세계각처에서 모여든 환쟁이들과 어깨를 나란히 자신의 그림을 연마할 참이었다. 연마해서 가치를 높일 참이었다. 그런데 이 느낌은 무엇인가? 먼지를 위해 이국에서?

며칠이 지나도 그 감정은 그대로였다. 그는 차를 몰고 동해로 가서 온종일 수평선을 바라보았다. 차창을 다 열어젖히고 시속 140킬로로 동해에서 남해로 서해로 해안도로를 속도를 의식도 하지 못한 채 질주했다. 밤이 와서 캄캄해지면 차를 세우고 바닷가 모래밭에 큰대자로 누워 밤하늘을 올려다보았다. 무한 하늘엔 무수한 별이 뿌려져 있었다. 왠지 눈물이 왈칵 솟아올랐다. 아무도 없는 거기서 그는 처음에는 숨죽여 울기 시작해서 마침내 통곡했다. 까닭도 모르고 이유도 없었다. 집으로 돌아와서도 그 느낌은 동일했다. 그는 붓을 잡고 물감들을 섞어서 캔버스를 더럽혀 보았다. 더럽히는 짓이 부질없게 느껴졌다.

그때 신문 한 페이지가 눈에 들어왔다. 인터뷰 기사인데 타이틀이 스피드를 즐기는 선사였다. 스피드를 즐기는 선사라. 선사와 스피드라. 갑자기 그를 만나러 가야겠다는 절박감이 왔다. 그는 선사가 있다는 백운사로 차를 몰았다.

조소는 반야심경이란 경전을 처음 알게 되었고 그가 알아 왔던 감각의 세계와 전혀 다른 세계에 눈뜨게 되었다. 담연선사는 그의 알 수 없는 경험에 대해 스피드감 있게 시원시원 대답했고 동시에 질문을 던졌다.

"뭐가 문제인가?"

"그림이 먼지처럼 무의미하게 느껴집니다."

"의미 무의미란 본래 없는 것이다. 그대가 만들어 낸 망상이다. 분별심이 없으면 없는 것이다."

자신이 속했던 감각의 세계가 아니었다. 보이는 것, 그건 감각의 세계였다. 본래 없는 것을 이해할 수 없었다. 독특한 개성으로 그림을 그리던 화가 조소는 담연선사가 설하는 반야심경을 들으면서 전혀 새로운 세계가 존재한다는 걸 알았다.

순조가 팬으로서 좋아한 화가 조소는 백운사 담연선사의 상좌가 되어 출가했다.

조소의 출가는 모연화랑을 경영하던 순조의 인생 판도도 확 돌려놓았다. 담연선사의 방에서 촉망받는 한 화가를 갈색 옷을 입은 행자의 모습으로 부딪힌 충격 탓이었다. 두 사람은 같은 미술학원에서 입시 준비를 했었다. 학생들 중에서도 조소의 실력은 월등하게 뛰어나서 서울의 명문 미대에 합격했고 순조는 지방 미대에 간신히 합격했다. 여학생들은 모두 조소를 짝사랑했고 조소는 거만했다. 명문대로 진학한 조소는 큰상을 받으며 화단에 두각을 나타내기 시작했다. 그는 추상화를 그렸는데 그의 추상화는 대중적이지 못했다. 순조는 천재성은 없었지만 자기 색깔이 분명한 신진 화가로 떠올랐다. 그녀의 작품은 밝고 화려해서 뭔가 모를 즐거운 기운에 휩싸이게 하는 힘이 있었다. 이모가 경영하는 모연화랑에서 해마다 개인전을 하며 차분히 화력을 쌓아갔다. 그런데 인생은 가끔 삐딱선을 탄다. 순조의 꿈은 화가였지만 현실은 그녀를 화랑 경영자로 몰고 갔다. 순조의 이모가 경영하는 모연화랑은 화가들 사이에서 줏대 있는 화랑으로 평이 나 있었다. 이모가 교통사고로 갑자기 죽자 순조가 모연화랑을 떠맡게 되었다. 박 실장의 도움으로 그럭저럭 화랑을 꾸려갈 수 있었다. 박 실장은 안의 경영을 맡고 순조가 바깥일들을 맡았다. 순조의 단순한 성격은 화랑 경영보다 바깥의 일들이 더 적성에 맞았다. 순조는 미술아카데미 회원들을 데리고 해외 비엔날레나, 미술관 관람 등의 프로그램을 담당했고, 홍콩, 상하이, 바젤, 마이애미 등에서 열리는 아트페어도 참가해서 상당한 실적도 올렸다. 이런 일들이 젊은 순조는 재미있었다. 화가의 꿈도 밀어 놓은 채 순조는 정신없이 일에 쫓기면서 몇 년을 후딱 흘려보냈다. 그러다 순조는 뒤통수를 맞았다. 박 실장이 갑자기 독립해서 모연화랑 바로 근처에 화랑을 열었다. 단골은 다 빼앗아 간 꼴이 되었다. 설상가상으로 해외 아트페어에 꾸준히 데리고 가서 빛을 보게 한 전속작가도 다른 화랑으로 전속계약을 맺었다. 아직 어린, 세상 물정 모르는 순조를 몹시 얕잡아 본 것이다. 순조는 수면제를 먹고야 잠들 수 있었다.

사람에 환멸을 느끼고 방황하던 순조는 어느 날 아무 예정도 없이 조소의 작업실을 찾았다. 조소는 순조의 무의식 속에 언제나 자리하고 있는 순수한 화가였다. 전화도 없이 나타난 순조를 보고 조소는 여전히 거만하게 대했다.

"무슨 일로 왔습니까?"

"모연화랑에서 선생님의 기획전을 열고 싶습니다."

"왜죠?"

"선생님 그림이 좋으니까요."

조소는 찾아온 여자가 고교 시절 같은 입시학원에서 그림을 그렸던 여학생이란 사실도 모르고 있는 것 같았다. 순조는 너무나 부끄러워 확 얼굴이 붉어졌다. 이 사람은 나를 기억조차 못 하고 있어. 앉으란 말조차 하지 않는다. 조소는 얼굴을 빨갛게 물들이고 서 있는 순조를 말없이 건너다보고 있었다. 낯익은 얼굴이었다.

"그림 좀 봐도 될까요?"

순조가 말했다. 그는 아무 말도 없이 길을 열어주었다. 그가 즐겨 그렸던 추상화는 보이지 않고 화실 가득 단순한 구도, 단순한 색상의 나비 그림이 방문객을 포획해 버렸다. 순조는 하도 그림들에 마음이 끌려 숨이 막혔다. 조소는 여전하구나. 여고 시절의 때 묻지 않은 짝사랑이 고개를 다시 들었다.

모연화랑에서 조소의 기획전이 열리는 동안 작가는 어딘가로 잠적해버렸다. 순조는 그걸 변명하느라 몹시 애를 먹었다. 전시가 끝날 때까지 그는 나타나지 않았다. 전화도 없었다. 조소는 여전히 그때처럼 거만했다. 마지막 날 나타난 그는 남은 그림들을 트럭에 싣고 가버렸다. 기획전을 열어 주었는데도 그들은 밥 한 번 함께 먹지 못했다. 이때 순조는 그의 나비 그림 다섯 점을 샀다. 그의 그림을 산 게 너무 좋아서 순조는 잠을 못 잘 정도였다.

백운사 행자를 만나고 도시로 돌아간 순조는 화가들을 만나서 대화하고 섭외하고 전시하고 하는 일들이 다 부질없는 일 같았다. 그녀가 꾸려가는 미술아카데미 멤버들을 인솔하고 해외 미술관을 찾아다니는 일도 부질없는 일로 느껴졌다. 순조의 머릿속은 온통 조소, 그 사람만 가득했다. 왜 그는 붓을 던져버리고 출가했을까? 그림을 헌신짝처럼 던져버린 채 출가해 버린 그의 일이 자신의 일인 양 느껴졌다. 그렇게나 좋은 그림을 그리던 그가 하루 아침에 붓을 던지고 출가하다니, 대체 출가하면 뭐가 있나? 그날 담연선사의 방에서 들고 있던 찻잔을 떨어뜨릴 정도로 놀란 순조는 회복이 불가능했다. 그 행자를 만난 게 잘못이었다. 순수한 팬이었던 순조의 대책 없는 짝사랑이 시작되고 만 것이다.

결국 순조는 인사동 모연화랑을 접고 백운사 사하촌에 와서 모연화랑 간판을 걸었다. 담연선사도 깜짝 놀랐다. 평소 무모하리만치 용감한 구석이 있는 보살이란 건 알고 있었으나 백운사 밑에서 화랑을 열 줄은 몰랐다. 백운사 사하촌에 모연화랑 간판을 걸어 놓고 순조는 도혜스님을 찾아갔다. 그때의 행자 조소는 도혜스님이 되어 백담사 기초 선원에서 공부 중이었다.

"백운사 모연화랑 오픈 기념전으로 스님의 그림을 초대하고 싶어요."

겨우 면회를 신청한 순조가 자못 야무진 눈매로 도혜를 쏘아보았다. 순조를 보고 도혜는 웃었다. 이 못 말리는 보살이 이번엔 또 무슨 소린가. 출가한 사람에게 찾아와서 이 무슨 황당한 소린가.

"난 출가한 사람입니다. 그림을 전시하거나 할 것 같으면 뭐 하러 출가했겠어요?"

도혜는 부드럽게 말했다. 이 보살은 어린애 같은 데가 있다. 살짝 달래야 한다. 더구나 은사스님과는 오래 아는 사이다. 순조는 도혜가 쉽게 허락하지 않으리란 걸 이미 각오하고 왔다. 그러나 막상 닥치니 말문이 막혀 버렸다. 한참 동안 두 사람 사이에 침묵이 흘렀다. 이 침묵을 깨야한다. 이 침묵은 너무 힘들다. 순조는 도혜를 다시 쏘아보았다.

"알아요. 스님은 지금은 스님이라 해도 화가 조소입니다. 전 그 좋은 그림들로 오픈 기념전을 하고 싶거든요."

순조는 작심하고 왔기에 물러날 생각이 없었다.

"그림들은 하나의 살아있는 생명체예요. 잘 아시죠?"

먼지. 그에게 그림은 먼지일 뿐이다. 그런데 이 여자는 당당하게 생명체라고 주장한다. 모연화랑은 꽤 줏대 있는 화랑으로 화가들 사이에 평이 나 있는 건 도혜도 알고 있었다. 이 여자는 어딘지 당돌하다. 자신의 기획전을 열 때도 거의 일방적으로 떼를 썼었다.

"지금 저는 속세와 담을 쌓은 사람입니다. 저는 그림을 내걸고 전시회를 열 수 있는 입장이 아닙니다."

"알아요. 제가 왜 백운사 밑으로 화랑을 옮겼겠어요? 스님께서 그렇게 말할 줄 알고 아예 백운사 밑으로 화랑을 옮겨 온 거예요."

모연화랑을 백운사 골짜기로 옮겨온 게 도혜스님 때문이란 말이었다.

"그건 보살님의 일방적인 결단이구요. 제가 알 바 아니죠."

"그리 냉정하게 말하지 말아요. 그림은 출가한 게 아니잖아요?"

"뭐라구요?"

순간적으로 도혜는 이성을 잃을 뻔했다.

"화가가 붓을 들었다가 붓을 놓는 순간 그림도 하나의 생명체로 태어난 거라구요. 아기가 탯줄을 끊은 후면 독립된 한 생명체로 태어나는 것처럼 그림도 그렇다구요. 그냥 그림만 내주심 돼요. 그리 해 주시겠지요?"

지난번에도 이렇게 떼를 썼었다.

"안 됩니다."

그들이 서서 대화를 하고 있는 곳은 백담사 다리 위였다. 순조의 안타까운 마음은 아랑곳없이 다리 밑으로 설악산 계곡물이 흘러가고 있었다. 순조의 눈에서 눈물이 뚝 떨어졌다. 도혜는 그걸 보았지만 못 본 체했다. 침묵이 흘렀다.

"제 다섯 점으로 오픈전을 할 수밖에 없네요. 그것마저 말리진 마셔요."

"그건 제가 말리고 말고 할 바 아닙니다."

"알았어요. 하지만 그 좋은 그림들이 불쌍해요."

도혜는 또 순조의 눈 속에 반짝이는 눈물을 보았다. 실로 자신의 전부를 쏟아 부었던 그의 그림들은 이제 창고에 처박혀 잠을 자고 있다. 먼지로. 그렇게나 혼신을 다했던 자식들이었다. 지금도 그런가? 아니다. 먼지일 뿐. 이제는 먼지가 되어 잠들어 있다. 누군가 깨우면 그들은 잠을 깰까? 깨어서 뭐라 할까? 이 여자는 자신을 흔들고 있다. 그들을 깨우라고. 깨워서 세상에 내보내라고 눈물까지 보이면서 자기를 흔들고 있다. 대체 이 여자는 뭘 원하나. 도혜는 눈물이 어리는 순조의 눈을 보자 자신의 내부에서 뭐가 꿈틀하는 걸 느꼈다.

"왜 꼭 내 그림으로 오픈전을 하려 합니까?"

"선생님 그림이 그냥 좋아요."

호칭이 스님이 아니고 선생님이다. 이 여자는 이성적이지 못하구나. 다섯 점으로 오픈전을 해도 어쩔 수 없다. 나는 출가자다. 냉정하게 끊어야 한다. 도혜는 돌아섰다. 돌아서는데 이상하게 마음이 찡했다.

　얼마 후 순조는 사하촌에서 모연화랑을 오픈했다. 백운사 담연선사, 주지스님, 도감스님이 참석했고 월광보살도 덩달아 따라왔다. 이곳의 유지인 소방서장과 파출소장도 참석했다. 거북이한의원 소봉준 원장도 현대병원 원장도 초대되었다. 백운사 신도회장과 꽃집 주인, 옆집의 버섯전골 사장님, 이슬다방 마담도 궁금해서 얼굴을 내밀었다. 순조는 가장 가까운 친구 두 명만 초대했는데 그들은 영문을 몰라 했다. 왜 잘나가는 모연화랑을 이런 촌구석으로 옮겨왔냐고 순조를 귀찮게 했다. 순조의 오랜 스승 담연선사의 인사말은 간결했다.

　"이 소박한 공간이 순조보살의 예술의 산실이 되기를 희망합니다. 어정쩡하게 말고 확실하게 자기 길을 가기를 희망합니다."

　하얀 벽에는 조소의 그림 다섯 점이 전시됐다. 그림과 공간이 완벽하게 심플했다. 사람이 오건 가건 괜찮았다. 언젠가는 조소의 초대전을 하고 싶었다. 촌이면 어때, 이게 순조의 생각이었다. 스님이면 어때! 이것도 순조의 생각이었다. 언젠가는 여기 모연화랑에서 도혜의 초대전을 열리라. 이것이 순조의 희망이었다. 도혜는 그림붓을 던졌는데도 인정하기 싫었다. 순조는 온통 도혜 생각뿐이었다.

거북이한의원 그 의사의 처방이 매일 10미터씩 늘려서 산에 오르기다. 지선은 그 처방을 실행하려고 매일 뒷산에 올랐다. 있는 힘을 다해서 10미터씩 늘렸다. 오늘이 열흘 되는 날이다. 꼬박 100미터가 늘어난 거리다. 상처에 새살이 차듯 그 10미터는 차올랐다.

목표를 무사히 달성한 환희에 차서 지선은 털썩 주저앉았다. 그리고 주위를 둘러보니 바로 조금 위로 암자 하나가 보일 듯 말 듯 눈에 띄었다. 아! 저기가 도감스님의 암자로구나. 지선은 대번 알 수 있었다. 가장 가까운 데 도감스님의 암자가 있다고 여러 번 들었다. 바로 저 암자겠다. 궁금했지만 지선은 거기까지 갈 엄두를 못 냈다. 족히 20미터는 돼 보였다. 여기서 또 20미터를 가는 건 하늘의 별을 따는 것만큼 힘든 일이었다. 지선은 단지 바라보기만 해도 좋았다. 굳이 힘들게 저긴 왜가. 조금만 더 쉬고 내려가야지. 지선은 뒤로 벌렁 누워버렸다. 산은 온통 여린 신록이다. 지선은 그만 스르르 잠이 들었다. 혼신의 힘을 뺀 뒤라 곤했던 모양이다. 얼마나 잠들어 있었을까? 툭툭 누군가가 건드린다. 눈을 뜨니 웬 스님이 자기를 내려다보고 있다. 지선은 화들짝 놀라 상체를 일으켰다. 커다란 밀짚모자를 쓴 도감스님이 지팡이 끝으로 지선의 신발을 툭툭 치고 있었다.

"이런 데서 맨땅에 잠들면 독사한테 물리는 수가 있다고."
"설마!"

"쥐도 새도 모르게 죽는다고."

"죽어도 괜찮아요."

"뭐라 했노?"

"죽어도 괜찮다고요."

정말로 지선은 죽고 싶을 때가 여러 번 있었다.

"처음엔 자살하고 싶었어요."

"뭐 하러 미리 죽노. 가마이 있어도 놈이 알아서 찾아 올 낀데."

그래. 굳이 내 쪽에서 쫓아가지 않아도 때가 되면 제 쪽에서 쫓아오는 놈이 죽음이다. 죽을까 봐 수술을 했고 몸서리나는 항암 치료도 했다. 죽을까 봐 지금은 죽을힘을 다해 산을 오르고 있다. 언제 내가 스스로 죽으려고 했던가? 삶의 행태는 얼마나 모순인가. 지선은 웃음이 났다.

지선은 도감스님을 잘 모르지만 도감스님은 지선이 기운이 하나도 없는 보살이라는 걸 알고 있었다. 월광보살이 공양간 보살들에 대한 신상명세를 설명할 때 특히 강조한 부분이 '기운이 없다'였다. 도량을 총괄하는 도감스님은 백운사에서 평생을 지낸 분으로 여기서 일어나는 시시콜콜한 일도 직접 보고 겪은 걸어 다니는 백운사의 역사였다. 그는 지선을 그냥 두지 않았다.

"이까지 왔으니 오늘 나랑 위까지 가 보자고."

"예?"

태평하게 휴식을 즐기며 앉아 있던 지선은 처음엔 도감스님의 말을 얼른 못 알아들었다. 그러나 알아채곤 마구 손사래를 쳤다.

"못 가요. 전 못 가요. 여기까지 오는 데도 전 죽는 줄 알았어요."

"이까지 오는 데 안 죽고 살았는데 더 올라간다고 죽기야 하겠나."

"아니요. 전 죽어요."

"그럼 죽나 안 죽나 가 볼까."

"아니요. 죽는다니까요."

"죽음이라는 게 그렇게 호락호락 오지 않지. 자, 죽을 때 죽더라도 올라나 가보자고."

그러면서 벌써 일어선다. 어느새 암자로 가더니 뒤란에서 지선에게 알맞은 무게와 길이의 박달나무 지팡이 두 개를 갖다주었다. 지선은 절망적인 심정으로 도감스님이 주는 두 개의 박달나무 지팡이를 받았다. 그리고 지팡이로 땅땅 땅을 두들겼다.

"제가 가다가 죽으면 산에 잘 파묻어 주세요."

완전 체념하고 지선이 말했다. 뜻밖의 산행이 돌발적으로 시작되었다. 이건 의사의 처방이 아니다. 의사는 이런 무리한 처방은 결코 내리지 않는다. 인간 육체에 대해 아무것도 모르는 스님들이나 쓰는 방법이다. 지선은 원망스런 푸념을 했으나 소용없는 일이었다. 도감스님은 저만치 올라가서 기다려주고 또 올라가고 기다려주고 하면서 땅에 박힌 돌을 밟고 올라갔다. 그래, 가다가 죽기밖에 더하겠어? 죽기 아니면 까무러치기지. 이제 오기도 생겼다.

"일 분만 쉬어요!"

뒤에서 지선이 비명을 질렀다. 도감스님은 못 들은 척 올라간다. 지선은 꼬꾸라질 것만 같았다. 날벼락 같은 새 등반을 힘들어하는 지선이 애처로웠던지 도감스님이 기다리고 있었다. 지선은 길에 털썩 주저앉아 팔을 들어 옷소매로 땀을 씻으며 말했다.

"스님은 이리저리 걸으시데요."

"땅에 박힌 돌을 밟다 보면 금방 꼭대기지. 두더지 잡는 거 있지? 두더지를 잡느라 딴 데 정신 팔 새가 어딨노. 돌 밟느라 옆도 몬 돌아본다. 자 일 분이 지났으니 올라가자."

도감스님이 일어서려 하자 지선은 호들갑스레 일 분을 구걸했다. 손가락 하나를 세우고.

"잠깐. 딱 일 분요."

지선은 여기까지 오는 데 죽을힘을 쓰고 왔다. 스님은 알고 있을까. 이 기운 없음을.

"스님, 사람의 기운은 어디서 오는 걸까요?"

"밝음에서 오지."

참 서슴없이 말한다. 대체로 스님들은 망설이는 법이 없었다. 담연선사도 뭘 물으면 대답하는 데 일 초도 안 걸린다.

"그럼 기운이 없다는 거는 어둡다는 뜻인가요?"

"그렇지. 어두우면 에너지가 안 생긴다. 환해야 에너지가 나지."

"어쨌거나 전 기운이 없어 죽겠어요."

"기운이 없어 죽겠단 말이 기운을 다 삼켜버린 거야. 참 어리석은 말이다."

스님의 눈은 등불처럼 환하게 웃고 있었다.

"스님, 저는 기운이 있어 살겠어요."

지선은 숨을 삼키며 말했다. 어려운 일도 아니고 그냥 반대로 말하면 되는 일이었다. 하나도 어렵지 않은 일이다. 도감스님의 눈이 미소로 한층 더 밝아졌다.

"그렇지. 그럼 기운이 있어 살겠으니까 가 볼까."

"예!"

소리치고 지선은 지팡이를 꽉 잡았다.

이제 지선은 아무 생각도 일어나지 않았다. 기운이 없다는 생각도 일어나지 않았다. 눈앞의 한 발 한 발만 있었다. 두 개의 지팡이를 번갈아 앞으로 갖다 땅에 꽂고 오른발을 한 번 왼발을 한 번 떼어서 지팡이 밑에 갖다 놓는 일만 있었다. 앞서 올라가며 지선이 따라오나 안 오나 기다리는 스님만 있었다. 스님이 가르쳐 주신 그거, 기운 있어 살겠다. 기운이 있어 살겠다. 자꾸 되뇌면서 도감스님의 뒤를 끙끙 따라 올라갔다. 땀방울이 비 오듯 떨어지고 얼굴은 붉을 대로 붉어지고 숨은 벅차서 하하거렸다. 기운 있어 살겠다. 저절로 그게 말이 되어 나왔다. 한 시간을 그리고 올라갔다. 앞선 스님은 쉬어가자는 말 한마디 없었다. 그저 조금 먼저 오르고 지선이 거의 도착하려 하면 다시 올라가 버렸다.

지선은 마음이고 영혼이고 아무것도 없는 사람이 되어서 숨만 거칠게 몰아쉬며 지팡이를 떼어서 앞으로 갖다 놓았다. 정상에 올라섰다. 땀범벅이다. 옆에 도감스님이 함께 서 있었다. 지선은 아래를 내려다보았다. 절은 납작 엎드린 채 지선을 올려다보고 있었다. 빨리 공양 지으러 와, 하며. 박달나무 지팡이에 의지한 지선의 두 다리가 후들후들 떨렸다. 그런 지선을 도감스님은 말없이 바라보았다. 지선의 두 눈에서 소리 없이 눈물이 흘렀다. 도감스님은 고개를 돌리고 지선을 혼자 내버려두었다.

"스님, 공양지어야 하는 시간인데 어쩌죠?"

지선이 땀범벅이 된 얼굴을 들고 말했다.

"죽은 사람이 무슨 고양을 짓노. 그래, 죽어본 소감이 어때?"

"살맛나네요."

"거 봐라. 머 하러 미리 죽겠다고 난리치는지 몰라."

산 정상으로 바람 한 자락이 불어왔다. 참 시원한 바람이었다.

제3장

장미

보름에 하루 스님들은 좌선을 해제하고 자유롭게 공부를 챙긴다. 이날은 삭발하고 빨래도 한다. 대개 이른 아침에 그런 걸 해결하고 삼삼오오 정상 등반에 나선다.

아침은 콩, 팥, 대추, 땅콩, 호두, 은행, 잣을 넣어 찰밥을 짓고 점심은 김밥이다. 공양간에서는 김밥 재료를 준비한다. 우엉, 당근, 연근을 졸이고 묵은지, 오이를 길게 썰고, 시금치를 무치고, 쌀밥을 지어 소금과 참기름으로 간을 하여 식당에 내어놓는다. 그러면 김밥말기 자원봉사자 젊은 스님들이 김밥을 말아내고 다른 팀은 김밥을 썰어 포일에 싸느라 부산하다. 김밥의 두께는 그야말로 자유자재다. 스님들은 제대로 규격을 지키지 않는다. 맘 내키는 대로 하는 걸 좋아한다. 김밥 만 걸 보면 참 마음대로다. 오이도 산을 이루고 쌓여있다. 스님들은 김밥과 오이가 든 헐렁한 배낭을 메고 짝을 지어 산으로 떠난다. 젊은 스님들은 커피라든가 라면을 끓일 버너를 준비하기도 한다. 스님들이 다 산으로 가 버리고 나면 절은 갑자기 한가로워진다.

지선이 법당으로 오르는 돌계단에 앉아 막 피어난 장미를 무심히 바라보고 있는데 누군가 감탄사를 던졌다.
"어쩜!"
"어머나!"
국보살과 보리성이다.
"꽃이라면 저 정도는 돼야지, 안 그래요?"
"마, 예뻐도 저는 꽃이고 나는 사람이다."
"애고, 꽃을 질투하네."
"예뻐도 저는 꽃이고 나는 사람이다."
"보살님! 정신 차려요. 질투할 걸 질투해야지 사람이 돼 가지고 쩨쩨하게."
"그 카든가 말든가 저는 꽃이고 나는 사람이다."
"누가 사람 아이라 카나. 사람이 돼 갖고 시샘할 끼 따로 있지 장미꽃을 시샘하노."
"누가 시샘 했노. 내사 시샘 안 했데이."
"지가 스스로 피서 저리 예쁜데 우얄 끼고."

지선은 두 보살이 주거니 받거니 장미꽃 찬탄하는 소리를 들으며 망연히 앉아 있었다. 아름답다는 게 뭘까. 지선은 아름답다는 것의 덧없음을 생각했다. 지선에게 사람들은 장미처럼 아름답다고 했었다. 남편이 특히 그랬다. 당신은 장미보다 아름답다. 그가 생각해 낸 최고의 찬사였다. 법당 앞에 누가 이 장미를 심었을까. 스님들은 이 앞을 지나가며 장미를 아름답다 느낄까. 그들도 마음 구석에 장미보다 더 아름다운 그대를 숨겨놓고 있을까. 장미 곁에서 덧없는 상념에 잠겨 있는데 보덕화가 말을 건넸다.

"보살님도 처녀 때는 저 장미처럼 예뻤지요?"

"지금은 미워 보여요?"

지선이 반사적으로 되물었다.

"사실은 이젠 젊지도 않고 병들었잖아요."

보덕화는 얼굴을 씰룩거리며 말했다. 지선은 심사가 틀어졌다.

"보덕화 보살도 처녀 때는 저 장미처럼 예뻤겠네."

"나도 처녀 때는 상당히 예뻤어요. 남자들이 나 때문에 싸우기도 했대."

늘 두건을 쓰고 와사풍 후유증으로 입은 약간 삐뚤어지고 한 번도 얼굴빛이 밝은 적이 없는 이 여인도 처녀 때는 상당히 예뻐서 남자들이 서로 차지하려고 싸우기까지 했단다. 보덕화는 남을 칭찬할 줄 모르고 남의 좋은 점을 보지 못하는 고약한 업을 갖고 있다. 그래서 늘 어둡다. 삐뚤어진 얼굴을 보이지 않으려고 밥도 혼자 구석에서 먹는다. 보덕화가 웃는 모습을 본 사람은 아무도 없다. 외도를 저지른 남편을 미워하다가 웃음까지 잃어버린 여인이었다. 보살들이 농담하고 왁자지껄 웃음판이 벌어지면 보덕화는 슬그머니 그곳을 빠져나간다. 그런 껄렁한 농담이나 헤픈 웃음 속에는 끼지 않겠다는 듯 경멸의 시선을 던지며 고개를 뻣뻣이 하고 휑 나가버린다. 보덕화가 자기도 처녀 때는 예뻤단다.

"그렇게 예뻤는데 지금은 왜 그렇게 추하게 변했어요?"

보덕화는 노골적으로 자기를 추하다고 하는 지선을 적의에 찬 시선으로 노려보았다.

"그걸 내가 어찌 알아!"

한마디 뱉고는 휑 가버렸다. 지선은 씁쓸했다. 보덕화의 한마디에 발끈해버린 스스로가 부끄러웠다. 공주병이 자신의 의식엔 박혀 있는 것이다.

지선은 대학에서 건축을 전공하고 인테리어회사에 취직했다. 건축 중에서 인테리어는 섬세함이 요구되는 일이라 여성에게 적합했다. 미적 감각이 뛰어났던 지선은 회사에서 곧 두각을 나타냈다. 일이 재미있었고 빠르게 승진도 했다. 거기다 타고난 기품 있는 아름다움으로 그녀가 나타나면 현장이든 회사든 달이 뜬 듯 훤했고 남자들은 마음이 설렜다. 허구한 날 청바지에 와이셔츠

차림이었지만 긴 머리를 출렁이며 돌아다니는 지선은 언제나 예뻤다. 특히나 단정하고 도톰한 입술은 육감적이기까지 하여 남자들은 다들 눈독을 들이고 지선의 마음을 차지하고 싶어 했다. 건축 현장은 거친 남자들의 일터였고 아름다운 아가씨의 등장은 그 남자들을 묘한 경쟁에 시달리게 했다. 그러나 지선은 아랑곳하지 않고 혼자의 삶을 즐겼다. 휴가 땐 비행기를 타고 가보고 싶은 데를 맘대로 돌아다녔는데 산타페가 유독 맘에 들었다. 한 번 더 보려고, 오직 산타페를 보기 위해서 아메리카로 날아가기도 했었다. 한적한 그곳을 돌아다니며 아마 자신은 전생에 산타페에 살던 인디언이 아니었나 생각했었다.

도시의 숱한 가게들은 주인이 바뀔 때마다 헌 인테리어는 뜯겨 나가고 새 인테리어가 들어왔다. 끊임없이 새로 바뀌고 얼마 지나지 않아 다시 뜯어지는 인테리어를 보며 지선은 도시 근교에 자신의 작은 오두막집을 하나 지었다. 산타페 스타일의 오두막이었다.

지선의 오두막집 마당가에는 잎이 커다란 장녹들이 무리 지어 자라고 있었다. 어느 날 이웃에 사는 키가 크고 얼굴이 사각형인 여자가 빈집에 놀러 왔다가 그 장녹들을 뽑아냈다. 그녀는 쓸데없는 풀인 장녹을 제거해주려고 곡괭이까지 가져와서 뽑아냈는데 출근했던 지선이 돌아와서 보고 그만 그 자리에 주저앉았다.

"내 파도들…."

바다가 보이지 않는 이곳에서 장녹은 파도였다. 마당에서 출렁대는 초록 파도였다. 바람이 불 때면 장녹은 그 넓적한 이파리를 젖혀서 초록 파도를 만들면서 지선에게 다가 왔다. 지선은 파도가 없어진 게 너무 슬퍼서 눈물을 흘렸다. 그러나 이제 다 소용없는 일이었다. 그날 지선은 포장마차에서 초록 파도들을 그리워하며 하염없이 술을 마셨다.

지선은 아름답고 명랑한 아가씨였지만 혼자 다니는 걸 좋아했다. 눈발이 날리는 어느 겨울날 눈을 쫓아 혼자서 들길을 드라이브하다가 차가 미끄러져 논에 기우뚱 빠지려고 하면서 섰다. 오도 가도 못하고 차에서 내리지도 못하고 있는데 마침 그곳을 지나가던 남자가 자기 차와 지선의 차를 밧줄로 걸어서 끌어당겨주었다. 그 남자는 이 우연을 밧줄 삼아 대단한 열정을 발휘하여 지선의 마음을 사로잡았고 일 년이 채 못 되어 지선의 남편이 되었다. 지선을 위해서라면 못 할 것이 없는 남자였다. 지선을 공주처럼 떠받들었고 지선이 원하는 건 무엇이고 해주었다.

"그 일터는 너무 거친 일터야. 청초한 장미에게는."

그는 그렇게 말하면서 지선이 회사를 그만두기를 강요했다. 그에게 지선은 한 떨기 이슬 먹은 청초한 장미였다. 장미로는 모자랐고 장미보다 아름다운 그 무슨 꽃이었지만 그 이름을 알아내지는 못했다. 항상 지선을 장미라 칭송했고 남자의 온갖 마음을 바쳤다. 그는 탐욕스러웠고 부유했고 독점욕이 강한 남자였다. 여자는 현모양처면 그만이라는 사고방식을 갖고 있어서 아내가 회사에 다니는 것, 그것은 허락하지 않았다. 지선은 인테리어 일이 재미있었고 회사를 계속 다니고 싶었다. 결혼하고 이 년을 버텼지만 그는 허락하지 않았다. 물불 안 가리는 그의 사랑 앞에 항복하고 자신은 가장 사랑 받는 여자로 남았다. 그의 지독한 사랑을 이슬처럼 먹고 지선은 한껏 우아한 장미가 되었다.

    지선의 생활은 잔잔하게 흘렀다. 집안을 가꾸고 아들을 학교에 보내고 남편을 맞으면서 더없이 여유롭고 평화롭게 살았다. 남편은 사업이 커지면서 자주 해외를 나갔다. 처음은 일주일이 걸렸으나 나중엔 한 달이 걸리는 출장이었다. 지선은 절에 다니게 되면서 맘에 맞는 도반들과 훌륭한 스님들의 법문을 들으러 다니고 차를 마시며 차담을 나누고 함께 여행하며 일상의 소소한 행복을 느긋하게 즐겼다. 그러면서 그녀의 성품도 조용하게 변해갔다. 남편이 출장 간 날이면 집안은 절간같이 한적했다. 만물이 잠든 깊은 밤에 혼자 깨어 차를 마시며 자신과 무언의 대화를 나누었다. 흘러가는 시간을 멈추어 놓고 관조하는 순간이 한없이 좋았다. 정적에 귀를 기울이면 어디선가 부처님의 법문이 들려오는 것이었다. 빽빽한 정적을 뚫고 들리는 바스락 나뭇잎 떨어지는 소리도 법문으로 들렸다. 그럴 때 지선의 의식은 온 우주를 향해 활짝 열렸다. 초롱초롱 깨어 있는 의식 속에선 부처님의 마음도 환히 알 것 같았다. 홀로 앉아 차를 마시는 한밤의 그 정적의 순간들은 그녀만의 보석 같은 시간이었다.

  그러나 평화는 예고도 없이 깨어졌다. 남편이 파산하고 잠적한 것이다. 풍랑을 만난 배는 난파되고 몸뚱이는 낯선 해변에 동댕이쳐지기 마련이다. 지선이 암으로 수술을 받고 병원에 있을 때 남편은 아픈 아내를 내버려 두고 그를 파산시킨 배신자를 찾는다고 중국으로 가서 소식이 끊겼다. 퇴원해야 하는데 보호자가 없었고 돈도 없었다. 한 번이라도 지선의 곁에 보호자가 없었던 적도 돈이 없었던 적도 없었다. 아들 석희마저 군대에 막 입대한 시기였다. 모든 재산은 경매로 넘어갔다. 그것은 거짓말 같았다. 거짓말같이 깨끗하게 한꺼번에 모두 사라졌다. 처녀 때 지선이 손수 지었던 산타페 오두막만 인생의 태풍을 피해 남아 있었다. 혼자인 가난한 친구에게 살라고 그냥 넘겨주었었는데 이제는 빈털터리가 된 지선에게 되돌려준 것이다. 손바닥 같은 작은 집이었지만 지선에겐 궁전이었다. 덕분에 길바닥에 나앉지 않았다.

  지선은 남편이 사랑이란 이름으로 자신에게 한 행위를 냉정하게 바라보게 되었다. 눈먼 사랑이었다. 남편은 자신을 진실로 사랑하지 않았다는 걸 알았다. 긴 결혼생활 동안 한 번도 남편은 지선에게 무얼 의논했던 적이 없었다. 다 혼자 결정했다. 지선은 그냥 공주님으로 가만히 있으면 됐다. 지선은 도무지 할 일이 없었다. 그게 사랑이었을까. 너무 오랫동안 남편에게 자신을 저당 잡히고 살았다는 사실에 비로소 눈떴고 가차없이 버림받았다는 걸 알았다. 사랑했다면 생사의 기로에 놓여있는 아내를 두고 무얼 하겠다고 중국으로 갈 것인가. 돈보다 아내가 소중했다면 그런 지경에 자신을 던져두지는 않았으리라.

  지선은 밝은 구석이라곤 없는 파리하고 퀭한 자신의 얼굴을 거울 속에서 마주치고 냉소적인 웃음을 흘렸다. 저 모습을 봐. 장미의 정체를 봐라. 당신이 그토록 찬미하던 장미의 정체를 봐. 지선은 의지했던 남편과 믿었던 아름다움에 한꺼번에 배신당하고 죽음만 생각하는 어이없는 여인이 되어있었다. 생을 체념한 지선은 눈물도 나오지 않았다. 생애 처음 겪는 낭패였다. 몸은 음식을 다 토했다. 버림받은 충격 때문에 지선은 살고자 하는 의지를 상실하고 차라리 죽음이 어서 와서 자신을 데려가 주기를 기다리는 지경이 되었다. 죽음을 기다리는 시간이 감미롭기까지 했다. 얼른 죽음의 품으로 가버리고 싶었다. 알약을 털어 넣고 싶었다. 물 한 모금도 거부하고 싶었다. 모든 것을 거부하고 싶었다. 지선은 모든 것을 거부하고 자포자기한 채 오두막 방구석에서 꼼짝하지 않았다. 그러나 이지선은 복 있는 여인이었다. 가장 친한 도반이 병문안을 왔다가 죽음과 속삭이고 있는 지선의 모습을 보고 놀라서 지선을 끌어냈다. 죽음이 귓전에 다가와 속삭이는 동굴에서 부처님 기운이 가득한 백운사의 넓은 숲으로 지선을 끌어냈다.

  "백운사 대중공양 가는데 함께 가자. 가만히 차에 타고만 있으면 돼. 그냥 가만히."

절친 도반이 말했을 때 지선이 도리질하면서 말했다.

"난 못 가. 싫어."

아미타부처님만 생각하고 있는 지선의 퀭한 눈에 눈물이 글썽했다.

지선은 장미의 옆을 떠나 천천히 마당을 가로질러 걸었다. 커다란 돌샘이 백운사 전체의 한복판인 마당에 자리 잡고 있었다. 비가 오는 날이면 돌샘에서 물이 넘치고 그 밑에는 두꺼비들이 엉금엉금 기어 다녔다. 거기서는 절 뒤쪽에 솟아오른 정상이 한눈에 들어온다. 힘차게 솟아오른 바위 봉우리는 돌샘과 대화를 하고 있는 것 같았다. 돌샘 앞에 서면 쩡하는 기운이 전신을 관통했다. 산소를 공급해주는 허파 같아서 지선은 돌샘을 좋아했다.

담연선사의 거처인 무설당에서 한 보살이 나오더니 지선에게로 걸어왔다. 가까이 올수록 낯이 익었다. 그때 젖은 머리를 하고 지선을 불러 세워 놓고 우물쭈물하던 보살이다.

"여기서 또 보네요."

지선이 은근히 반가워서 먼저 말했다.

"큰스님 안 계시네요. 우리 전에 한 번 만났죠? 길에서요."

그녀는 마치 매일 보는 사람처럼 말했다.

"사람을 불러놓고는 왜 그랬어요?"

"너무 위태롭게 보여서 불렀지요. 그런데 장님도 아니고 너무 아름다워서 놀랐어요."

"내가 장님요?"

"네, 앞이 안 보이는 사람의 걸음걸이였어요. 금방 도랑에 빠질 듯 아슬아슬했어요."

"그날 세 시간 걸려서 절에 왔어요. 완전 부처님 걸음이었죠. 오늘은 삭발일이라 스님들은 다 산에 가셨어요."

"촌에 살다 보면 시간관념이 없어져 버려요. 큰스님 뵈려고 맘먹고 왔는데."

"요 아래 사시죠? 모연화랑."

지선의 말에 순조가 눈을 크게 떴다. 큰 눈이 몹시 선해 보이고 유난히 빛났다.

"어찌 알아요?"

"느낌이죠."

"느낌!"

순조는 이 여자가 좋았다. 아름답고 그냥 곁에 있고 싶게 만드는 여자였다.

"여기 살아요?"

"공양간에서 일하고 있어요."

"그 몸으로 힘 안 들어요?"

"힘들어요. 그날 약 지으러 한의원 갔다 오다 모연화랑 간판을 봤지만 워낙 힘이 없어 귀찮았어요."

"요 담엔 꼭 들르세요. 맛난 커피 드릴게요."

지선은 미소를 머금고 고개를 끄덕였다. 빈사의 백조처럼 백운사에 와서 친구가 생기려나. 지선은 돌샘이 넘치는 걸 바라보았다. 퐁퐁 솟구치는 맑은 물은 흘러넘쳐 마당으로 함부로 떨어졌다. 눈앞의 여자는 샘처럼 생기가 넘쳐 보였다.

"우리 마애불에 갈까요?"

지선이 제안했다. 절은 텅 비고 시간은 여유롭다.

"괜찮겠어요? 그날 내가 봤거든요. 걸어가는 모습."

"그건 옛날이야기죠. 나 저 꼭대기를 정복한 사람입니다."

지선은 눈물 어린 산꼭대기를 자랑스레 가리켰다.

그날 도감스님과 산꼭대기를 올라갔다 온 후 지선은 꼬박 이틀을 방에 누워 있었다. 누워있는 내내 알 수 없는 기쁨이 지선을 휩쌌다. 다리는 꼼짝 못했지만 정신은 해맑았다. 도감스님이 병문안을 와서 한 말씀 했다. 엄살 부리지 말고 일어나시오. 지선은 까딱할 수도 없었지만 죽기 아니면 까무러치기로 일어났었다.

"와, 진짜 그날 그 사람이 저 꼭대기를 올라갔어요?"

"그럼요. 증인도 있어요. 실은 나도 그 증인 없으면 현실이라고 못 믿어요."

"증인이 누군데요?"

"도감스님."

두 여자는 도감스님 이야기를 주고받으며 마애불에 도착했다.

신발을 벗어들고 맨발로 첨벙 물속을 걸었다. 연꽃봉오리 두 송이를 들고 있는 마애불 앞에서 합장한 후 물이 흘러가는 바위 가장자리에 나란히 앉아 흐르는 물에 발을 담갔다. 두 발을 담그고 할 일도 없이 앉아있으니 왠지 소녀시절로 돌아간 것 같았다. 참 한가로운 시간이었다. 순조는 물을 손으로 퍼서 멀리 집어 던지곤 했다.

"담연선사님은 언제부터 아세요?"

침묵을 먼저 깬 건 지선이다. 순조는 물 던지는 놀이를 멈추지 않은 채 대답했다.

"학생 때부터요."

"오랜 인연이네요."

순조는 한 번도 담연선사를 얼마나 오래 만났는가는 생각해보지 않았다. 처음 이모를 따라 스님을 뵌 게 막 대학에 들어갔을 때였으니 그렁저렁 십칠 년이다. 이모는 결혼하지 않고 한사코 담연선사의 법문을 들으러 다녔는데 순조가 대학에 들어가자 데리고 다녔다. 이모가 교통사고로 죽은 후부터는 화랑을 떠맡고 이모처럼 담연선사를 스승으로 모셨다. 그런 시간은 순조의 인생에 굵게 영향을 주었다. 그중에서 담연선사의 상좌가 된 도혜와 마주친 것은 결정적이었다. 그 마주침이 없었다면 백운사 골짜기로 들어올 이유가 없었다. 순조는 모든 도시적인 것들을 다 떨구고 백운사 아래로 들어왔다. 담연선사의 상좌 때문이었다.

장미

지선이 보기에 순조는 예쁘지도 않고 밉지도 않았다. 눈이 크고 윗입술이 아랫입술보다 두툼하다. 어딘가 시골 소녀 같은 순박한 얼굴이다. 순조는 입을 바보처럼 벌리고 흘러가는 물을 보고 있었다. 이 순간 이 여인이 무슨 생각 속에 있는지 지선은 알 것 같았다. 분명 아픈 사랑이 있구나.

"지독히 보고 싶은 사람이 있죠?"

지선의 말에 순조는 현실로 돌아왔다. 고개를 들고 지선을 보더니 금방 이슬이 맺힌다. 맙소사. 지선은 공연한 말을 한 걸 후회했다. 그러나 이미 물은 엎질러졌다.

"부럽네요. 순수함이요."

"나 바보 같지예. 가끔씩 이렇게 넋이 빠져요."

순조는 사투리를 쓰고 웃으면서 눈물을 찍어냈다.

"그런데 담연선사님은 커피만 마신다 하던데 정말 커피만 마시나요?"

지선이 분위기를 바꾸려고 화제를 돌렸다. 울다니!

"옛날엔 보이차 좋아하셨어요. 근래에 와서 커피만 마셔요."

"왜 그러실까요?"

"보이차가 너무 비싸대요."

지선은 커피만 마시는 선사를 상상하는 게 잘 안됐다.

거북이한의원 소봉준 원장은 한의원 문을 열고 바깥에 나와서 하늘을 올려다보았다. 빗방울 하나가 뺨에 떨어졌다. 비가 오려나. 이상하게 아무도 오지 않았다. 또 빗방울이 떨어졌다. 다시 들어가려는데 저쪽에서 한 여자가 걸어왔다. 그는 대번에 여자가 누구인지 알아보았다. 그 기운 없는 여자 이지선이었다. 뭔가 예측할 수 없는 여자. 그는 잠시 여자의 걸어오는 품을 관찰했다.

열흘이 지나도 지선은 오지 않았다. 바쁜 일이 있을 테지. 절에는 늘 예기치 않는 일이 생기니까. 그렇게 생각했는데 다시 일주일이 지나도 나타나지 않자 그는 자기가 여자를 기다리고 있다는 걸 인식하고 혼자 당황했다. 한의원 문을 닫고 산길을 걸으면서도 어느새 그 여자를 생각하고 있는 자신을 발견하곤 당혹스러웠다. 그는 지선을 기다리고 있었다. 처음엔 숙제를 제대로 하고 있나 궁금했다. 다음엔 얼마나 기운을 회복했나 궁금했다. 이지선의 몸 상태는 완전히 바닥이었다. 모든 맥이 잘 잡히지 않았다. 약을 처방해도 받아들일 힘이 남아 있지 않았다. 그런 상태로 매일을 버티고 있다는 게 신기했다. 어쩌다 그 지경이 되었을까. 산을 오르다 무릎이 꺾어지면서 굴러떨어지지 않았을까 하는 생각까지 들었다. 스무날이 지났을 때 그는 완전히 지선을 기다리는 사람이 되어 있었다.

그는 그녀의 걸음 상태에 집중했다. 지선은 한의원을 향해 또박또박 걸어왔다. 소봉준 원장은 반가웠다. 반가움은 순식간에 그의 전신을 휘감았다. 실로 몇 년 만에 느끼는 감정인가. 자신도 모르게 환한 웃음을 띠고 지선을 지켜보았다.

"어머, 선생님 안녕하세요? 저 마중 나왔어요?"

거북이한의원 문밖에서 슈퍼 아저씨 같은 한의사가 활짝 웃고 있었다.

"저 많이 좋아졌죠? 다 선생님이 내어준 숙제처방 덕이에요."

"아주 대단한 발전이네요. 그럼 성실하게 매일매일 산을 올랐다는 말인데."

"그럼요. 매일매일요. 첫날 100미터, 다음 날은 100미터 보태기 10미터, 또 다음 날은 110미터 보태기 10미터, 꾸준히 보태서 올랐어요. 그리고요, 놀라지 마세요, 선생님."

지선은 숨을 한번 크게 쉬고 어떻게 이 사실을 자랑해야 하나 잠깐 뜸을 들였다.

"놀랄 일이 뭡니까?"

"열흘째 되는 날 곧바로 저 산꼭대기에 올라갔어요!"

"산 정상 말입니까?"

"네, 바로 저 험준한 산꼭대기요"

지선은 손을 들어 육중한 절 뒷산을 가리켰다. 여기서 산은 더 잘 드러났다. 그는 그만 뒤통수를 한 대 맞은 것 같았다. 아무 말도 없이 자기가 만난 사람 중 가장 맥이 약했던 여자를 바라보았다. 둥그스름한 얼굴엔 커다란 함박꽃이 피어있다.

"그게 사실이라면 기적인데?"

"믿기지 않지요? 실은 선생님한테 젤 먼저 자랑하고 싶었어요."

"어떻게 올랐습니까, 그 몸으로."

그는 의사의 시선으로 물었다.

"한 발 한 발 올랐어요."

"그야 날개가 없으니 날아 올라가지는 않았을 테고 한 발씩 올랐겠지요."

"선생님, 그리 쉽게 말하지 마세요. 그 한 발이 얼마나 힘든 한 발인지 아세요?"

"알지요. 어떻게 그 몸으로 정상에 오를 생각을 했을까 그게 더 궁금합니다."

"그걸 결심하게 해 준 분이 있었어요. 그렇지 않았음 애당초 안 올랐을 거예요."

"그가 누굽니까?"

지선은 잠시 입을 다물었다. 의사 선생님에게는 꼭대기 등반에 대해 세세히 말하고 싶었다.

"도감스님요. 나는 숙제를 막 끝내고 환희에 차 있었어요. 그것만 해도 선생님한테 자랑하러 달려오고 싶었어요. 그런데 거기서 상상도 못 한 일이 벌어졌어요. 두 다리를 뻗고 길 가운데서 쉬다가 그대로 길에 누워 깜빡 잠이 들었는데 누가 툭툭 지팡이로 내 발을 쳐서 깨웠어요. 길 위에서 잠들면 뱀에 물리니 일어나라고 깨운 거예요. 거긴 도감스님 암자 앞이었어요. 지팡이로 나를 깨워 놓고 뒤란으로 가서 지팡이 두 개를 갖고 와서 강제로 내게 주었어요. 숙제를 달성해서 환희감에 차서 쉬고 있는 사람한테 지팡이를 강제로 내밀면서 예까지 왔으면 저 꼭대기도 올라갈 수 있대요. 나는 더 올라가면 죽는다고 했어요. 그랬더니 죽음은 그렇게 호락호락 오는 게 아니고 때가 되면 저절로 찾아온다면서 아직 그때는 아닌 거 같대요. 나는 체념하고 스님한테 부탁했어요. 올라가다 내가 죽으면 산에 잘 파묻어 달라구요. 그래서 죽거나 까무러치기 작전이 시작되었어요. 스님은 한 발짝씩만 떼래요. 저 앞에서 지키고 서 있다가 내가 간신히 스님 앞까지 도달하면 말도 안 하고 또 저만치 올라가 버렸어요. 나는 비명을 지르고 스님을 불렀지만 스님은 들은 체도 안 했어요. 또 가버리고. 나중엔 비명도 없어졌어요. 한 발짝만 있었어요. 나는 내가 뭐 하는지도 완전 모르고 아무 생각도 없이 지팡이 갖다 놓고 발 갖다 놓고 또 지팡이 갖다 놓고 발 갖다 놓고 그것만 했어요. 얼마나 지났나 모르겠는데 정상이었어요."

그 순간이 떠오르자 지선의 눈에서 소리 없는 눈물이 사르르 흘렀다. 지선은 그런 자신이 우스워 어색하게 웃었다. 한의사는 자신도 모르게 손을 들어 눈물을 닦아 주었다.

"여기 세워 놓고 진맥하실 거예요?"

여태 그들은 한의원 문 앞에 선 채였다. 그들은 함께 거북이한 의원 안으로 들어섰다. 썰렁한 대기실에는 아무도 없었다.

"아무도 안 왔네요. 그런데 여긴 왜 간호사도 없어요?"

"번거로워서."

"간호사도 없는 병원은 난생 첨이에요"

간호사도 없는 병원, 간호사는 기본 아닌가. 지선은 그 기본도 거부하는 이 의사 선생이 궁금해졌다. 혹시 드라마처럼 간호사랑 썸씽이 있어서 혼났나, 도시를 떠나 이런 촌에 와서 한의원을 열었지만 한번 혼이 나서 영 간호사를 멀리하나. 그런 말 못할 사연이 있나. 의사 선생님은 지금 차 한 잔을 줄 모양이다. 포트에 물을 끓이고 있다.

"선생님, 혹시 간호사를 기피하는 어떤 썸씽이 있는 건 아닌가요?"

당돌한 여자다. 이제 두 번째 보는 의사 선생한테 그것도 진료받으러 온 의사 선생한테 멋대로 묻다니. 커피를 지선 앞에 갖다 놓으며 의사가 말했다.

"왜 그런 생각이 듭니까?"

"간호사는 기본인데 기본이 없으니 그런 생각도 드는데요. 전부 선생님이 해야 되잖아요. 이런 커피 끓이는 일까지요,"

"난 커피 끓이는 거 좋아합니다. 누가 있어도 커피는 내가 끓여요."

지선은 뜨거운 커피를 한 모금 마셨다.

"커피 맛이 퍽 좋아요, 무슨 커피죠?"

"모르겠는데. 수좌스님이 준 겁니다."

"수좌스님께서 자주 들르시나 봐요?"

"오다가다. 제가 주치의라 절에 가끔 올라갑니다."

"도감스님 주치의도 되시나요?"

"도감스님은 의사가 필요 없는 분입니다. 하도 낙천적이라."

"낙천적이면 병이 안 걸리나요?"

"의사란 게 병 몰아내는 사람인데 도감스님은 친구 삼아버리니 의사가 필요 없어요."

"후후, 스님 그러실 거예요."

잠시 대화가 끊겼다. 지선은 의사 선생을 보았다. 세월의 앙금이 얼굴 구석구석에 서려있어 어딘지 모르게 무척 고독해 보였다.

"선생님은 여기 오신 지 얼마나 됐어요?"

"글쎄, 얼마나 됐을까?"

자신도 잘 모르는 모양이었다.

"이런 촌에서 오래 있으면 어떻게 될까요?"

"내가 그냥 이대로 세월의 자취이고 세월의 증명일 뿐입니다."

"허탈하지 않으세요?"

"세월 앞에선 누구나 허탈하지요. 허탈이 나쁩니까?"

"그럼 허탈이 좋아요?"

"쥘 게 없어요. 세월을 어떻게 쥐어요."

"그러네요. 선생님, 그런데 이런 대화도 처방인가요? 제겐 처방 같아요. 특히 내가 세월의 자취이고 증명일 뿐이라는 말이요. 어딘지 냉정한 처방요."

"그럼 처방으로 하고 맥 좀 봅시다."

의사 선생은 지선의 맥을 잡았다. 모든 맥이 분명하게 뛰고 있었다. 처음 진맥한 후 아직 한 달이 채 안 됐다. 약 한 첩 먹지 않았는데 이건 기적이다. 어떻게 이럴 수가.

지선이 기대에 차서 무슨 말을 듣게 될까 그 서늘한 눈을 깜박거리고 있었다. 소봉준은 자기도 모르게 활짝 웃으며 지선의 얼굴 가까이서 속삭이듯 말했다.

"기적입니다. 보통 사람이 되었습니다! 축하합니다."

"고마워요. 기뻐해 주셔서요. 왠지 선생님이 든든하게 느껴져요."

지선은 안도감이 꽉 차 올랐다. 그리고 또 눈물이 글썽했다. 소봉준은 눈물이 글썽한 이 여자를 확 끌어안고 걱정 말라고 말해주고 싶은 당혹스런 충동을 간신히 참았다.

장미. 가시를 달고 있는 꽃나무. 끌어안으면 가시에 찔려 사정없이 피가 솟구칠 것 같았다. 겨우 두 번 보았을 뿐인데 오랫동안 만나온 사람 같았다.

제4장
소봉준

12시면 거북이한의원은 문이 닫힌다. 하루의 일과가 끝난 것이다. 소봉준은 가운을 벗어 걸고 퇴근을 한다. 뒷문을 열고 병원과 연결된 안채로 건너가면 퇴근이다.
　거북이한의원의 뒤쪽으로 손바닥 마당이 딸린 안채가 있다. 평범한 촌집인데 전에 살던 사람이 목수였다 한다. 그래선지 마루가 제법 대청의 모양새를 갖추고 있지만 천장이 야트막하다. 무엇 때문에 천장을 그렇게 낮추었는지 모르나 그 목수는 무척이나 낮은 천장을 좋아한 모양이다. 마루는 앞뒤가 트여 있어 정자에 앉아 있는 느낌을 주고 담장 너머로 커다란 개울물이 흘러가는 게 보인다. 백운사 골짜기로부터 흘러오는 큰물이다. 마루에 앉으면 담장 너머 냇물이 흘러가는 풍경과 건너편 산의 색깔이 바뀌는 걸 하루 종일 볼 수 있다.

소봉준은 거기 앉아서 책을 읽기도 하고 낮잠을 자기도 하고 빗물이 지붕에서 굴러 떨어지는 걸 바라보기도 한다. 대청마루에 누워 냇물이 흘러가면서 들려주는 물소리를 듣는 걸 좋아했다. 그것이 취미라면 취미였다.

이 집엔 방이 세 개 있는데 부엌 옆의 쪽방에 가재도구라든가 옷 등 모든 짐을 가지런히 정리해두고 안방과 건넌방은 비워두었다. 안방에서 잠을 자고 건넌방에선 명상을 했다. 아무 장식이 없는 이 집에 유일하게 그림 한 점이 대청마루에 덩그마니 걸려있다. 노랑나비 두 마리가 토끼풀 논두렁을 날아가고 있는 그림인데 모연화랑 순조가 쓸쓸하게만 지내지 말고 짝을 만나라는 의미로 그려준 것이다. 나비들은 대청마루에서 그들만의 사랑의 날갯짓에 빠져있다. 그러나 집주인 소봉준은 사랑을 외면한 지 이미 오래다. 어떤 사랑도 원치 않았고 스스로 빙산이 되어 살았다. 사자사람으로 고독하게 살아갈 뿐이었다. 그런데 이지선이 나타났다. 이상하게 마음을 흔드는 여자다. 서늘한 눈매가 마음을 흔든다. 자신이 정화되는 느낌이 든다. 아름답고 독한 여자다. 그 몸으로 정상을 올랐다니 독하지 않고서야 가능치 않은 일이다. 오르면서 얼마나 힘들었으면 말하면서 눈물이 대번에 그렇게 흘러내렸겠는가. 그 눈물이 거북이한의원 소봉준 원장의 가슴에 떨어졌다.

소봉준은 작은 냄비에 라면 하나를 끓여와 마루에 놓고 점심을 먹었다. 상도 김치도 없이 후딱 라면을 먹은 후 커피 한 잔을 타서 마셨다. 냄비와 잔을 설거지하고 우산을 챙겨 밖으로 나섰다. 오락가락하던 빗방울이 실비가 되어 내리고 있었다. 우산을 펼쳐 들고 산길로 접어들었다. 의사 선생님은 비가 오는데도 산에 가고 눈이 쏟아질 때도 산에 가는 사람이라는 걸 마을 사람들은 다 알고 있다. 우산을 썼어도 흠뻑 젖어서 돌아올 것이다. 옷을 벗어 세탁기에 집어넣으면 된다. 비 맞았다고 잔소리할 사람 하나 없다.

올봄 딸이 대학생이 되어서 찾아왔을 때 그는 매우 서투른 아빠였다. 무얼 어찌 해주어야 할지 그야말로 막막했다. 딸은 아빠 곁에서 일주일을 머물다 갔는데 그가 해 준 건 매일 산에 데리고 다닌 일뿐이었다. 다행히 딸은 얌전히 아빠를 따라 매일 산에 올랐다. 딸이 떠나자 그는 큰 시험을 치른 기분이었다.

비가 오는 탓으로 딸과 걷던 비교적 평탄한 길을 택했다. 능선을 접어드는데 갑자기 비가 세차게 쏟아졌다. 이런 날 산에서 우산을 들고 능선을 타는 건 대단히 위험했다. 언제 벼락이 때릴지 모르는 일이었다. 잠시 생각하다 절로 내려가는 길을 택했다. 절에서 비를 피했다 돌아갈 생각이었다. 그는 우산을 접고 빗속을 익숙하게 뛰어 내려갔다.

비는 장대같이 퍼붓고 백운사는 소나기 속에 파묻혀 고요했다.

맨 위쪽에 있는 선원은 더욱 고요했다. 저 속에 백 명의 스님들이 창호지를 뚫고 스며드는 빗소리를 듣고 있으리라. 하늘에서 땅으로 내리꽂히는 비가 내는 직선의 소리를 듣고 있으리라. 법당 처마 아래 우두커니 서서 소봉준은 소나기 속에 묻힌 절과 하나가 되었다. 온통 빗소리뿐 아무도 얼씬거리지 않았다. 이 시각 사람들은 죄다 문을 꼭꼭 닫고 자신들의 공간에 들어가 있다.

막연히 담연선사를 만나려 했다. 그러나 선사는 선방에 있을 시간이다. 물에 빠진 생쥐 꼴이 되어 선사를 만나는 것도 이제 생각하니 그렇다. 그럼 누구를 만나나. 누구를 만나 비를 피하려고 백운사로 내려왔나. 이지선이다. 그 여자가 이곳에 있다. 그가 백운사로 스며든 까닭은 지선을 생각한 탓이었다. 지선은 지금 그녀의 방에서 자고 있을지 모른다. 아니면 비가 만드는 고요가 하도 시끄러워서 잠들 수 없는지 모른다. 그녀의 방은 어디 있는가. 소봉준은 갑자기 자신의 숨소리가 커지는 걸 인식했다. 그는 실소를 머금고 비가 쏟아지는 법당 마당을 천천히 가로질러 걸었다. 마당 가운데 있는 돌샘 아래 두꺼비 몇 마리가 나와서 하늘에서 떨어지는 비를 맞고 있었다. 무방비로 비를 맞는 건 자신과 두꺼비뿐이었다. 공양간도 공양간 보살들의 거처인 건물도 비가 만든 정적 속에 잠겨있었다. 그는 비를 맞으며 천천히 백운사를 관통하고 빠져나왔다. 입구의 돌다리를 지날 때 계곡물은 요란한 소리로 그를 배웅했다. 다리를 건너 소나무 숲을 지날 때는 눈이 쏟아지는 날 그곳을 지났던 어느 아침을 생각했다. 그때도 지금도 아무도 마주치지 않았다. 강아지 한 마리 돌아다니지 않았다. 경비아저씨마저도 잠들었는지 쪽문을 닫은 채 내다보지도 않았다. 그는 백운사 경내를 완전히 벗어나 소나기가 마구 시를 쓰는 들판을 걸어 집으로 돌아왔다.

젖은 옷을 홀랑 벗어 세탁기에 던지고 샤워를 했다. 운동복을 걸치고 포트의 스위치를 눌렀다. 뜨거운 물 한잔을 들고 대청마루에 털썩 앉았다. 개울물이 요란한 소리와 물보라를 일으키며 굴러갔다. 무심코 보는 벽에 나비 두 마리가 초록 풀밭 위로 팔랑팔랑 날아간다. 저들은 춤추며 무언가 서로 속삭이는 듯하다. 그는 뜨거운 물을 한 모금 마셨다. 뜨거운 맹물은 목줄기를 타고 내려가 오장육부를 적셨다.

봉황한의원 원장 소봉준은 젊은 나이에 유명해졌다. 오랜 지병도 그의 약을 먹으면 어느새 사라졌다. 그가 탕약에 어떤 요술이라도 부린 것처럼 잘 나았다. 그런고로 입소문을 탔다. 봉황한의원은 늘 문전성시를 이루었고 그야말로 짧은 시간에 떼돈을 벌었다.

사랑하는 아내 선애는 바라보기만 해도 피곤이 눈 녹듯 녹는 여인이었다. 아름답고 눈에 넣어도 아프지 않은 여자였다. 그는 선애만 생각하면 자신이 세상에서 가장 행복한 사내였다. 상대적으로 외모에 콤플렉스가 있었던 소봉준은 그토록 아름다운 아내를 얻을 수 있었던 게 꿈만 같았다. 존경하는 은사인 한민철 교수가 아니었다면 꿈도 못 꿀 일이었다. 아내는 곧 예쁜 딸을 출산했다. 딸은 무럭무럭 자라 유치원에 들어갔다.

봉황한의원은 해가 갈수록 번창했고 그는 모교에 강의도 나갔다. 바쁜 것 빼고는 무엇 하나 부족함 없는 생활이었다. 자신을 돌볼 틈도 없이 온종일 환자와 씨름하고 파김치가 되어 귀가했다. 그는 너무 피곤하여 아내와 함께 다정한 시간을 보낼 수가 없었다. 선애는 타고난 아름다움이 세월과 함께 조금씩 사그라지는 게 안타까웠다. 소봉준이 바쁜 만큼 권태를 감수해야 했다.

소봉준은 연말이 되면 제자 몇 명을 집으로 초대해서 한 해를 마무리했는데 그들 중 가장 아끼는 제자 박철홍이가 선애와 눈이 맞았다. 그는 눈이 뒤집혀서 선애의 목을 조였다. 왜 그랬냐고 지금이라도 변명을 하라했다. 숨이 막히는 그 절박한 순간에 뱉은 선애의 한마디는 그야말로 빅 펀치였다. '나는 그를 사랑해요.'

그는 목을 죄던 손에 힘을 뺐다. 아니 손을 놓았다. 그 후로 찬란하던 그의 세상은 색채를 잃어버렸다. 집에 와서는 일체 말이 없었다. 딸이 재롱을 부려도 웃지 않았다. 웃을 수가 없었다. 진료할 때도 말이 없었다. 꼭 해야 하는 말 몇 마디가 전부였다. 환자들이 질문하면 가장 짧게 대답했다. 침묵은 소봉준 자신을, 가정을, 병원을 휩싸버렸다. 강의도 그만두었다. 그는 영혼이 빠져나간 사람처럼 그냥 왔다 갔다 했다.

그런 그에게 또 한바탕 해일이 덮쳐왔다. 선애의 간곡한 요청으로 일학년 딸의 운동회에 참가했을 때였다. 아빠 손잡고 달리기에 참가해 달라고 선애가 무릎을 꿇고 빌었다. 그는 운동회에 가서 딸의 손을 잡고 운동장을 한 바퀴 뛰었다. 그때 한 아이가 갑자기 운동장에 쓰러졌다. 기절해버린 것이다. 소봉준은 의사의 본능으로 그 아이에게 달려갔다. 이미 혀가 말려서 기도를 막고 있었다. 그는 본능적으로 의사로서 할 수 있는 마지막 응급조치를 썼다. 평소 갖고 다니는 침을 꺼내 급히 사관과 인중에 침을 꽂았다. 그러나 이미 기도가 막혀버린 아이는 아무런 반응을 하지 않았다. 아이의 부모가 달려와서 죽어버린 아이의 인중과 사관에 꽂혀있는 침을 보고 다짜고짜 그의 멱살을 잡고 내 아이 살려내라고 울부짖었다. 눈이 뒤집힌 아이의 아빠는 그의 뺨을 치고 밀쳐 쓰러뜨리고 마구 발길질을 했다. 그는 한낮의 운동장에서 벌레처럼 몸을 웅크린 채 짓밟혔다. 살려내, 살려내, 내 아들 살려내, 이 돌팔이 새끼! 운동회는 아수라장이 되었다. 그는 이제 얼굴을 보호하려고 웅크리지도 않았다. 그냥 무방비로 놓아두었다. 아들을 잃은 남자의 갈 곳 없는 절망이 속절없이 얼굴 위로 쏟아졌다. 가혹한 발길질에 마침내 소봉준은 정신을 잃어버렸다.

그는 진료에서 손을 뗐다. 아무 일도 하지 않았다. 누구도 만나지 않았다. 매일 집에만 박혀 있었다. 그는 아내를 나무라지 않았다. 제자도 나무라지 않았다. 사랑하는 딸의 재롱도 그저 볼 뿐이었다. 견딜 수 없어 선애가 이혼장을 내밀었을 때 그는 도장을 찍어 주었다. 모든 재산도 다 딸 앞으로 옮겨 주었다. 그는 세상에 미련이 없는 사내로 변해버린 것이다.

칩거가 일 년이나 계속됐다. 선애가 딸과 함께 떠나버린 텅 빈 집에서 그는 혼자서 아무것도 하지 않고 지냈다. 씻지도 않고 주로 라면을 끓여서 요기를 했다. 책도 보지 않았고 실컷 잠을 잤다. 생전 안 보던 TV를 보고 무협영화를 보면서 시간을 죽였다. 야망이 사라져버린 그에게 뉴스는 끝내주는 코미디였다. 뉴스를 보면서 혼자서 박장대소를 날렸다. 그는 집에 아무도 들이지 않았다. 혼자 끓여 먹고 혼자 지냈다. 스스로 가택연금을 자초했다. 무인도로 유배당한 사람, 사랑을 잃은 죄목으로 먼먼 무인도로 유배 온 사람, 스스로를 유배시켜버린 사람, 도시 한복판의 아파트는 태평양 한복판의 무인도와 조금도 다르지 않았다. 모든 필요한 것은 전화로 배달시켰다. 참 지독한 은둔, 유배, 가택연금이었다.

어느 날 담연선사가 그를 찾아왔다.

대학 시절 불교 동아리에 들었던 그는 방학이면 담연선사를 찾아가서 며칠씩 묵으면서 지도를 받았었다. 함께 카일라스도 갔었다. 그때의 멤버들은 이제는 다 한의원을 열고 중견 한의사가 되어 있었는데 그중 한 사람이 소봉준의 소식을 담연선사에게 전한 것이다.

담연선사는 점점 누에고치가 되어가는 소봉준을 집에서 끌어낼 참이었다. 어쩐 일인지 모두를 거부하던 그가 담연선사를 안으로 들였다. 소봉준은 머리도 깎지 않고 수염도 깎지 않아 원시인을 방불케 했다. 반면 막 산에서 내려온 담연선사는 단정한 삭발로 두 사람은 그야말로 기막히게 잘 어울렸다. 전혀 다른 별에서 와서 만난 외계인들 같았다.

"어찌 사나?"

소봉준이 담연선사께 삼배를 올리고 자리에 앉자마자 담연선사가 질문을 던졌다.

"사자처럼 삽니다."

그때 담연선사는 소봉준의 눈에 어리는 물기를 놓치지 않았다. 참으로 활달하고 믿음직한 사내였었다. 눈앞의 원시인은 스스로를 사자라 표현했다.

"내가 봐도 하이에나는 아니네."

"그냥 고독하게 삽니다."

눈앞의 사내는 자신을 고독하다 표현했다. 산발한 머리는 흡사 사자였다.

"내가 봐도 영락없는 고독한 사자구만. 건강은 어떤가?"

햇볕을 오랫동안 쪼이지 못해 그의 혈색은 창백했다.

"아파 보입니까?"

"아니야. 밝아 보이누만. 명의 아닌가, 자넨."

"다 잊어버렸습니다."

"무얼 잊어버렸다는 건가. 의학지식 말인가, 사람 말인가, 세상인가?"

"다요."

담연선사는 그와 함께 앉아 무협영화를 보고 라면을 끓여 먹었다. 낮잠도 자고 코냑도 마시고 맨손 체조도 했다. 노래도 함께 부르고 또 라면을 끓여 먹었다. 일주일이 지나자 소봉준이 입을 뗐다.

"여기서 언제까지나 지내실 참입니까? 절에는 스님을 기다리는 사람들이 많습니다."

"나는 고독한 사자의 친구 사자야. 나는 사자가 더 좋아."

담연선사는 소봉준의 러닝셔츠와 반바지를 입고 있었다. 삭발한 머리를 빼면 어디로 보아도 선사의 면모는 없었다.

"돌아가기 싫구마. 고독한 사자가 꽤 괜찮아."

"고독한 사자는 한 마리면 돼요. 스님까지 될 필요는 없어요."

"고독한 사자의 친구 사자는 괜찮지 않은가. 나는 그쪽이 더 좋구마"

"스님들 방향을 잡아 주셔야지요."

"스님들 걱정하는 걸 보니 정신은 멀쩡하구만."

"저를 미친놈이라 생각하셨나요?"

갈기 속의 눈이 번쩍 빛을 발했다.

"아니야. 고독이 광기로 비칠 뿐이지."

"전 미치지는 않았어요. 고독할 뿐이죠."

소봉준은 선연한 빛깔로 찢어져 쩍 벌어진 생살에 소금을 마구 뿌린 것처럼 그렇게 심장이 쓰린 걸 겪어 보셨냐고 스승께 묻고 싶었다. 세월이 약이라더니 세월과 함께 처음의 쓰라림도 아물었다. 고독을 흉터처럼 남기고.

사실 사랑이라는 말은 얼마나 모순적인 말인가. 사랑을 할 때는 우주를 가득 채우던 그 말도 사랑이 가고 빛을 잃게 되면 광활한 우주에 찍힌 점 하나와 같은 말이다.

소봉준은 소파에 기대앉아 스승을 바라보았다. 도무지 어두운 구석이 없다. 흰 러닝셔츠를 입고 거실 복판에 서서 쿵푸에 열중하고 있는 노승의 유연하게 이어지는 동작들이 아름다웠다. 담연선사는 젊은 시절 소림무술을 배우러 중국까지 갔었다. 그 기개가 살아있어선지 그의 설법은 시원시원하고 단호했다. 지혜의 칼을 쓰기 때문일까. 끙끙 앓던 고민거리도 담연선사는 불과 몇 분 만에 해결했다.

"고백컨대 고독한 사자로 지내는 게 이렇게 자유로울 줄 몰랐어."

담연선사의 말은 진심이었다. 실은 선사도 무질서의 해방을 만끽하고 있는 중이었다. 선사라는 거창한 호칭도 떼어버리니 한정

없이 자유로웠다. 자기가 여기 무얼 하러 왔나 조차도 잊어버렸다. 모든 걸 아파트 문 밖으로 던져버리고 선사는 의사와 함께 놀았다. 소봉준과 있는 동안은 다른 걸 생각하지 않았다. 오로지 친구 사자로 그와 맞장을 떴다. 담연선사는 절을 까맣게 잊어버린 사람처럼 TV를 보고 혼자 좋아했다.

"가만히 앉아서 세상 다 가 보는구만. 저긴 내가 가보고 싶던 곳이야."

화면에서는 호주에 있는 블루마운틴이 나타나고 있었다. 태양광선의 요술로 오묘한 푸른빛을 띤다는 산이다. 옆에서 소봉준이 한마디 했다.

"블루마운틴이네요. 저도 한번 가보고 싶던 산입니다."

"우리 같이 갈까? 사자들끼리 말일세."

담연선사는 소봉준이 관심을 보이자 제안했다. 그를 유배에서부터 풀어주려는데 그 단초가 나타난 것이다. 소봉준이 처음으로 관심을 보인 말이었다.

다음날 아침식사 후 차를 마시며 소봉준이 담연선사의 옷을 꺼내놓으며 말했다.

"스님, 이제 떠나시죠. 절을 너무 오래 비우셨습니다. 저도 함께 가겠습니다."

"나는 가기 싫은걸. 고독한 사자의 고독을 더 누리고 싶은데 자꾸 쫓아버릴라 하는구만"

담연선사는 정말 가기 싫은지 옷을 저리로 밀어 놓았다.

"사람들이 스님을 기다리고 있으니 어쩔 수 없습니다. 사자의 고독은 이제 끝났습니다."

소봉준은 트렁크 하나를 들고 담연선사를 따라 백운사로 왔다. 꼭 열흘 만에 소봉준을 끌어낸 것이다.

그는 백운사에 묵으면서 스님들을 한 사람씩 진맥했다. 스님들은 운동 부족으로 오는 소소한 몸의 장애를 다들 갖고 있었다. 침을 놓고 뜸을 뜨면서 그는 자신이 그동안 어디 먼 나라로 여행을 떠났다 돌아온 기분이었다. 처음 하루 이틀은 이상한 짓을 하고 있는 것 같이 어색했지만 곧 익숙해졌다. 이 치료의 행위는 동시에 소봉준 자신의 치료가 되었다. 세상과의 단절은 분명 장애였고 고통이었다. 담연선사와 차를 함께 마시고 주변 숲을 돌아다니고 마주치는 스님들과 곧잘 얘기도 하고 웃기도 했다. 하지만 아무도 그의 가슴 속 빙산은 알지 못했다. 소봉준은 백운사 사하촌에 눌러앉았다. 담연선사는 아예 출가를 하라고 권했지만 그는 깨달음보다는 사자의 고독 쪽이 자신에겐 더 어울린다며 절이 아닌 사하촌에 정착했다. 몇 달을 아무 하는 일 없이 빈둥거린 후 소봉준은 7시에 열고 12시면 닫는 다소 이상한 한의원을 오픈했다. 봉황한의원을 닫고부터 2년이 흘러간 후의 일이었다.

출입문의 유리에 거북이한의원 여섯 글자를 흰 페인트로 쓰고 지붕 위에도 간판 하나를 얹었다. 명조체로 '거북이한의원'이라 쓴 긴 직사각형의 밋밋한 간판이었다. 거북이처럼 느릿느릿 살 참 이었다. 도시에서 그의 병원은 봉황한의원으로 전설에 나오는 고귀한 새의 이름이었고 그는 전설적인 의사가 되고 싶었다. 이제 그는 고귀한 봉황보다 거북이로 엉금엉금 기면서 살면 그만이었다. 손님이 오건 안 오건 일곱 시면 열고 손님이 있건 없건 열두시면 문을 닫았다. 처음에 불평하던 사람들도 차츰 의사 선생님의 시간에 맞추어 병원에 왔다. 탕약을 손수 달여 주었고 간호사를 두지 않았다.

그의 생활은 극히 단조로웠다. 아침에 일어나면 손바닥 마당에서 맨손체조를 하고 일곱 개의 계단을 내려가 개울에서 세수하는 게 즐거웠다. 오전엔 진맥하고 오후엔 백운사 뒤 능선을 타고 밤엔 FM라디오를 들었다. 한 달에 하루는 절에 올라가서 스님들을 일괄 진맥하고 필요한 처방을 했다. 스님들의 탕약은 재료값만 받았다. 거북이처럼 느릿느릿한 시간이 흘러갔다.

소봉준이 백운사 사하촌에서 거북이한의원 간판을 걸은 지 13년이 흘렀다. 원시인처럼 단순한 삶이었다. 그의 진맥은 정확했고 주변 주민들에게는 오아시스의 샘이었다. 평생을 힘들게 살아온 촌사람들은 대개 통증 하나씩을 몸에 달고 살았다. 그는 그들에게 가능한 자가 치료하는 방법을 알려 주었다. 산과 들에는 알기만 하면 구할 수 있는 약초들이 널려 있었다. 그는 약초연구를 넘어서 약초 보급사가 되어갔다. 뜸은 효과가 크므로 뜸뜨는 방법도 세세히 가르쳐주었고 자신이 아는 것은 다 퍼주었다. 그 결과 백운사 주변 주민들의 고질 통증은 훨씬 줄어들고 그들은 의사 선생님을 존경했다. 관청에서 강연 요청이 오면 거절하지 못했다. 소문은 발이 달려 멀리 퍼져나갔다. 군청의 건강을 다루는 부서에서 강연 요청이 한 번 두 번 들어오더니 점점 많아졌다.

  소봉준은 영상제작을 해서 이해를 도왔고 가능한 실물을 일일이 보여주면서 설명을 했다. '언제 어디 사는 누가 이러저러 아팠는데 이걸 달여 얼마큼 먹었더니 어디까지 나을 수 있었다.' 하는 식으로 강의를 해주었다. 그날의 주인공 약초들에 대한 설화나 소소한 에피소드를 말해 촌로들이 금방 잊어버리지 않게 했다. 강의를 듣고 난 사람은 안 잊어버리고 스스로 치료를 할 수 있었다. 강의하는 내내 자연스레 그날의 약초들을 예찬했는데 평소에 하찮은 풀이라고 생각하는 촌로들의 고정관념을 깨주기 위해서였다. 대상은 대개 촌로들이었다. 가능한 하루에 한 가지 약초에 대해서만 말해서 분명히 기억하게 했다. 가령 쑥에 관해 얘기할 때는 봄의 들판에 나가 쑥을 캐다가 쑥국부터 끓였다.

  "쑥국 드셔보신 분 손들어 보세요."

  그곳에 모인 모든 촌로들은 모두 손을 든다.

  "그럼 누구 쑥국의 맛을 말씀해 주실 분 앞으로 나오셔서 설명해 주시겠어요?"

 허리를 활처럼 구부리고 할머니 한 분이 앞으로 걸어 나온다.
 "나는 국 중에서 쑥국을 젤 좋아하는디 선상님, 일 년 내 쑥국을 묵고 싶으요"
 교실은 한바탕 웃음바다가 된다. 이게 할머니의 쑥국 맛이다. 일 년 내 먹어도 질리지 않는 맛.
 "단오가 지나면 쑥은 약효가 떨어진다고 합니다. 봄의 약초는 봄에 그 효능이 가장 뛰어납니다. 차가운 겨울을 밀치고 온 용감한 이 쑥이란 약초는 우리 몸을 아주 따뜻하게 하고 우리 몸 곳곳에 원기를 줍니다. 쑥을 이른 봄부터 부지런히 캐어 먹으면 위도 튼튼해지고 혈관도 맑아지고 간도 폐도 신장도 깨끗해집니다. 대단한 혈관 청소부지요. 강력한 항암효과도 있으니 그 무서운 암에서 우리 몸을 지켜주는 든든한 병정입니다. 오줌소태가 나서 그 불편함 때문에 차라리 죽고 싶거들랑 개똥밭에 무성한 개똥쑥 한 아름 베어 와서 푹 삶아 좌욕을 세 번만 하면 거짓말같이 깨끗이 낫습니다. 재발이 없습니다. 봄 들판에 젤 먼저 돋아나는 이 신비한 약초 많이많이 캐서 드십시오. 최대한 봄에는 봄의 기운이 가득한 약초를 많이많이 드십시오. 여름에는 또 여름의 성질을 가득 품은 약초가 등장합니다. 우리 몸을 지켜주려고 초봄에 달려온 혈관 청소부약초가 뭐라고요? 아시는 분 손들어 보세요."
 촌로들은 모두 손을 든다. 모두 자신만만하다. 쑥, 이 봄의 약초만 부지런히 캐어 먹어도 무서운 암에 안 걸리고 자신의 혈관과 오장육부가 깨끗할 것 같다. 봄이 오면 제일 먼저 들판에 나가 쑥을 캐서 삼시세끼 먹어야지. 모두의 눈망울이 또록또록하다.

"우주 아시지요? 위로 하늘 아래로 땅. 이게 우주입니다.

오늘은 우주와 풀과 약초의 이야기입니다. 약초는 어찌 약초가 되었는가를 말씀드리겠습니다. 우주는 이 땅에 수많은 풀씨를 뿌려서 우리를 돕습니다. 풀씨만 뿌립니까. 아닙니다. 비도 뿌려줍니다. 햇볕도 뿌려줍니다. 벌 나비도 보내줍니다. 때로는 태풍도 보냅니다. 우주는 최선을 다해서 풀씨들이 싹을 틔우고 꽃이 피고 열매를 맺게 도웁니다. 이 땅 위에서 생명을 얻게 된 풀들은 온 힘을 다해서 생명을 얻게 된 기쁨을 누립니다. 앙증맞은 두 팔을 벌리고 앙증맞은 손바닥을 펴고 바람이 불면 몸을 흔들며 춤을 춥니다. 춤만 춥니까? 아닙니다. 쉬지 않고 뿌리를 뻗어 약이 되는 자양분을 빨아들여 햇빛 공장으로 보냅니다. 햇빛 공장은 바로 잎, 이파리입니다. 그 공장은 어마어마한 공장입니다. 시시하게 플라스틱 바가지를 만드는 공장이 아닙니다. 잎파랑이가 이 우주의 진정한 주인인 생명을 만들어 내는 공장입니다. 저 들판의 풀잎 한 장 한 장이 다 생명을 만들고 있는 공장들입니다. 그 공장의 굴뚝에서 탄산가스를 내뿜습니까, 아니올시다. 그들의 공장에선 연기마저 산소입니다. 그들의 공장에서도 폐수가 나옵니다. 식물이, 풀이 내놓는 폐수가 생명을 해칩니까? 아니올시다.

풀이 내놓는 폐수는 달콤하고 시원하고 맑아 자꾸 마시고 싶어지는 그런 폐수입니다. 우리는 풀에게 고개를 숙여야겠지요. 백 번 고개를 숙여야합니다. 그들은 자신을 송두리째 우리에게 내어줍니다. 아무 대가도 바라지 않아요. 무는 군말 없이 우리를 위해 깍두기가 되어줍니다. 우리는 무에게 아무 대가도 않고 무를 먹습니다. 무는 왜 그럴까요? 무는 자기를 키워준 우주에 은혜를 갚는 겁니다. 무는 점점 공덕을 쌓아 밭에서 나는 인삼이 되어갑니다. 우리는 우주에서 가장 신령스러운 존재입니다. 인간이 말이지요. 우주의 질서가 그렇다 쳐도 인간인 우리는 풀들에게 감사의 마음을 내야겠지요. 풀들은 우주에서 생명을 누리는 대가로 이웃에게 공덕을 짓습니다. 그 공덕을 쌓아가며 진화합니다. 진화하는 그들을 우리는 약초라고 부릅니다. 그들은 다른 존재를 살리는 그 공덕이 쌓여서 약초가 된 것입니다. 풀도 다 약초는 아닙니다. 독초도 있습니다. 독초는 아무도 가까이 가지 않습니다. 왜 어떤 풀은 약초가 되는데 어떤 풀은 독초가 되었을까요? 아시는 분 손들어 보세요."

얼추 손을 든다. 몇몇은 자신이 없어서 손을 들지 않는다.

"저쪽에 계신 분홍 블라우스 입으신 젊은 할머니 말씀하세요."

"하늘의 고마움도 모르고 저 혼자 잘난 고얀 풀입니더."

씩씩하게 말하고 자리에 앉는다. 박수가 교실을 떠내려 보낸다.

"맞습니다. 약초는 우주의 은혜를 알고 공덕을 짓는 훌륭한 풀입니다. 약초들은 누가 자기를 캐가지고 가서 건강해지고 행복해진다면 기꺼이 자기를 내놓습니다. 독초들은 요란한 색깔로 자신을 방어합니다. 공덕을 짓는 대신 죽게 만드는 업을 짓습니다. 우리가 약초를 먹고 건강하고 행복하면 약초에게 공덕을 쌓게 해주는 일이 됩니다. 모르고 독초를 먹고 죽으면 그건 독초가 악업을 쌓게 하는 일도 되니 여러분들은 요란한 색으로 무장하고 있는 독초를 함부로 캐지 말도록 하십시오. 아셨지요?"

촌로들은 초등학생들처럼 "예에!"하고 큰 소리로 대답한다.

"실상은 어떻습니까. 풀과 우리의 실상을 말해 봅시다. 우리는 우주의 은혜를 조금도 생각하지 않는 것 같습니다. 죽어간 고래의 배 속에서 나온 플라스틱 쪼가리들을 좀 보십시오. 사람들은 생명을 준 우주에게 감사한 마음이 없는 듯합니다. 풀도 하는 감사를 안 합니다. 우리는 독초일까요? 만약 독초라면 이보다 불행한 일이 어디 있겠어요. 나는 우리 모두는 약초라 생각합니다. 왜냐하면 인간은 영혼을 가진 존재 아닙니까? 우주가 탄생한 이래 숱한 공덕을 쌓아서 영혼을 간직한 존재까지 된 게 아닐까요? 우리는 잠시 망각했을 뿐입니다. 우주의 은혜요. 한 방울 물에도 우주의 은혜가 스며있다 합니다. 샘에서 한 바가지 물을 떠서 갈증나는 목을 축일 때 우리는 그냥 물만 먹습니까? 아닙니다. 우주의 은혜를 한 바가지 마신 겁니다. 둘러보면 은혜가 안 스민 곳이 없습니다. 쌀 한 톨. 사과 한 알. 떨어지는 비, 불어오는 바람, 봄날 따스한 햇볕… 모두 우주의 은혜 아닌 게 없습니다. 까마득한 옛날부터 풀은 이 우주의 은혜를 알고 약초가 되려고 애쓰면서 다른 존재에게 공덕을 쌓아 약초가 됐습니다. 반면에 독초는 하늘의 은혜 따위는 망각해버린 겁니다."

촌로들은 이렇게 맘속으로 다짐했다.

"맞다. 풀도 하늘의 은혜를 생각하는데 영혼을 가진 사람인 내가 하늘의 은혜를 모를 수 없다."

거북이한의원 의사 선생님의 강의는 촌로들에게 새로운 눈을 뜨게 하는 구석이 있었다.

소봉준은 오후 시간에는 혼자 산을 갔다. 거북이한의원 의사가 오후 진료를 안 한다는 걸 누구나 다 알았다. 몇 년이 흘러가도 오후에는 아무것도 하지 않았다. 관청에서 표창장도 주었지만 그는 결코 받지 않았다. 산에 다니느라 몇 켤레의 신발이 떨어졌는지 자신도 몰랐다. 장날 떠돌이 신발장수의 운동화면 그만이었다. 시골 한의사는 매사에 사자처럼 덤덤했는데 그의 인생관이 바뀐 탓이었다. 그의 인생관이 바뀐 건 우연한 꼬마의 말 한마디에서 비롯됐다.

소봉준이 어느 날 징검다리를 건너가는 한 사자를 만났다. 바로 자기였다. 마침 그가 묶었던 머리를 풀어 사자의 형색으로 징검다리를 건너고 있었다. 그때 한 꼬마가 급하게 외치는 소리를 그는 똑똑히 들었다.

"엄마! 어서어서 와 보셔요, 여기 사자사람이 가요."

그는 징검다리를 건너다 멈추어 섰다. 돌아보니 다섯 살쯤 돼 보이는 꼬마가 소봉준을 가리키면서 "엄마! 엄마! 여기 사자사람이 있어요!" 하고 소리치고 있었다. 그 순간이었을 것이다. 사자사람이 뇌리에 깊이 박혔다. 그때부터 그는 정말로 고독하고 덤덤한 사자가 되었다.

제5장

감자 다섯 개

꼬부랑하게 휘어져 곡선을 이룬 감자밭이 아득히 펼쳐져있다. 원두를 맡은 도림은 이른 아침 감자밭 머리에 앉아 휘어져나간 밭고랑에 눈길을 두고 있었다. 나른하게 늘어진 감자 줄기들이 웅성웅성 떠들어대고 있었다. 흙 속에서의 정진은 이제 끝났다. 내 속은 영글 만큼 영글었다. 이제 나는 햇빛 속으로 환속하고 싶다. 도림은 흙 속 감자들이 웅성대는 소리를 들으면서 일어섰다. 감자를 캐야 할 때가 된 것이다.

도림은 어른 스님들께 의논을 드리고 곧바로 감자 캐기 울력 방을 붙였다.

바람과 햇볕 속에서 육체를 움직이는 일을 하게 된 것에 다소 들뜬 스님들은 환한 미소에 간편 복장을 하고 밀짚모자를 쓰고 나섰다. 밭 가에는 호미가 수북이 쌓여있고 면장갑 뭉치가 던져져 있었다. 물 주전자와 일회용 컵이 놓인 쟁반도 밭가에 놓인 평상 위에 준비되어 있었다. 노스님들은 평상에 앉아 누가 잘 캐나 관망할 참이었다. 벌써 몇 분이 자리를 잡았다. 도감스님도 평상에 앉아 흙 속에서 정진을 끝내고 나오는 감자들에게 자비의 눈길을 보내려고 기다리고 있었다. 수좌스님도 주지스님도 밀짚모자를 쓰고 토시와 면장갑을 끼고 함박웃음과 함께 끼어들었다. 그들은 간편복 대신 승복 그대로였는데 밭에서 울력할 때라도 승려의 품위를 보이려는 것이다.

스님들의 자유로운 대화와 웃음소리가 밭고랑에 퍼져나갔다. 웃고 대화한다고 해서 화두를 놓는 건 아니겠지만 틈새로 바람은 들어오게 마련이다. 그러나 그들은 틈새로 들어오는 바람마저 즐겁다.

저마다 호미를 들고 고랑 하나씩을 맡아서 감자를 캐기 시작했다. 한 고랑씩 맡아도 수십 명이니 감자밭은 금방 파헤쳐졌다. 땅속에서 불거져 나온 동그란 덩어리들이 햇볕 속에 널리기 시작했다. 감자들은 부드러운 흙 위에서 햇볕을 받으며 무방비 상태로 누워 있다. 감자의 일생이 끝난, 할 일을 끝낸 후의 휴식이다.

호미를 들지 않은 스님들이 감자를 주워서 노란 컨테이너 박스에 담아 와서 한군데로 모아주면 정리 조가 주먹, 달걀, 메추리알만 한 거로 나누어 다른 박스로 던져 넣는다. 일사불란한 공동 작업이다.

갓 캐낸 감자가 어느새 가마솥에 삶아져 김을 모락모락 올리며 울력 중인 밭에 새참으로 나왔다. 모두 일손을 쉬고 뜨거운 감자 한 덩이씩을 들고 얼굴에는 웃음이 가득하다. 울력의 감출 수 없는 미덕이다.

오전 중에 감자밭은 다 파헤쳐져 해체되고 감자들은 정진하는 스님들의 힘이 되어주고자 노란 박스에 담겨 저장고로 들어갔고 공양간 보살들은 생애 가장 재빨리 감자를 삶아 새참을 내갔다는 기록을 보탰다.

금방 캐 장작불에 삶은 감자는 커다란 가마솥에 가득했는데 순식간에 동이 났다. 지선은 하얗게 분이 핀 감자를 먹어 보았다. 뭐라 말할 수 없이 맛있었다. 그녀는 삶은 감자 다섯 개를 따로 작은 소쿠리에 담았다. 그 소쿠리를 선반 위에 올려놓았다.

오후에는 약을 가지러 사하촌에 가자고 묘심과 약속해 놓았다. 작은 소쿠리의 감자는 의사 선생님께 갖다 줄 참이었다. 의사 선생이 너무 외로워 보이고 또 감자가 너무 맛있어서 드시라고 갖다 주고 싶었다. 지선은 선반 위의 소쿠리에 자꾸 눈길이 갔다.

월광보살은 감자 캐기 울력 날의 메뉴를 일부러 감자 일색으로 짰다. 감잣국에 감자채볶음에 감자샐러드에 감자전, 스님들은 감자 일색의 메뉴를 한껏 즐겼다. 방금 전 밭에서 새참으로 먹은 삶은 감자까지 그야말로 감자의 날이었다.

스님들은 점심공양 후 포행(布行스님들의 걷기)을 갔다가 시간 맞추어 선방에 들어 일상을 되찾고 다시 정진에 들어갔다.

지선은 묘심과 사하촌으로 향했다. 약을 가지러 오라 한 날이었다. 지선이 그토록 강조해서 주문했던 기운 나는 약을 가지러 가는 길이다. 촌길을 걷는 지선의 손에는 감자가 든 바구니가 들려있었다.

"보살님, 그게 뭐예요?"

묘심이 보자기를 덮은 바구니를 바라보며 물었다.

"삶은 감자요. 의사 선생님 드릴 선물요."

"지선보살님 건강은 이제 걱정 안 해도 되겠네요. 그 바구니 보니."

묘심이 웃으면서 지선이 들고 있는 바구니의 보자기를 들추었다. 지선도 눈치를 채고 묘심의 말에 맞장구를 치며 웃었다.

"맞아. 이렇게 뇌물까지 갖다 바치니 의사 선생님은 골치 아프겠네요."

묘심도 진맥을 하고 침을 맞을 계획이었다. 묘심은 팔이 아파 무거운 걸 통 못 들었다.

들판 가운데로 시원스레 뻗어 있는 길을 두 사람은 제법 빠르게 걸었다. 이제 지선은 걷는 걸 두려워하지 않았다. 도감스님은 그날 등반으로 지선의 내부에 잠복해 있던 기운 빼가는 도둑을 한방에 쫓아버렸다. 도둑이 사라지자 지선의 두 다리에는 힘이 차올랐다. 이제 약이 필요 없는데도 기운 도는 약 지어달라고 떼를 써서 약을 지어주는지도 모른다. 지선은 왠지 한의사가 은인 같았다. 그 의사가 이상한 숙제를 내준 덕택에 꼭대기까지 올라가는 일도 일어난 게 아닌가. 그 의사 선생님의 '기적입니다.' 한마디는 지선에게 건강에 대한 자신감을 심어주었다.

묘심은 화두를 생명처럼 여기는 보살이었다. 스승으로 모시는 혜능스님의 가르침을 따라 하루 24시간 화두를 놓지 않았다. 그녀의 방 머리맡에는 혜능스님의 사진이 정갈하게 모셔져 있고 그녀가 늘 입는 회색 절복바지의 무릎에 '어째서'라는 말이 수놓아져 있었다. 그걸 보고 지선은 깜짝 놀랐다. 참으로 지독한 보살이구나. '어째서'를 바지무릎에 수놓아 입고 다니다니. 지선으로서는 상상도 못 할 일이었다. 공양간 일하는 시간이 끝나면 묘심은 잘 다림질한 모시옷으로 갈아입고 법당에서 결가부좌로 단정히 앉아 화두를 들었다. 다른 사람 눈에 안 띄게 맨 앞쪽 큰 기둥 옆에서 참선을 했다. 허리를 꼿꼿이 펴고 시선은 아래로 두고 두 손은 결가부좌 위에 조용히 놓았다. 똑같은 여자인데 어쩜 저럴 수 있담. 해맑은 얼굴, 단정히 묶은 머리, 두리번거림 없는 시선. 묘심의 이런 점들은 지선의 감탄을 자아냈다. 그녀는 몇 년을 혼자 참선을 했고 혜능스님이 주석하던 월명암의 대중선방에 가서 꼬박꼬박 하안거와 동안거를 났다.

"백운사 공양간엔 뭐 하러 왔어요?"

지선이 물었을 때 그녀는 이렇게 대답했다.

"인연을 지으러 왔어요. 공부 인연은 정말 귀한 거예요."

"잘 이해가 안 돼요."

"몰라도 돼요. 스님들 공양만 정성껏 지으면 돼요."

묘심은 자신도 공부를 하고 있어서 공부하는 스님들 공양을 지으러 왔다고 말했었다. 공부하는 스님들 공양을 지어드리는 일이 큰 복밭이 되어 공부의 장애를 극복하는 힘이 된다 한다. 그것도 인연인지 묘심의 방은 바로 지선의 옆방이다. 더구나 공양간에서도 묘심의 보조다. 묘심은 큰절의 공양간에서 스님들의 공양을 지어 올린 경험이 있는 베테랑 채공에 속했다.

묘심과 있는 시간은 웃음꽃이 만발하는 웃음의 시간이었다. 말 한마디 해도 웃고 말 두 마디 해도 웃었다. 다른 보살들은 지선과 묘심이 너무 웃으니 곁에 와서 가만히 엿들었다. 그냥 평범한 말에 불과할 뿐이었다. 그들도 웃으려고 했으나 실패하고 자기들의 위치로 돌아갔다. 그렇게 웃으니 두 사람이 살짝 맛이 갔다고 평했다. 월광보살도 와서 엿들었지만 별로 우습지도 않은 말이었다. 어떤 때는 눈물까지 흘리며 웃었다. 어디로 보나 점잖은 두 사람이 그러니 어쩔 수도 없었다.

"작작 웃어. 작작 웃어. 스님들 볼라. 음식은 엄숙하게 만들어야지."

월광보살은 충고를 남기고 얼른 나갔다. 웃는 건 나쁜 게 아니니 어쩔 수 없었다. 시나브로 다른 사람들의 관심도 꺼졌다. 그러나 지선과 묘심 두 보살의 웃음은 재 속에 살아있는 불씨처럼 언제고 피어났다.

"그게 우스워?"

언젠가 국보살이 대놓고 핀잔을 했다.

"두 사람 웃는 거 보면 꼭 씨사이 같다니까"

씨사이가 뭘까? 지선은 씨사이가 뭔지 모르지만 아마도 함부로 웃어대는 할망구가 아닐까 생각했다. 어쨌건 두 보살은 싱겁게 잘 웃는다고 공양간에서 씨사이로 낙인이 찍혔다. 이상했다. 다른 사람을 만나면 그리 우스운 말도 아닌데 묘심만 만나면 똑같은 말인데 웃음이 흘러나왔다. 묘심의 이름 때문인지 모를 일이었다. 묘한 마음. 두 사람은 그냥 즐거운 게 좋았다. 더구나 한 조로 일해 늘 함께 붙어 있으니 모든 기회가 웃음의 기회였다. 그러나 쉬는 시간이면 둘은 헤어졌다. 묘심은 법당으로 가서 참선을 했다. 지선은 엠피쓰리 이어폰을 귀에 꽂고 숲길을 걸었다. 지선에게 거북이한의원에 가서 진맥을 받아보라 권한 것도 묘심이었다.

두 사람은 거북이한의원 앞에 도착해서야 그때가 12시가 넘었다는 걸 알았다. 둘 다 깜빡한 것이다. 오후에 거북이한의원은 진맥을 안 한다. 이 시간에 문을 닫는 병원을 원망하며 묘심이 병원 문을 열어 보았다. 가볍게 문이 열렸다. 안에 계시나? 둘은 반가워서 안으로 들어섰다. 아무 기척이 없다. 아니나 다를까 병원은 텅 비어 있었다.

"병원치고 참 이상한 병원이네요."

묘심이 실망 어린 목소리로 말했다. 묘심은 이곳이 처음이다.

"아무것도 없어요. 뭔가 이상하죠?"

지선도 한마디 했다. 말할 대상이 없어 꾹 참고 있던 말이었다.

"그러게요. 의사 선생님은 괜찮아요? 내가 볼 땐 좀 이상한 의사 같은데요."

묘심은 썰렁한 대기실이며 진료실을 둘러보았다. 역시 실망하는 눈치다.

"의사 선생님은 슈퍼 아저씨 같아요. 산속에서 약초 캐는 사람 같기도 해요."

지선은 의사를 떠올리려고 했으나 잘 안 떠오르고 울림이 깊은 목소리만 귀에 살아났다.

"목소리는 굉장히 좋아요. 자꾸 듣고 싶어지는, 뭐랄까 의사가 되지 않고 성악가가 됐으면 좋았을 것 같아요. 목소리는 믿음직해요."

지선은 또 낮은 목소리가 생각났다. 기적입니다. 지선은 기분이 좋아졌다. 그의 말은 의사로서의 진맥 결과다. 기적이 일어난 정도로 좋아졌다는 말 아닌가. 그런데 의사 선생님은 오후면 어디로 그렇게 가는 걸까? 지선은 문득 궁금해진다.

"어디 약 달인 거 있나 찾아봐요."

묘심이 냉장고를 열어 보았다. 쇼핑백이 세 개 있고 그중에 이지선의 이름표도 보였다.

"우리 약은 가져갑시다. 돈은 놓고 가기 그러니까 다음에 드려요."

"그런데 함부로 갖고 가도 되려나."

"이름이 들어 있잖아요. 감자 바구니만 놓고 가요."

지선은 의사 선생님이 자리에 없는 게 섭섭했다. 오전에는 감자 캐는 울력 때문에 올 수 없었다. 의사 선생님이야 절에 어떤 울력이 있는지 모르니까 기다리다 시계가 12시를 치니까 나가버렸을 것이다.

"묘심 보살님 침도 맞아야 하는데 헛걸음했네요."

"지금 시간에 문 닫는 병원이 어딨어요? 아무래도 그 의사 이상한 의사야."

두 사람은 잔뜩 투덜거리며 지선의 이름표가 달린 쇼핑백을 챙겼다.

"보살님, 메모는 남겨야지요."

"아 참!"

둘은 마주 보고 한바탕 웃었다. 국보살이 봤으면 또 씨사이라 했을 것이다.

'감자 맛나게 드셔요. 이지선.'

메모를 바구니 옆에 놓고 둘은 한낮의 거리로 나섰다. 더워서인지 거리에는 인적 하나 없다.

"우리 예까지 온 김에 저기 가서 시원한 냉커피나 마시고 가요."

한의원을 나와 조금 걷다가 지선이 묘심의 팔을 끌었다. 모연화랑이 조금 가면 있다. 딱지만 맞고 돌아가기는 어쩐지 서운했다. 모처럼 내려온 사하촌 나들이인데 시원한 커피라도 한 잔 마시며 수다라도 조금 떨다 가고 싶었다.

"그래요. 이왕 왔으니 우리 농땡이 부리다 갑시다."

묘심이 말했는데 묘심이 농땡이란 말을 할 줄은 몰랐다. 두 사람은 한가로운 초여름의 사하촌을 천천히 걸었다. 물이 맑고 풍광이 시원해 심심찮게 사람들이 들르는 고을이라 농협도, 꽤 큰 농협마트도, 음식점도 구색 따라 있었다. 초등학교, 중학교, 미장원, 신발 집, 철물점, 약국, 떡 방앗간, 간이자동차정비소, 주유소, 다방, 메리야스 집, 이불집, 꽃집 그리고 거북이한의원과 쌍벽을 이루는 현대병원, 파출소, 자전거포, 출장 소방서도 있었다.

맨 위쪽에 그 조그만 모연화랑이 졸고 있었다. 이런 촌에 붓이 그려져 있는 화랑 간판이 걸려 있는 건 어쩐지 영화 같은 느낌을 주었다. 지난번엔 기운이 없어서 그냥 지나쳤다. 오늘 지선은 기운이 고여 있었다. 더구나 모연화랑 주인의 초대도 있었다.

둘은 모연화랑 문을 밀치고 안으로 들어섰다. 순조는 보이지 않았다. 화실 특유의 기름 냄새가 확 풍겼다. 벽에 나비를 소재로 한 그림 몇 장이 걸려있었다. 그뿐, 짐작대로 거기는 화랑이라기보다 화가의 개인 화실, 작업장이었다. 크고 작은 그림들이 벽에 기대어 있고 쓰던 물감들이 어지럽게 흩어져 있었다. 작업 중인 커다란 캔버스에는 나비 한 마리가 담겨있다. 지선은 순조의 눈빛에서 정열을 품은 여자라는 건 느꼈지만 이렇게 화려한 나비를 보고 그만 말문이 막혔다. 지선이 보기에 이건 나비가 아니라 추상화였다. 묘심은 이 그림 저 그림 기웃거리고 있었다. 그녀는 순수한 정신을 추구하지 꽃을 찾아 쏘다니는 나비에는 관심이 없었다. 문을 열어 두고 어디 갔나? 지선이 큰 소리로 주인을 불렀다. 잠시 후 안채의 문을 열고 순조가 나타났다.

"시원한 냉커피 한 잔 주세요."

지선은 오랜 친구를 만난 듯 말했다. 긴 머리를 산발로 흩트리고 슬리퍼조차 신지 않은 순조를 묘심은 미소를 띠고 보았다. 순조는 이 시간이 낮잠 시간이었다. 잠이 덜 깬 듯 어릿한 동작으로 뜨거운 커피를 끓여와 손님 앞에 놓는다. 냉커피가 아니다. 순조가 웃으며 변명했다.

"얼음이 없어요."

주인의 독재에 손님들은 아무 말 없이 뜨거운 커피를 마셔야 했다.

"수행자의 공간 같네요. 수행하세요?"

수행을 좋아하는 묘심이 물었다. 어디를 보고 이곳이 수행자의 공간 같다 느꼈을까? 지선은 도무지 알 수 없었다.

"전 그냥 그림 그려요. 수행은 체질이 아니라서."

순조가 수줍은 듯 말했다.

"모든 생명체는 자기가 하는 일을 통해서 각자의 업을 닦고 있는 거고 그게 말하자면 수행 아닐까요? 개미도 개미의 업을 부지런히 닦고 있는 중이래요."

자기는 수행을 안 한다며 얼굴을 붉히는 순조를 위해 지선이 긴 변명을 했다.

"말들은 그렇게 하지만 수행은 전부를 던져야 해요. 그림은 취미생활이고요."

묘심이 확고한 신념으로 말했다.

"묘심 보살님은 바지 무릎에 '어째서'라는 말을 수놓아서 입고 다니는 보살이에요. 화두 할 때 하는 거요. 우리가 도저히 따라 갈 수 없는 경지예요. 그러니 이해하세요."

지선이 이번엔 순조에게 묘심을 이해하라고 설명을 했다. 사려 깊은 묘심이 화가인 순조에게 그림 그리는 걸 취미생활이라고 말하다니 깜짝 놀란 것이다.

"어째서라는 말을 수를 놓아서 입고 다닌다고요!"

순조는 생전 처음 들어보는 소리에 놀라서 묘심을 쳐다보았다.

"그렇다니까요. 공양간에서 입는 바지 무릎에요. 알 만하죠?"

"놀라워요."

순조는 감탄 어린 시선으로 묘심을 보았다.

"그리고 묘심 보살은 육 년 동안 두문불출하고 방에서 참선만 했고 어떤 경지까지 가버린 사람이에요."

지선의 설명에 순조는 더욱 놀랐다. 도혜스님도 깨달으려고 그림붓을 던진 게 아닌가. 도혜스님은 깨달음을 얻었을까? 이 보살은 깨달으려고 육 년이나 두문불출하고 참선만 했다. 나도 이곳에서 육 년을 그를 생각하며 그림만 그렸다. 그러나 그림 그리는 건 평범하고 참선하는 건 대단하게 느껴진다.

"지선 보살님도 수행하세요?"

이번엔 순조가 물었다. 순조는 지선도 수행을 하는지 궁금했다.

"나는 그냥 금강경을 읽어요. 그리고 최선을 다해 사는 일이 수행이라고 생각해요."

"어머! 금강경을 읽으시는구나. 나는 다이아몬드경을 읽어요!"

순조가 천진스러운 목소리로 말했다. 세 여인은 그 말에 동시에 폭소를 터트렸다.

순조가 대학에 합격한 선물로 이모에게 받은 선물이 금강경이었다. 이모가 보내온 소포 속에는 노란 표지의 경전 한 권이 들어 있었다. 순백의 백지에 하트가 그려져 있고 그 안에 단정한 글자 여섯 개가 모여 있었다. 다이아몬드경. 순조는 이름이 던지는 매력에 끌려 경을 받아서 그날부터 읽기 시작했다. 큰 소리로 초등학생처럼 또박또박 읽었다. 순조는 지금껏 처음 금강경을 받았을 때와 똑같은 마음으로 다이아몬드경을 읽고 있다. 그 세월이 쌓여서 어언 십칠 년이다. 지선은 순조가 금강경을 좋아한다니 무조건 반가웠다.

"우리 커피 마셔요. 수행이야기 같이 어려운 문제는 천천히 생각하구요."

순조가 주인답게 화제를 돌렸다.

"어때요. 제 그림. 느낀 점을 말해주세요."

순조는 벽에 가득 기대놓은 그림들을 가리켰다.

"분명 나빈데 추상화 같아요. 마음이 어쩐지 즐거워져요. 환해지고요. 그런데 벽에 걸린 그림들도 보살님이 그렸나요?"

지선이 벽을 가리켰다. 지선이 보기에 벽에 걸린 나비 그림은 다른 사람 그림이었다.

"저건 다른 화가의 그림이에요."

지선은 찬찬히 그림을 보았다. 무섭게 단순하다.

"누구예요? 나는 잘 모르는 화가 같아서요."

지선이 순조를 돌아보며 물었다.

"조소라는 촉망받던 화가가 있었어요. 나는 저 사람 그림이 좋아요."

"그런 것 같아요. 다섯 점이나 걸어 둔 걸 보면요. 참 좋은 그림이네요."

순조는 입을 다문 채 지선의 옆에 서서 한참 동안 그림을 바라본다. 동지를 만난 듯 지선의 팔을 붙들고 있다. 지선은 순조의 비밀이 그림 속에 있는 걸 알았다. 저 그림을 그린 사람을 사랑하고 있다는 게 저절로 전해져왔다.

"뭐가 그리 좋아요?"

묘심이 다가와 물었다. 묘심도 두 사람이 보고 있는 그림을 찬찬히 보았다. 그림치고 너무 조금만 그렸다. 그리려고 본만 떠 놓은 것 같았다. 그런데도 마음을 끌어당긴다.

"참 독특한 화가네요."

지선이 순조를 돌아보며 말했다.

"지금은 그림을 안 그려요. 스님이 됐어요."

"어디서 스님이 됐나요? 백운사에서?"

"백운사 맞아요. 수좌스님 상좌예요."

지선은 이제 더 이상 듣지 않아도 알았다.

"지금 이 스님 어디 있어요?"

"몰라요. 어디로 갔나."

"괜찮아요. 언젠가는 돌아오겠죠."

"수좌스님 상좌니까요."

"그래서기도 하지만 순조 보살이 순수해서 그 스님 꼭 돌아와요."

지선이 말했다. 순조는 눈물 한 방울을 뚝 떨어뜨렸다. 묘심이 놀라서 순조의 큰 눈을 바라보았다. 묘심은 순조가 불가사의하게 느껴졌다.

소봉준은 산책에서 돌아와 부엌 식탁 위에 놓인 감자 바구니를 발견했다. 바구니 옆에 메모지가 놓여있었다. 맛나게 드세요. 이지선. 그는 포크를 쓰지 않고 손으로 감자를 들고 하나씩 먹었는데 어느새 다섯 개를 다 먹고 말았다. 물을 한 컵 마셨지만 목이 말라서 슈퍼로 갔다. 시원한 사이다를 한 병 살 작정으로 슈퍼에 갔는데 사이다 대신 아침이슬 소주를 세 병 사 왔다. 자작으로 그 소주를 한 잔씩 마시기 시작했다. 소주가 입에 달았다. 어느새 소주 세 병이 바닥이 나버렸다. 그는 세수를 하려고 개울로 내려가는 계단을 내려가다가 하마터면 발을 헛디뎌 뒹굴 뻔했다. 하늘에 달이 떠서 개울만 비춰주고 있었다. 달빛 때문에 개울물이 쪼개져서 금을 깔아 놓은 듯 반짝반짝 빛나고 있었다. 소봉준은 반짝거리는 금을 주우려고 개울물 속에 주저앉았다. 큰 금 쪼가리를 주우려고 돌을 들어내서 바위 위에 포개놓았는데 언뜻 보니 부처님 같았다. 이상하다. 다시 봐도 부처 형상이다. 그는 얼른 다른 돌을 주워서 또 포개보았다. 이번엔 토끼다. 또 다른 돌을 포개 보았다. 이번엔 새다. 몸통이 커다란 코끼리도 몸통이 기다란 용도 등장했다. 어느새 금을 줍는 건 잊어버렸다. 개울 가운데 떠있는 큰 바위 위에 자꾸 개울에서 돌을 건져내어 포개 놓았다. 그는 만들기 놀이가 재미있어서 밤새도록 돌을 포개 놓았다. 하늘에 달이 높이 떠서 소봉준을 보고 있었다. 그는 멀쩡한 정신은 절대 아니었다.

제6장

종소리

지선은 종소리가 들리면 동작을 멈추는 버릇이 생겼다. 마치 밀레의 만종 속 인물이라도 된 듯 거기서 그대로 동작을 멈추고 소리에 귀를 기울였다. 푸성귀 소쿠리를 들고 가다가도 종소리가 들려오면 저절로 서게 되었다. 그러면 길섶에 소쿠리를 놓고 아예 자리를 잡고 종소리를 들었다. 종소리를 듣고 있노라면 하루의 일상이 스르르 종소리에 덮여 사라져갔다. 칠판 가득한 낙서를 지우는 것 같았다. 어느 날 종을 가까이서 보려고 종각으로 들어갔다. 절에서 흔히 볼 수 있는 범종이다. 소리를 품고 있는 거무스레하고 육중한 쇠뭉치는 소리를 기다리며 꽉 입을 다물고 있다. 지선은 손바닥으로 종을 한번 쓸어 보았다. 거친 촉감과 싸늘함이 곧바로 몸으로 들어온다. 이 물체의 어디서 그런 거창하고 은은한 울림이 생기는 것일까? 마침 종치는 시간이 되었는지 종치는 담당 스님이 나타났다. 스님은 황급히 종각을 나서는 지선을 향해 한마디 했다.

"종치는 거 구경해도 됩니다."

"감사합니다."

지선은 한쪽에 앉아서 스님이 종치는 걸 구경했다. 스님이 공중에 매달린 나무둥치를 흔들더니 힘껏 종의 옆구리를 때렸다. 콰아아아앙우우우웅 종이 울었다. 여운의 긴 꼬리가 사라지려 할 때 다시 나무둥치가 힘껏 종을 때렸다. 종은 어김없이 콰아아아앙 울었다. 지선은 서른세 번의 종성이 다 끝날 때까지 나무둥치가 종을 때리는 걸 구경했다.

"참 소리가 좋아요. 저 커다란 쇠뭉치에서 그런 좋은 소리가 나오는 게 신기해요."

"아주 단순한 원립니다. 비어 있어서 울림이 생기는 겁니다."

스님은 웃으며 종을 손으로 툭툭 쳤다.

"사람도 비어 있으면 울림이 있죠."

스님은 청중 한 사람을 놓고 강의를 했다. 이 스님은 백운사에서 우연히 종치는 담당을 맡게 되고 종을 치면서 소리에 대해 터득을 하게 된 모양이었다. 그는 사뭇 진지해져서 한마디를 덧붙였다.

"침묵도 소립니다."

지선의 머리에 섬광이 번쩍 지나갔다. 침묵이 천둥소리를 냈다.

월광보살이 특별 커피타임을 갖자고 보살들을 공양간 옆 작은 방으로 다 불러 모았다.

"무슨 일인가? 이 보살님."

보리성은 월광보살과 사소한 일로 냉전 중이었다. 월광보살이 충고를 했는데 보리성은 사생활 침해로 받아들인 것이다. 작은방은 공양간 보살들의 사랑방이었고, 함께 더덕이나 도라지 껍질을 까는 작업장이기도 했다. 개인적으로 찾아온 손님을 맞는 방이고, 커피 한 잔 들고 와서 잠깐씩 쉬는 곳이고, 보덕화가 저 혼자 밥 먹는 곳이고, 오늘처럼 커피타임이 열리거나 일장 설교가 내려지는 공간이었다. 월광보살이 피자까지 쏜단다.

"자기 생일이라도 되겠지. 그라이 피자까지 쏘는 거 아닐까?"

사람 좋은 국보살이 한마디 했다. 평소에 월광보살은 아이스크림 등 잘 쏜다. 그때마다 무슨 새로운 계획이 터트려지긴 했다. 오늘은 또 무슨 계획이 발표되려나 궁금했다. 작은방에서 월광보살이 활짝 웃으며 보살들을 맞았다. 접이식 상 위엔 커다란 피자가 두 판이나 놓여 있었다.

"내가 아까 읍내 갔다가 생각나서 사 왔어. 보리성아, 막내가 커피 물 좀 끓일래?"

"네!"

보리성의 커피 타는 솜씨는 정평이 나 있다. 보리성은 냉전은 냉전이고 뜻밖의 커피타임이 반가운지 목소리가 하이 톤으로 낭랑했다. 포트를 들고 나서며 보리성이 주문을 받는다.

"냉커피 어때요? 날씨도 더운데."

"좋지. 난 냉커피!"

국보살이 일등으로 주문했다. 국보살의 뒤를 이어 나도 나도 하며 모두 냉커피다.

"그럼 나도 냉커피."

뜨거운 커피를 마시려고 했던 월광보살도 얼결에 냉커피로 주문했다. 얼음이 가득 든 냉커피가 앞앞이 놓이고 피자도 나누어졌다. 월광보살이 무슨 말을 할 건지 은근 궁금했지만 모두 피자 먹는 데 빠졌다. 피자는 산속에서 가끔 먹게 되는 최고의 메뉴였다.

"오늘 보살님 생일 아이가. 우리는 그것도 모르고 빈손으로 온 거 아이가."

국보살이 능청을 부렸다.

"내 생일은 크리스마스이브야. 예수님하고 생일이 같을 뻔했지."

월광보살이 기억하라는 듯 이브를 강조했다.

월광보살은 삼십 대에 이웃 보살들을 따라 월명암을 가서 혜능 스님을 친견하게 되었다. 그의 눈빛, 꿰뚫는 안광은 한 여인의 영혼을 사로잡아버렸다. 어떻게 사람의 눈이 저리 광채를 발할 수 있단 말인가. 다 똑같은 사람으로 태어나서 말이다. 그때부터 월광보살은 다른 사람으로 변해버렸다. 두 아이의 엄마였고 한 남자의 아내였던 여인의 혼을 송두리째 사로잡아버린 혜능스님의 눈빛을 그녀는 지금도 잊지 못한다. 어떻게 했기에 사람이 저런 눈빛을 갖는가. 보통 사람들은 무언가에 매달려서 산다. 여인들은 오로지 자식에 매달려 산다. 자식의 일이라면 목숨도 불사한다. 그런데 그녀는 자식의 일도 남편의 일도 마음속에서는 이미 뒷자리로 밀었다. 반찬을 만들어 냉장고에 가득 챙겨 두고 토요일만 되면 그녀는 월명암으로 가서 복을 짓겠다고 얼쩡거렸다.

"내가 오늘 보살들한테 한마디 하려고 모이라 안 했나. 옛날 큰스님한테 들었는데 보살들은 우선 복을 지어야 하는 거라. 크고 작고가 문제가 아니라 마음으로 우선 복을 지어야 하는 거라. 물론 우리가 공양간에서 스님들 공양 지어 올리는 자체가 복 짓는 일이지만 그 마음이 문젠 거라. 콩나물 하나 다듬을 때라도 그 마음이 문젠 거라."

월광보살의 장황한 서론에 국보살이 한소리 던졌다.

"우리가 콩나물 대가리 하나 만질 때 머가 문젠교?"

모두가 월광보살을 쳐다보았다.

"정성이 문젠 거라."

월광보살이 애매모호하게 말했다. 누군가 정성을 쏟지 않은 보살이 있다는 말투였다.

"공양간에서는 콩나물 하나라도 정성으로 다듬지 정성 안 쓰기가 더 어렵더라."

묘심이 정색하고 말했다.

"그렇게 막연한 말 말고 구체적으로 말해 보세요."

지선이 말했다. 분명 월광보살은 하고 싶은 말이 있다. 피자까지 쏘면서 하고 싶은 말. 그게 대체 뭘까? 모두 월광보살의 말이 궁금했다. 월광보살은 분명 할 말이 있는데 얼른 입을 열지 못한다. 누가 한소리 했나. 그래서 지적을 당했나. 아니면 보살들과 순수하게 커피 한 잔이 하고 싶었나. 그건 알 수 없었다. 월광보살은 고단수라고 소문 난 보살이었다.

"구체적인 말 같은 건 없고 이렇게 사이좋게 둘러앉아 커피 한 잔 하고 싶었어."

"아까는 할 말이 있어 모이라 안 했어요? 그라면 할 말 하시지 뭘 망설여."

국보살은 월광보살과 동갑이라 다른 젊은 보살들을 대신해서 월광보살을 채근했다. 오늘따라 월광보살은 점잔을 빼는 것 같다.

"오늘 아침 눈을 떴는데 문득 인연이란 말이 떠오르는 거라. 절집에서 인연이란 말은 참 흔히 쓰는 말인데 새삼스럽게 떠오른 거라. 이렇게 한 공양간에서 스님들 시봉하는 일이 바로 인연인 거라. 가슴이 먹먹하고 벅차서 모이라 안 했나. 정성스럽게 복 많이 짓자는 말이라. 내가 하려고 한 말은 이 공양간까지 좋은 연으로 왔으니 허펑더펑 하지 말고 정성을 다해 복 짓자 이 말이라. 작은 일도 정성을 쏟아부으면 하늘도 복을 쏟아붓는 거라."

월광보살은 책임보살로서 한마디 하고 싶은 말이 있었다. 일부러 읍내에 나가 피자까지 사 왔다. 냉커피를 마시면서 보살들 앞에서 일장 연설을 한 셈이다. 오늘 아침 문득 처음 혜능스님을 만났을 때가 떠오르면서 가슴이 먹먹해졌다. 무슨 지적을 당할 줄 알았던 보살들은 싱겁게 끝나버린 월광보살의 일장 연설에 긴장을 풀고 모두 풋 웃었다.

"그게 전분교?"

"그래. 모두 잘해주고 있는데 내가 또 무슨 불만이 있겠노. 다만 큰 스님한테서 들은 소리가 있어서 그걸 강조하는 기제. 우선 복을 지어라. 복을 정성을 다해 지어라. 마음복은 첫발이다. 큰스님 목소리가 지금도 어제 일 같이 들린다니까."

잠시 월광보살의 마음에 혜능 큰스님이 왕림했다. 그럴 때 월광보살은 사뭇 소녀가 되었다. 혜능 큰스님은 가신 지 오래 됐지만 그녀 생애를 다 사로잡아버린 사람이었다. 후회는 없었다. 생각해보면 그분만큼 자신의 인생에 큰 영향을 미친 사람이 있는가? 지금 주지 승오스님을 시봉 드는 것도 혜능스님의 한 말씀 때문이었다. 그를 도와서 불사를 하라는 큰스님의 한마디를 보물인 양 간직했다. 그 한마디는 그녀의 평생을 지배했다.

소녀 적부터 월광보살은 유난히 별스러웠다. 집에서 산 하나 너머에 있는 큰절을 매일 갔다. 큰절에 가는 중간에 공동묘지가 있었다. 공동묘지를 지나가야 나타나는 큰절을 하루라도 안 가면 조바심이 났다. 비라도 부슬부슬 뿌리는 날에는 공동묘지가 너무 무서워 저승사자에게 끌려가는 기분이었다. 그래도 갔다. 가서 법당에 앉아 부처님을 한참 동안 바라보다가 돌아왔다. 단지 법당에 앉아서 부처님을 바라보다가 오는 것이다. 절을 한다거나 기도를 드리러 가는 것도 아니었다. 소녀가 무엇 하러 그러겠는가. 단지 갔다가 부처님 보고 그냥 왔다. 공동묘지를 지나기가 그렇게나 무서운 소녀가 가슴 졸이며 왜 그리 꼬박꼬박 다녀왔는지 지금 생각하면 그건 인연이란 말이 정답이었다. 그래, 나는 전생에 큰절에서 살았던 스님이었어. 그러니까 그렇게 무서운 공동묘지를 지나서라도 가지 않을 수 없었던 거야. 인연이 없었다면 매일 매일 그 무서운 데를 지나서 뭐 때문에 갔겠는가. 절에 있는 보살들은 온갖 것을 다 인연 탓으로 돌렸다. 인연이지 뭐겠어. 죽음도 탄생도 이별도 만남도 인연이라 생각했다. 참으로 편리한 철학이다. 월광보살도 절에 오래 살았다.

"보리성아, 넌 참 커피를 맛있게 타. 무슨 비법이라도 있어?"

월광보살이 막내 보리성을 칭찬했다. 보리성은 월광보살의 능수능란함을 좋아하지 않지만 월광보살은 보리성의 똑떨어진 성품과 야무진 손끝을 좋아했다.

"뭘요. 그냥 남들 타는 고대로 타죠. 굳이 찾자면 비법이 하나 있기는 해요."

보리성은 한번 튕긴 후 웃었다.

"뭔데?"

모두의 관심이 보리성한테로 모아졌다.

"그냥 공짜로 알려주기는 좀 아까운데."

"보리성아. 그만 빼라. 그 커피가 그 커피다."

국보살이 나섰다. 보리성 하고 매일 커피 산책 나가는 파트너다.

"먼 소리예요. 그냥은 안 되겠는데요. 피자 한 판 정도는 나와야지. 안 그래요?"

"좋아, 내가 피자 대짜로 한 판 쏜다! 그 비결 한번 털어놔라."

월광보살이 우물쭈물 없이 시원스레 말했다. 모두가 귀를 쫑긋했다. 보리성은 좌중을 둘러보며 씩 한번 웃더니 속삭였다.

"정서엉."

그러고 보리성은 천연덕스럽게 합장을 했다. 모두들 손뼉을 치며 즐거운 함성을 질렀다.

"와! 맞다 맞아."

"커피를 맛있게 타려면, 에 첫째는 정성, 둘째는 지극 정성, 셋째는 마음 가득 정성이면 됩니다. 여러분, 잘 외워 두세요!"

보리성이 다시 한 번 손가락을 꼽아가며 정색하고 말했다.

"그럼! 그 이상은 없지. 정성이 최고 비법이지. 큰 스님은 그러셨어. 정성이 첫걸음이라고. 그게 마음복이라고. 오늘 법문은 보리성이 마무리했네."

월광보살은 흐뭇했다. 보리성이 귀엽다. 결혼하면 힘들 게 뻔한 사주를 타고났기 때문에 스스로 결혼을 포기하고 산다는 당돌한 이 아가씨가 기특했다.

"그럼 피자는 언제 쏘실 건가요?"

보리성은 끝맺음도 똑 부러졌다.

"언제든지 청해. 실컷 먹게 세 판 낼게."

월광보살은 기분이 한껏 들떴다. 자신의 짧은 복 법문을 보리성이 보기 좋게 마무리했기 때문이다.

"보살님, 감사합니다."

보리성은 깍듯이 인사를 하고 기세 좋게 얼음이 가득한 큰 유리잔을 입으로 가져갔다. 보리성처럼 똑 떨어진 과단성과 주관을 가지고 살 수 있기란 쉽지 않다. 다들 남들 따라 그다지 튀지 않고 무난히 삶을 살고 싶어 한다. 보리성은 자아가 너무 강해 자신의 이름조차 밝히지 않았다. 다만 보리성이란 불명으로 통했다. 그처럼 붙어 다니는 국보살조차 보리성의 이름이 뭔지 어디서 왔는지 몰랐다. 그냥 김가인 줄만 안다. 그러니 그녀의 모든 건 미스터리 속에 묻혀있었다. 다만 사찰음식에 관심이 있어서 절의 공양간에 들어왔을 뿐이라고 말했다. 아무도 그녀에 대해 더 아는 게 없었다.

월광보살은 보리성을 보면 자신의 젊은 시절이 살아났다. 자기도 그랬다. 누구보다도 아상이 강했다. 여자들은 자식의 일이라면 목숨도 불사한다. 자식의 원수는 나의 원수요 자식의 은인이면 나의 은인이다. 자식이 아프면 나도 함께 아프고 자식이 아프다 나으면 나도 함께 낫는다. 자식의 일, 자식의 문제는 항상 나의 문제다. 안 그런 부모는 없다. 자식보다 더 좋은 건 없다. 자신도 그렇게 믿었었다. 그런데 월광보살의 그런 관념이 바뀌어 버렸다.

"스님, 자식보다 더 좋은 게 있을까요?"

월광보살이 물었을 때 혜능스님은 당장 말했다.

"있제"

"그게 뭡니까?"

"깨달음이다."

"그건 어떤 건데요?"

"자기가 깨치기 전에는 설명해도 모른다. 마치 쓴맛이 어떤 건지 직접 맛보기 전에는 모르는 것과 같다."

"가르쳐 주세요. 어떻게 하면 깨달음을 얻나."

"화두를 타파해라"

"화두가 뭡니까."

아이쿠, 이 보살은 완전 생짜구나. 혜능스님은 그러나 큰 스승이었다.

"우선 복부터 지어라."

"복은 어떻게 짓습니까?"

"우선 절에 자주 나와야 한다. 그러면 알아서 복은 짓게 된다."

"그럼 스님, 와서 무엇을 해야 합니까?"

"절에 와서 풀도 매고 마당도 쓸어라."

집으로 돌아온 월광보살은 당장 호미와 빗자루를 샀다. 토요일만 되면 월명암으로 갔다. 복을 짓겠다는 마음뿐이었다. 제일 우선으로 해야 하는 일이 복을 짓는 일이기 때문에. 다른 데는 가지 않았다. 오로지 혜능스님이 기거하는 월명암의 마당 주변에서 호미를 들고 없는 풀을 매고 또 맸다. 빗자루를 들고 이미 깨끗한 마당을 쓸고 또 쓸었다. 하루는 혜능스님이 불렀다.

"왜 깨끗한 마당을 자꾸 쓰노?"

"저는 마당은 보이지도 않습니다."

"그럼 뭐가 보이노?"

"스님만 보입니다."

"나를 쓸라꼬 매일 빗자루로 마당을 쓰나?"

"네."

"그래? 나를 쓸 자신이 있나?"

"네."

"그럼 쓸어 봐라."

"먼저 스님께서 저에게 가르침을 주십시오."

"배워서 쓸겠다 이거가?"

"네."

"무얼 알고 싶노?"

"공부법을 알려 주세요."

"가정이 있는데 그리 호락호락 한 줄 아나?"

"이미 자식과 남편은 두 번쨉니다. 인간으로서 다 똑같은데 어째서 스님은 눈이 그렇게 빛납니까? 진리를 알았기 때문 아닙니까? 저도 진리를 알고 싶습니다."

"진리를 알고 싶다고?"

"네."

"그라면 일단 정성껏 마음복을 짓고 화두를 참구해라. 공부할라면 공덕이 절대 필요하다."

처음 한 말과 조금도 달라지지 않은 말이었다. 그래, 우선 공덕을 짓자. 그리고 스님들처럼 화두를 하자. 그게 진리를 알아내는 길이구나.

큰스님은 그녀에게 월광이란 불명을 주었다. 고요하게 만물을 비추는 달빛. 월광보살은 자기 이름에 월명암의 월자가 들어갔다고 자부심이 높았다. 그리고 월광보살은 계속 복만 짓고 있었다. 화두는 까맣게 잊고 한사코 복을 지으려고 애썼다. 아마도 화두는 다음 생에 들기로 잠시 미루어 놓았는지 모른다. 그녀에게 화두를 왜 아직도 안 하느냐고 채근해 줄 사람은 혜능 큰스님뿐이었다. 그러나 이미 혜능 큰스님은 가셨다.

월광보살은 백운사 공양간의 책임보살로 있으면서 많은 보살과 인연을 맺었다. 그중에서 지선은 가장 아름다웠고 복스러운 보살이었다. 대중공양 온 보살들과 함께 온 지선이 공양간으로 월광보살을 따로 찾아와서 말했다.

"메주 열 말 보시하려고 갖고 왔어요."

"큰 복 짓네요."

월광보살은 지선이 갖고 온 메주를 받으면서 말했다. 돈이 하나도 없었던 지선은 갖고 있던 아끼는 패물을 팔아서 메주를 샀었다. 죽음만 생각하던 지선은 무엇이건 부처님께 공양을 올리고 싶었다.

"장 담그는 날 오세요. 내가 연락할게요."

월광보살은 첫눈에 지선이 맘에 들었다. 지선은 항암치료가 막 끝난 상태여서 머리에 모자를 쓰고 있었고 얼굴은 종잇장처럼 파리했다. 그런데도 기품이 서린 둥근 얼굴과 서늘한 눈매가 마음을 끌어당겼다.

한 달 후 연락이 왔을 때 지선은 월광보살의 힘에 끌려 억지로 몸을 일으켰다. 버스를 세 번씩이나 갈아타고 백운사로 갔다. 장을 담그기로 한 그날 절에 갑작스런 행사가 있어 장 담그기가 미루어졌다. 월광보살은 방을 내어 줄 테니 장 담그는 날까지 편한 마음으로 쉬라고 했다. 지선의 백운사 생활이 시작된 것이다.

지선은 살 것 같았다. 우선 음식이 먹혔다. 맑은 공기 탓인지 맑은 물 탓인지 몸이 음식을 받아들였다. 기운이 몸에 돌아다니니 지선은 살고 싶었다. 살살 걸어 다녔다. 일주문까지 나가 보았고 밭가에 앉아 있거나 수곽에서 야채를 다듬는 일손을 거들거나 했다. 월광보살은 싱긋 웃으며 지나갈 뿐 어떤 말도 걸지 않고 지선을 내버려 두었다.

장 담그는 날 지선은 낮은 의자에 앉아 메주 씻는 걸 거들었다. 가만히 앉아 하는 일이라 그다지 힘들지 않았다. 메주들은 줄줄이 씻어져 햇볕에 나란히 뉘어졌다. 지선은 자기도 한 장 메주처럼 햇볕 속에 눕고 싶었다. 전날 풀어놓은 소금물을 체에 거르고 장독 속에 메주를 차곡차곡 쌓고 소금물을 퍼 날라 독에 붓고 숯을 불에 달구고 그런 평화로운 일들이 일사불란하게 진행되고 있었다. 월광보살은 흰 스카프로 모양을 내고 돌아다니면서 총지휘를 했다. 간식 시간엔 장독대 곁에 모두 둘러앉아 잡담을 하며 웃음을 만들어 냈다. 빵과 커피, 지선은 정말 맛있게 새참을 먹었다. 노동 사이의 짧은 간식타임은 난생처음 느끼는 싱그러움이었다. 저녁때 월광보살이 지선을 작은방으로 따로 불렀다.

"지선보살, 백운사공양간에서 지내보지 않을래요? 보살은 여기가 인연 처라."

"인연 처요?"

"사람은 어디로 가고 누구를 만나고 하는 게 인연 따라 그러는 거라."

"그러고 싶지만 전 기운이 하나도 없고 요리도 잘 못해요."

"보살은 지금 회복만 하면 되는 사람이야. 여기는 스님들도 원기를 회복해서 가는 곳이야. 그만큼 기운이 좋은 곳이라. 전생에 나라를 구했나? 백운사에서 요양을 하게 됐으니."

월광보살은 지선의 얼굴을 자세히 보았다. 창백했지만 볼수록 복스러운 얼굴이었다. 이 보살은 금방 기운을 회복할 것이다. 점점 몸이 좋아지면 이것저것 할 일이 얼마든지 있는 곳이 백운사다.

"거들어 주면 돼요. 밭에 가서 채소를 뽑아 와 수곽에서 씻어서 공양간에 들여 주면 되는 거라. 채공은 바빠서 그런 건 할 시간이 없어. 본인 건강에도 좋고."

"그건 할 수 있을 거 같네요."

월광보살이 지선의 손을 잡으며 말했다.

"지선보살 살리려고 부처님이 보살을 백운사로 보낸 거라."

지선의 눈에 눈물이 맺혔다. 지선은 스치기만 해도 눈물이 맺히는 것이었다. 이제 지선은 걸핏하면 눈물을 떨구는 울보가 되어있었다. 마음이 한없이 약해진 탓이었다.

누군가는 종을 치고 누군가는 그 종소리를 듣는다. 누군가는 몰입한다. 지선은 종각 바깥의 한 모퉁이에 앉아 종소리를 듣다

몰입에 들었다. 전생의 소리까지 들을 수 있을 것 같았다. 그런데 또 들려오는 것이었다. 몸은 비었어. 몸이 비었다는 그 소리는 종소리를 따라 몸을 가득 채우고 영혼까지 가득 채웠다. 채우는 게 아니라 울리는 것이었다.

나도 종이구나. 내가 바로 종이구나.

감동이 지선을 울리고 있었다. 공양간 보살 하나가 종각의 한 모서리에 바짝 붙어서 있는 걸 아는지 모르는지 종치는 스님은 종을 서른세 번 다 울리고는 선방으로 올라가 버렸다. 하루의 일과가 다 끝났으므로 지선도 애써 다른 일을 할 필요가 없었다. 그녀는 그대로 모퉁이에 웅크리고 앉은 채 어둠이 내리는 시간을 지켜보고 있었다.

도감스님은 선방에 들지 않는다. 그는 자신의 암자로 돌아가는 길이었다. 종각 모서리에 웅크리고 앉아 저 보살은 무얼 하나. 가까이 가 보니 지선이 울고 있다.

"왜 여기서 울고 있노."

지선은 계면쩍고 반가웠다. 이미 혼자만의 감동은 깨졌다. 그래도 괜찮다. 어차피 감동은 깨지는 것이고 또 반가운 도감스님이다.

"어머, 스님! 종소리를 듣다가 그만"

지선이 무언가를 들킨 사람처럼 당황하며 말했다.

"왜 우노?"

"비었다고."

"머가?"

"비었다고… 제가… 몸이… 비어서… 종이… 된… 거… 같아요."

스님은 지팡이를 땅에 수직으로 세우고 지선의 소리에 귀를 기울였다.

"몸뿐 아니라 마음도 빈 거지. 지선보살 공부가 마이 됐구마. 가마이 있어도 죽음이 저 스스로 찾아오듯 이런 도량에 있으면 그 기운으로도 공부는 된다. 물론 선근이 있어야겠지만 이 도량에 온 것만으로도 선근이 있는 사람이라. 지선보살이 몸에 대해 간절하니까 비었다는 깨달음이 온 것이니 잘 보임하소."

지선은 일어나서 도감스님께 합장하고 절했다.

백운사에 와서는 마음공부에 관심을 쏟을 시간과 여력이 부족했다. 몸의 문제가 너무나 절박했다. 도시에 있을 땐 도반들과 어울려 법문을 들으러 다녔고 불교의 진리를 구했었다. 막연히 관심이 많았다. 나는 무엇인가를 탐구한다든가 정진법회에 참가한다든가 마음공부에 한 다리를 걸쳐놓고 있었지만 일정 수준을 넘지 못했고 간절하지도 못했다. 그냥 절이 좋아 차만 마시고 돌아다녔다. 이제는 마음이 아니라 몸을 다스리는 일이 더 절박했다. 의식이 온통 몸에 가 있었다. 여태 부처님의 고행에 대해서 지선은 한 번도 진지하게 생각해보지 못했고 그럴 기회 또한 없었다. 해골을 방불케 하는 부처님의 고행상을 접해서도 그냥 먼 옛이야기로만 생각했었다. 그 앙상한 모습에 스미어 있는 부처님의 절박함은 알아보지 못했었다. 몸은 비었다고 속삭인다. 비어 있는데 부처님의 저 고행상은 왜 그다지도 처절한가.

    하안거는 종소리 속에서 깊어갔다.
    지선은 종소리가 울려 퍼지면 울컥해서 계곡 길을 허탈한 마음으로 걸었다. 종은 비었기 때문에 공명이 일어난다. 내가 우주와 공명할 수 있는 건 내가 빌 때다. 종처럼 빌 때다. 그러나 나는 항상 무엇으로 채워져 있다. 아상(我相)으로. 부처님은 아상이란 여몽환포영(如夢幻泡影)이라 하셨는데. 지선은 완전 무방비 상태가 되어 그냥 터벅터벅 종소리 속을 걸었다. 혼 나간 사람처럼 걸었다. 그렇게 걷다가 물에 빠지기도 했다. 종소리 속을 걸으면 뭣 때문인지 눈물이 나와서 떨어졌다. 눈물은 걸어가는 길 위에 떨어졌다.

제7장

산삼

숲에선 매미가 귀청이 따갑게 발성 연습 중이고 밭에선 옥수수가 시간을 다투며 익어간다. 선방에서는 스님들도 더위쯤은 아무것도 아니라는 듯 분초를 다투며 화두에 전념한다. 공양간에서도 질세라 맛난 메밀국수를 끝도 없이 삶아 낸다. 메밀국수에 스님들의 표정은 하나같이 싱글벙글이다.

"지선보살, 저기 의사 선생님이 식당에서 공양하고 있어요. 약값 안 드렸죠?"

약값을 갖다 드릴 시간이 없었다. 절에 계속해서 이런저런 일이 발생했기 때문에 사하촌에 갈 시간이 안 났다. 담연선사 앞 좌석에서 공양하는 의사 선생이 보였다. 백여 명 스님들 속에서 혼자 머리를 묶고 있었는데 얼굴에 미소가 떴다. 담연선사가 우스운 얘기를 하셨나. 그들은 공양을 끝내고 일어섰다. 지선은 공양간 밖으로 나가 입구 쪽으로 쫓아갔다.

"저, 선생님, 저번에 약값을 안 드리고 약을 가져와서 죄송합니다. 잠깐 기다려주세요."

지선은 부리나케 방으로 가서 약값을 가지고 나왔다. 지선을 기다리고 있는지 두 사람은 나무 아래 벤치에 앉아 쉬고 있었다. 지선이 돈을 건넸다.

"약은 잘 드십니까?"

"예, 벌써 많이 먹었어요. 며칠이나 지나서요."

"저도 감자 맛있게 잘 먹었습니다."

"아, 네."

갑자기 지선은 당황스러웠다. 담연선사님은 뭐라 하실까.

"아, 두 사람만의 비밀이 있구만."

담연선사는 두 사람을 번갈아 보며 상황을 짐작했다.

"예, 비밀이 있습니다."

의사 선생이 태연히 말했다. 그는 그 감자 얘기를 하는 게 즐거웠다.

"비밀을 이렇게 떠들면 되나, 의사 선생이."

"떠들고 싶은 비밀이라서요, 스님."

소봉준은 누군가에게 떠들고 싶었다. 담연선사면 어떤가. 그는 감자바구니와 메모를 보고 기뻤다. 몇 년 만에 그렇게 기분이 좋았다. 그날 소주를 세 병이나 사다가 마셨다. 아무것도 생각하고 싶지 않았다. 그냥 기분 좋게 취하고 싶었고 기분 좋게 만취했다. 그리고 개울에 들어앉아 개울가에 지천으로 널려 있는 돌들을 이리저리 포개 놓으면서 혼자 놀았다. 물 가운데 있는 바위 위에는 엉뚱한 돌들의 조합이 등장해서 동물원을 이루었다. 저걸 다 만드느라 대체 몇 시간을 보냈을까? 자신도 모른다. 그는 그걸 그대로 놓아두었다. 세수하러 가서 보면 공연히 즐거워졌다. 만취 상태에서 어떻게 저런 모양들을 만들 수 있었을까 신기했다.

"스님, 감자 캔 날 오후에 약을 가지러 갔는데 갈 때 갑자기 생각나서 갖다 드렸어요. 안 계셔서 놓고 왔어요. 감자 삶은 거 다섯 개요."

지선이 장황하게 설명했다. 갑자기 생각났다는 건 거짓말이다. 적어도 미리 바구니에 담아놨었다.

"큰 비밀이구먼. 다섯 개씩이나 살짝 몰래 갖다 놓고 왔으니."

지선이 열심히 설명하는 게 은근히 재미있다. 더구나 소봉준이가 비밀이라면서 공공연하게 말해버리는 게 또 재미있다.

"스님 그 감자가 기막히게 맛있었습니다. 더 있으면 더 먹었을 텐데 겨우 다섯 개라 아쉬웠습니다."

"그거 내가 캔 감자였구먼. 그러니 맛이 좋을 수밖에."

"아니죠. 지선보살님이 가져다 놓은 감자여서 맛있었습니다."

"무슨 그런 섭한 말인가. 내가 캔 감자라서 그렇게 맛이 좋은 거지. 아무리 이 보살이 갖다 놓았어도 다른 사람이 캔 감자였으면 그건 보통 감자였을 거야."

지선은 그만 웃지 않을 수 없었다. 어른이 서로 다투는 게 꼭 아이들 같았다.

"오늘 어떻게 절에 오셨어요? 스님들 진맥하셨나요?"

지선이 막간을 이용해서 의사 선생에게 물었다.

"약값 받으러 왔습니다."

지선을 바라보며 만면에 웃음을 띠고 약초의사 소봉준이 말했다. 지선은 옆에 담연선사가 듣는 데서 외상값을 받으러 왔다고 말하는 의사에게 좀 당황했다.

"그날 묘심보살과 둘이 갔는데 묘심보살은 진맥을 받고 침을 맞을 계획이었어요. 선생님이 안 계셔서 어쩔까 하다가 약은 이름표가 있으니 갖고 가도 괜찮을 것 같아서 갖고 왔는데 다음날부터 계속 일거리가 많아서 못 갔어요. 약값을 안 드리고 안 계실 때 그냥 약을 갖고 와서 죄송합니다."

지선이 길게 변명을 했다.

"오늘 갖고 오려나 내일 갖고 오려나 기다려도 안 와서 오늘은 내가 받으러 왔습니다."

"약값 받으러 왔구먼. 나는 느닷없이 의사 선생이 절에 나타나서 누가 아픈 줄 알았구먼."

담연선사가 옆에서 또 거들었다. 지선은 난처해서 얼른 여기를 벗어나고 싶었다.

"묘심보살님이 통증 때문에 밤엔 잠을 못 잔대요. 묘심보살님 불러올게요."

지선은 묘심을 부르러 황급히 그 자리를 떴다. 묘심은 파트너 없이 혼자 설거지를 감당하고 있었다.

"보살님, 나머진 내가 할 테니 침 맞고 와요. 의사 선생님이 벤치에서 기다리고 있어요."

"설거지 먼저 해치워야지. 이걸 두고 어디 가요."

묘심은 어딘지 허둥거리는 지선이 우스웠다. 이 보살은 무얼 먼저하고 뒤에 하나를 잘 모르고 일거리를 보면 겁부터 낸다. 다 하고 나면 그 많은 걸 다 해치웠다고 감탄한다.

"빨리 가요. 의사 선생님 가버리면 어떡해요."

지선이 묘심을 재촉했다. 묘심은 그러나 여유롭게 웃을 뿐 서둘지 않았다.

"젤 먼저 우리가 해야 할 건 이거 설거지하는 거예요. 침은 그 담에 맞으면 돼요."

지선은 나무 밑에서 의사 선생이 기다리고 있을까 봐 불안한 채로 얼른얼른 설거지를 했다. 그릇 설거지가 끝나고 바닥의 물청소까지 끝내고 세면장에서 젖은 앞치마를 벗고 얼굴을 씻고 나왔을 때는 나무 밑의 벤치에 아무도 없었다. 아직 그곳에 누군가 앉아 있으리라고는 생각하지 않았지만 지선은 서운했다.

"내가 묘심보살님 침 맞아야 한다고 했는데 너무 어정거렸어요."

"그럼 바로 가시지는 않았겠네요. 의사 선생님이 수좌스님 방에 계시지 않을까요?"

두 사람은 의사 선생이 가버리지 않았기를 바라면서 담연선사의 거처인 무설당으로 갔다. 보살들은 함부로 들어가지 않는 곳이다. 댓돌에 두 켤레 신발이 나란히 놓여있었다. 불러야 하나 말아야 하나 둘이가 마당에 서서 망설이고 있는데 담연선사가 문을 열었다.

"들어들 오시지."

"저희는 말씀이 끝날 때까지 저기 나무 밑에서 기다리고 있을게요."

공양간 보살들이 특별한 일도 없으면서 함부로 담연선사 방에 들어갈 수는 없었다.

"들어와서 차 한 잔 하시게."

담연선사는 두 사람을 방으로 불러들였다. 자기를 보러 온 게 아니라 지금 손님으로 온 의사 선생을 만나려는 보살들이다. 두 사람은 조심스레 방으로 들어와서 합장 인사를 올리고 소봉준의 옆에 앉았다. 소봉준은 오늘 분명 지선을 만나려고 왔다. 약을 가져간 지 일 주일이 지났는데 기다려도 안 나타나는 지선이 궁금해서 온 것이다.

담연선사가 손수 커피를 타서 두 사람 앞으로 밀었다. 그들은 조심스럽게 뜨거운 커피를 마셨다. 아무도 입을 열지 않았고 정적이 방안을 감돌았다.

"차가 어떤가?"

뜨거운 차 한 잔을 다 마실 때까지 고요를 지키던 담연선사가 조용히 말했다.

"좋습니다. 스님!"

묘심이 말했다. 보통 큰스님들은 작설차나 보이차를 낸다. 그래서 묘심은 커피도 작설이나 보이만큼 좋다고 말한 것이다.

"지선보살은 어떤가?"

"뜨거워요."

뜨거운 차는 몸의 어딘가를 건드렸다. 차 한 잔의 느낌이 이런 줄 몰랐다. 무설당에서 담연선사가 주는 차라서 그런지 뭔가 강렬했다. 침묵이 이어졌다. 무근수(無根樹). 늘 입에서 맴도는 그 단어가 지선의 의식 속에 떠올랐다.

"스님, 저는 오래 전부터 궁금한 게 하나 있는데요."

지선이 잔을 내려놓으면서 말했다.

"머가?"

"무근수가 뭔가요? 전부터 항상 궁금했어요."

잠시 침묵 후 담연선사가 말했다.

"궁금하면 스스로 알아봐."

"모르겠어서 여쭈었는데요."

"그러니까 스스로 물어서 알아봐."

산삼 149

지선은 답답했다. 모르니까 물었는데 스스로 알아내보라고?

"그 말 어디서 들었나?"

"무상사라는 절의 거실에 걸려있었어요. 몇 년이 지났는데 머리에서 안 떠나고 불쑥불쑥 생각나요."

"스스로 알아봐."

지선은 어리둥절하고 답답했다. 이때 소봉준이 말했다.

"지선보살님은 화두를 받으신 겁니다."

지선은 불자였어도 여태 화두에 부딪친 적이 없었다. 잠시 말이 끊어졌다. 아무도 입을 열지 않았다. 침묵을 뚫고 매미소리가 시원하게 들려왔다.

"블루마운틴!"

불쑥 지선이 다른 사람은 알 수 없는 소리를 밑도 끝도 없이 혼잣말로 중얼거렸다. 비록 지선이 혼자 중얼거렸으나 옆에서 들은 사람이 있었다. 매미소리가 한 번 더 들려왔다.

"선생님, 묘심이 팔이 아파서 밤이면 통증이 심하대요. 오늘 침 좀 놓아 주세요."

지선이 화제를 바꾸어 본래 하려고 했던 말을 했다. 오늘 무설당에 온 건 순전히 묘심이 침을 맞아야 하는 일 때문이었다.

"자, 그럼 모두들 일어날까. 나도 선방에 가야 할 시간이야. 보살은 저기 객실에 가서 침을 맞도록 하지."

세 사람은 일어섰다. 무설당을 나와 스님들이 차담을 나누는

객실로 갔다.

 새벽잠에서 깬 소봉준은 문득 담연선사를 떠올렸다. 선으로 평생을 살아오신 담연선사는 결코 고요함만 추구하는 선사가 아니었다. 그가 알고 있는 모든 사람 중에 최고로 와일드한 정신을 가진 분이었다. 그는 선사의 와일드한 기개가 좋았다. 무근수라는 말이 떨어지자마자 선사는 당장 알아 보라했다. 답을 가르쳐주지 않고 스스로 알아보라 했다. 담연선사만이 할 수 있는 말이었다. 분명 화두였지만 지선은 화두에 대해 잘 모르는 것 같았다.
 소봉준은 벌떡 일어났다. 수건을 목에 걸고 세수를 하려고 개울로 내려갔다. 여름의 새벽은 벌써 훤했다. 신나게 굴러가는 개울물 속에 얼굴을 갖다 댔다. 숨을 멈추고 한참 있다가 얼굴을 꺼내 수건으로 물기를 닦아냈다. 개울을 보았다. 소봉준은 자신도 모르게 미소를 지으며 그들을 구경했다. 조각가가 따로 없다. 아무 연장도 없이 개울물이 오랜 세월 다듬어 놓은 돌을 주워서 그냥 재배치했을 뿐인데 근사했다. 혼자 감탄까지 하고 불어오는 새벽바람 속에 서서 하늘을 올려다보았다. 하늘에 보름달 같은 얼굴이 하나 있다. 소봉준은 그만 마루로 돌아왔다.
 벽에 걸린 그림 속 노랑나비 두 마리가 유난히 눈에 들어왔다. 그들이 즐거워 보인다. 무심하게 보았던 나비들이 행복해 보인다.

참 희한한 심경의 변화가 아닐 수 없다. 명상하는 방에 들어가 방석 위에 앉아 보았으나 금방 일어나버렸다. 배가 고팠다. 부엌으로 들어가 감자를 깎아 냄비에 담고 소금 몇 개를 뿌리고 뚜껑을 덮어 불 위에 얹었다. 감자가 익는 동안 마루에 앉아 아침이 밝아 오는 모습을 지켜보았다. 해는 어느새 산 위로 떠올라 들판에도 마루에도 아침빛을 뿌리고 있다.

감자 타는 냄새에 얼른 부엌으로 갔다. 그새 감자는 다 익었다. 냄비를 가지고 마루로 나와 뚜껑을 열었다. 꼭 다섯 개다. 지선이 갖다 준 감자와 같은 다섯 개다. 네 개보다 여섯 개보다 다섯 개가 되어야 감자는 맛있다고 지선이 가르쳐 준 것이다. 그는 포크로 감자를 찍어 아침식사를 했다. 커피 한 잔을 곁들인 식사다.

해는 계절에 맞춰 지구를 달구어 준다. 적막한 고요가 산 가득하다. 그 적막한 산속으로 한 사내가 스며든다. 시골의사 소봉준이다. 보통 백운사 능선을 탈 때는 운동화면 그만이었다. 그런데 오늘 소봉준은 배낭을 메고 등산화까지 꺼내 신었다. 험한 산을 가야하는 것이다.

그는 목에 걸친 수건으로 땀을 훔치며 길도 없는 산속을 한 마리 산짐승인 양 헤쳐 나갔다. 길도 없고 그야말로 가시밭길이다. 넝쿨이 엉켜서 나아가기가 여의치 않자 배낭에서 낫을 꺼내 엉킨

가지와 넝쿨들을 쳐내면서 점점 산속으로 들어갔다. 분명한 목표를 가지고 하는 산행이다.

한나절이 걸려 그는 커다란 바위가 버티고 선 지점에 이르렀다. 이름 모를 풀들도 인간의 흔적이 닿지 않은 탓으로 청명하기 그지없다. 그가 발길을 멈춘 그곳이 산삼들이 사는 산삼들의 동네였다. 소봉준은 바위 아래 배낭을 내리고 소주 한 병을 꺼내 뚜껑을 따고 붉은 꽃이 달린 풀 앞에 놓고 동서남북 사방에 절을 했다. 땀에 젖은 얼굴이 살짝 풀에 닿았다. 그는 조심스럽게 손으로 흙을 파헤쳤다. 붉은 꽃이 매달린 풀은 곧 뿌리까지 완전한 자태를 드러냈다. 산이 키워낸 신령스러운 풀. 순결한 자연에 대한 경외심이 가슴 가득 차올랐다. 두 손을 뻗어 풀을 들어 올리니 잔뿌리 사이에서 흙이 솔솔 떨어졌다. 흙은 수십 년 동안 풀을 감싸고 키워준 자궁이었다. 그는 두 뿌리의 산삼을 캐냈다. 바위에서 걸어 온 푸른 이끼에 풀을 포대기처럼 감싸고 다시 준비해 온 한지로 잘 마무리를 했다. 그리고 흙 위에 앉아 잠시 호흡을 골랐다. 가슴 가득히 기쁨이 차올랐다. 햇빛이 나뭇잎 사이로 보석처럼 떨어져 내렸다. 자연에게서 받은 삶을 참 아무것도 아닌 것으로 생각했었다. 그래서 스스로 자신을 내팽개쳤었다. 자신의 삶을 서푼어치 싸구려로 전락시켰었다.

무근수라. 소봉준은 중얼거리며 배낭을 짊어지고 다시 산을 헤치고 내려왔다. 집으로 가지 않고 곧바로 백운사로 갔다. 무설당의 마루에 걸터앉아 담연선사가 올 때를 기다렸다. 저녁공양이 끝나고 무설당으로 돌아온 담연선사는 마루에 앉아 있는 소봉준을 발견하고 활짝 웃었다.

"또 웬일인가?"

소봉준은 거두절미하고 선사를 따라 방으로 들어섰다.

"스님, 제가 선물을 갖고 왔습니다."

"무슨 선물을?"

"보면 압니다."

소봉준은 배낭을 열고 한지로 싼 뭉치를 꺼내 펼쳤다. 푸른 이끼에 싸인 산삼이 정갈하게 누워 있었다.

"이걸 내게 주려고 갖고 왔단 말인가?"

"네, 지금 산에서 캐 왔습니다."

"고맙네, 그런데 두 뿌리구만."

"한 뿌리는 지선보살님 주십시오."

"그것도 선물인가?"

"아닙니다. 감자 다섯 개 값입니다."

"호, 비싼 감자였구만."

"비싼 게 아니고 충분히 맛있었습니다."

"그래, 그렇고말고. 값이란 그런 거지."

얼결에 산삼을 선물 받고 담연선사는 할 말을 잃었다. 눈앞의 소봉준을 바라보았다. 십몇 년 전 아파트 문을 따주던 소봉준은 흡사 원시인이었다. 봉두난발에 될 대로 되라는 마음이 되어버린 한 사내는 그저 한 마리 짐승이었다. 우리에 갇혀 먹고 싸고 잠자는 한 마리 짐승이었다. 그것도 스스로 자신을 감금해버린 어리석은 짐승. 지금 꽤 많은 시간이 흘렀다. 그때 강제로 백운사로 데려오지 않았다면 이 사내의 운명은 지금 어찌 되었을까? 햇볕이 부족해서 죽었을 것이다. 여기 와서 그나마 마음을 열긴 했으나 백운사 주변만 맴돌았다. 맺혀도 단단히 맺힌 마음이었다. 그런데 지금 맺힌 마음이 녹고 있다. 산삼을 캐러 산속을 들어갔다 나온 소봉준의 마음이 적나라하게 보였다.

"알았네. 내 지선보살한테 전해주지. 걱정 말게. 그런데 이걸 어떻게 먹나?"

"흐르는 물에 흙을 씻어내고 그냥 잘 씹어서 드시면 됩니다. 공복에 드십시오. 귀두만 버리고 이파리도 드십시오. 그럼 저는 가보겠습니다."

소봉준이 일어섰다. 너무나 고마운 스승이다. 그는 문득 큰절을 올리고 방을 나섰다. 무설당 마당을 지나 대문을 나서려다 그가 다시 돌아와 담연선사를 쳐다보았다. 담연선사는 마루에서 그가 문을 나갈 때까지 보려고 서 있는 참이었다.

"스님, 전 지선보살과 함께 블루마운틴을 등정하겠습니다."

담연선사는 소봉준의 말을 알아듣는 데 일 초도 안 걸렸다.

"그러게, 그러게. 내겐 산삼보다 백배 큰 선물이야."

소봉준은 깊이 머리를 숙인 후 무설당을 나섰다. 놀랍게도 소봉준은 지선이 혼자 모기소리로 중얼거린 블루마운틴을 선사께 말한 것이다.

담연선사는 저녁산책을 한 후 공양간 근처로 갔다. 마침 수곽에서 지선이 묘심과 야채를 다듬고 있었다.

"지선보살, 내일 점심공양 후에 잠깐 내방에 들르시게."

그러곤 다른 설명 없이 선사는 가버렸다.

"무슨 일이죠? 짐작 가는 거 있어요?"

묘심이 호기심 가득한 목소리로 물었다.

"통 없어요. 무슨 일일까?"

지선은 전혀 짐작할 수 없었다.

"그 감자가 문제인 것 같아요."

지선이 모호한 마음으로 말했다.

"설마 감자 갖다 주었다고 수좌스님이 쩨쩨하게 야단하시겠어요? 월광보살이면 모를까."

"왜 여기서 죄 없는 월광보살이 나와요?"

"안 그래요, 보살님. 여자들은 그런 조그만 데에 마음이 꽁하고 그래요."

"어머, 왜 그럴까요?"

"그게 여자들 심리라니까요. 그래서 부처님은 여자들은 도 닦기 어렵다고 했을 거예요."

지선은 이럴 때 묘심의 사고방식이 좀 우스웠다. 잘 나가다가 이렇게 종종 도매금으로 판단을 했다. 무슨 일일까? 아무래도 감자가 걸린다. 공연히 감자는 갖다 주어서 일을 만들었다. 지선은 감자 이야기를 공개해버린 의사 선생이 좀 얄밉다.

다음날 점심공양 설거지를 끝내고 지선은 무설당을 들렀다. 묘심은 함께 가고 싶어 했으나 혼자 갔다. 큰스님 처소에 함부로 드나들기는 조심스러운 일이었다.

"스님, 지선보살 왔습니다."

"들어오시게"

지선은 댓돌 옆에 신을 벗어놓고 방으로 들어갔다. 담연선사는 또 커피 한 잔을 내어준다. 커피는 너무 뜨겁다. 선사는 지선을 가만히 건너다볼 뿐 말이 없다. 아주 긴 시간이 지나간 것 같았다.

"무근수가 무엇이고."

선사의 목소리가 들려왔다.

"예?"

"무근수가 무어고?"

선사의 목소리는 너무도 고요하다.

"예?"

바보같이 지선은 무슨 말을 할 수 없었다.

"알아봐. 스스로."

무근수. 또 스스로 알아보라 하신다.

"그리고 이건"

담연선사가 한지에 싸인 뭉치를 내밀었다.

"산삼이다. 의사 선생이 지선보살 먹고 기운 내라고 갖고 왔구만. 물에 씻어서 그냥 잘 씹어 먹으면 된다 하네. 귀두는 먹는 게 아니니 먹지 말고 공복에 먹으란다."

지선은 너무나 뜻밖의 일이라 멍하니 선사를 쳐다보았다.

"왜 제게 이걸?"

"감자 값이다. 의사 선생 말이네."

지선은 무슨 말을 해야 할지 얼른 떠오르지 않아서 멍하니 앉아 있었다.

"그럼 이제 나가봐."

지선은 산삼이 든 뭉치를 들고 아직도 뭐가 뭔지 멍한 상태로 무설당을 나와 방으로 돌아왔다. 방으로 돌아와 앉기도 전에 옆방의 묘심보살이 지선의 방으로 들어왔다.

"뭐라 하셨어요?"

"그게."

지선은 무어라 간단히 설명해야겠는데 잘 안 됐다. 그래서 들고 있던 뭉치를 묘심에게 내밀었다.

"이걸 갖고 가랬어요."

"뭔데요?"

묘심은 한지 뭉치에 싸인 산삼을 보았다. 세상에나. 금방 캐낸 산삼이다. 신령한 풀은 초록 이끼 속에서 선명한 윤기를 품고 있었다.

"어찌된 거예요?"

"의사 선생님이 준 거래요. 기운차리라고."

"그냥 공짜로요?"

"감자 값이래요."

"아이쿠, 지선보살, 웬일이에요!"

묘심은 함빡 웃음을 머금고 기뻐했다. 지선은 그냥 얼떨떨했다. 왜 이런 걸 내게 주나. 나는 그가 외로워 보여서 감자를 갖다 주었을 뿐인데. 그러나 묘심은 대번에 의사 선생의 마음을 읽었다. 그는 지선보살이 좋은 것이다. 무엇이라도 귀한 걸 지선에게 주고 싶은 것이다.

제8장
소울메이트

아침 일이 끝나면 지선은 MP3 이어폰을 귀에 꽂고 일우 선생의 법문을 들으면서 계곡을 따라 나 있는 소나무 숲길을 걸었다. 지선이 듣는 법문은 언제나 똑같다. 우두법융(牛頭法融)의 심명(心銘). 그것 하나만 갖고 왔기 때문에 선택의 여지도 없어 늘 그것만 들었다. 하도 되풀이 들어서 외울 지경이지만 그냥 습관으로 들을 뿐이다.

아침 산책은 최상의 선물이었다. 햇살과 나무와 바람과 사람이 그냥 아침과 한 덩어리였다. 도시에서는 노동 후의 휴식에 대해 전혀 몰랐었다. 하루 종일 안락함을 누리면 그만이었다. 지금 상황은 180도로 변해 오 분을 아쉬워한다. 숲으로 나 있는 길을 걷다가 내려오는 시간을 계산해서 딱 한 시간 지점까지 가서 되돌아와야 하는 것이다. 돌아오는 데 한 시간을 정확히 계산 못 하면 지각이다. 지선이 잘 늦으니 보덕화가 꽁하고 지선이 도착하는 시간만 체크하고 있다가 불과 일 분 이 분인데 꼭 한 소리했다. 또 오 분 늦었네요. 보덕화는 아예 공양간 앞에 서 있다. 그 말을 하려고.

이제 다리에 힘도 생겼다. 이 시간 숲길은 아무도 오지 않는다. 온몸으로 숲을 느끼면서 걷다가 딱 멈춘다. 더 가면 지각이다. 여기서 턴해야 한다. 지선은 소나무 숲이 끝나는 지점에 서 있는 백년 묵은 전나무를 손바닥으로 탁 치고는 휙 돌아선다. 사열 받는 군인인 양 절도 있는 턴이다. 아무도 보는 사람이 없으니 상관없다. 되돌아갈 때는 이어폰도 빼버리고 네 활개를 커다랗게 휘저으면서 숲길을 걸었다. 우아한 지선은 찾아볼 수 없고 꾸밈없는 시골보살이 다 되었다.

점심공양 후, 지선은 방에 들어가 쉬려다가 소쿠리를 옆구리에 끼고 밭으로 갔다. 바람과 구름, 땡볕이 소쿠리에 와 담겼다. 감자밭 아래 고추밭이 길게 누워 있다. 연한 풋고추를 부지런히 따 담았다. 하도 풋고추를 따 날라서 이젠 한눈에 연한 놈 뻣뻣한 놈을 알 수 있다. 연한 풋고추는 상추와 쌍벽을 이루는 여름 반찬이다. 조리도 필요 없이 그냥 씻어서 채반에 가지런히 담아 쌈장과 함께 내면 된다. 저녁 반찬이니 상추는 따지 않았다.

연한 풋고추를 한 소쿠리 따다가 공양간에 두고 지선은 방으로 들어갔다. 나뭇잎조차 잠든 여름 오후, 지선도 나른하게 오수를 즐기고 싶었다. 등을 방바닥에 붙이고 눈을 감았다. 그리고 곧장 잠의 나라로 들어갔다.

이제 하안거도 얼마 남지 않았다.

지선과 묘심은 최대한 빨리 공양간 뒷정리를 끝내고 사하촌으로 출발했다. 거북이한의원 앞에서 순조를 만났다. 방앗간을 다녀오는 길이라는데 손에 콩국이 들려있었다.

세 사람이 한의원을 들어섰을 때 대기실에는 기다리는 사람들로 가득 차 있었다. 어제 군청에서 강의가 있는 바람에 어제 치료를 못 받은 사람들도 오늘 다시 온 탓이다. 대개 노인들이라 침을 맞는 사람, 뜸을 뜨는 사람들이라 침대가 빌 때까지 순서를 기다려야 했다. 시간 제약이 없는 시골 사람들은 대기실에서 TV를 보며 느긋하게 순서를 기다리고 있었다.

의사 선생님은 세 사람에게 마루에 가서 기다려 달라고 했다. 순조가 두 사람을 안채 마루로 안내했다. 지선도 묘심도 처음 와 보는 안채다. 마루에 앉으니 개울이 훤히 보이고 바람도 시원하게 불어왔다. 지선은 마루에 앉아 심플하기 짝이 없는 집을 둘러보았다. 처마 밑에 제비집이 두 개나 붙어 있고 마당은 작은 꽃밭만 했다. 간호사조차 두지 않고 혼자 사는 자의 건조한 마당이다.

"작기도 해라. 채송화 한 포기 없네."

지선이 아무도 못 알아듣는 작은 소리로 혼자 말했다.

대청마루에 노랑나비 두 마리가 날아가는 그림이 걸려 있다. 참 단순한 집이다. 마당이 좁다 하나 꽃 한 포기 없다. 노랑나비 날아가는 풀밭 그림이 유일한 있음이다.

"이거 너무 깔끔해요. 의사 선생님은 어떤 사람이에요?"

묘심의 말에 순조는 그냥 웃었다.

"나도 잘 몰라요. 통 자기에 관한 말을 안 하니까요."

순조가 커피 석 잔을 타 왔다. 이번에도 뜨거운 커피다.

"얼음 없어요? 여름에 이거 너무한 거 아닌가."

묘심의 말에 순조는 고개만 흔들었다.

"우리 저 냇가에 가서 마셔요."

지선은 뜨거운 커피를 개울 바람에 조금씩 식혀가면서 마시고 싶었다.

"그래요. 그게 좋겠어. 이쪽에 개울로 내려가는 계단이 있어요."

순조가 커피잔을 들고 먼저 일어섰다. 두 사람도 따라서 개울로 내려갔다. 그들은 그곳 물 가운데 여기저기에 널려 있는 돌 형상들과 맞닥뜨렸다.

"이게 다 뭐예요?"

묘심이 펼쳐져있는 뜻밖의 광경을 보고 눈이 휘둥그레져서 말했다.

순조의 놀람은 말할 것도 없었다. 순조는 개울 가운데 흩어져 있는 바위 위에 멋대로 포즈를 잡고 있는 돌 형상들을 주의 깊게 살펴보기 시작했다. 아니, 이럴 수가. 대체 누가 이들을 만들었는가. 예사 솜씨가 아니다. 설마 의사 선생은 아닐 것이다. 예술 쪽으로 문외한인 걸로 알고 있다. 그가 만들었을 리는 없다.

순조는 커피고 뭐고 안중에 없었다. 그녀의 화랑 경영자로서의 촉이 발동했다. 잠자던 촉이 불시에 눈을 뜨고 기지개를 켰다. 작위가 완전 배제되고 눈, 코, 입의 구체적 형상이 없으면서 사람의 모습이다. 피카소가 와도 저건 못 만들 것 같다. 저 자연스러운 조형미는 언제부터 여기 존재하고 있었을까. 순조는 갑자기 후딱 일곱 개의 계단을 올라가서 한의원을 통과해서 모연화랑까지 뛰어갔다. 개울에 흩어진 돌 작품들은 그야말로 다 놀라움이었다. 웬일이람. 대체 무슨 일이 일어난 거야. 순조는 뛰어가며 중얼거렸다.

지선과 묘심은 천천히 커피를 마시면서 오르락내리락하며 개울 가운데 있는 돌 작품들을 구경했다. 아무 말도 없이 뛰어 올라간 순조가 잠깐 이상했지만 그만한 이유가 있을 것이다.

"왜 저리 급하게 뛰어 갈까요?"

"불 위에 음식 얹어 놓고 깜빡했나 보지요."

그럼 그렇지, 여자들이 잠깐 냄비를 불 위에 얹어 놓고 깜빡하면 저런 행동을 한다. 사하촌에서도 일어날 수 있는 평범한 일상이다.

"순조씨 냄비 까맣게 탔겠네요."

"꽤 덜렁대는 성품인 것 같아요."

두 사람은 징검다리도 건너보았다. 집 뒤에 이런 한가로운 풍경이 있는 줄은 몰랐다.

"저 마루에 앉아 있으니까 꼭 원두막에 앉아 있는 것 같죠?"

지선이 대청마루의 편안함과 아늑함에 대해 말했다.

"멋진 정자예요. 의사 선생님은 매일 별장의 정자에서 지내고 있네요."

묘심은 정자라 하고 지선은 원두막이라 한 대청마루가 두 사람 다 맘에 쏙 들었다.

"그런데 이런 재미있는 걸 누가 만들었을까요?"

"의사 선생님 찾아온 손님이 심심해서 만든 거 같네요."

"어쨌건 상당한 실력자가 만든 거 같아요."

어느새 두 사람은 신발을 벗어 던지고 개울 속에 들어와 있었다. 돌아온 순조의 손에는 카메라가 들려있었다.

"우리 찍어 주려고요?"

지선이 웃으며 손을 흔들었다. 순조는 말은 안 하고 찰칵 지선을 찍었다. 지선과 묘심은 진찰받으러 온 게 아니라 개울로 소풍 온 것같이 신났지만 순조는 자못 심각했다. 지금 톱 뉴스감이 개울에 펼쳐져 있는 것이다. 순조는 두 사람의 사진을 몇 장 찍어 주고는 곧 돌 작품들을 하나씩 카메라에 담기 시작했다. 아예 신발을 신은 채 개울 속에 들어와서 작품 가까이 바싹 카메라를 들이대고 찍어댄다. 솜씨가 꼭 전문가 같다. 한 작품이 여러 각도에서 찍힌다. 거기 있는 돌 형상들은 다 순조의 카메라에 담겼다.

"우리 마루로 올라갈까요?"

개울에 흩어져 있는 돌 작품들을 다 찍었는지 순조는 둘에게 말했다. 그들은 마루로 돌아왔다. 순조가 자못 심각한 얼굴로 고개를 꼬고 말했다.

"대체 누가 만들었을까? 물 가운데 저들요."

"의사 선생님 우렁각시가 밤에 살짝 왔다 갔나."

"의사 선생님이 수상해요."

"노! 의사 선생님은 예술에 관심이 전혀 없어요. 병원하고 집 보세요. 아무것도 없잖아요. 아마도 친구가 왔었나 봐요. 무료하니까 저런 장난을 쳤을 거예요. 그런데 작품이 좋아서 뭐라 말 못하겠어요."

"들어오시래요."

꼬마가 와서 전한다. 세 여자는 진찰실로 갔다.

의사 선생님은 먼저 묘심의 어깨에 침을 놓고 단전에 뜸을 떴다. 지선에게는 아무 치료도 하지 않는다.

"선생님, 저도 진맥해 주세요."

지선이 말했다. 오늘 지선은 산삼 말을 하려고 왔다.

"어디 아픈 데가 있습니까?"

소봉준이 지선의 손목을 당겨 맥을 잡았다. 의사로서 맥을 잡으나 그의 심장은 거세게 뛰었다. 솟구쳐 오르는 흥분 때문에 도저히 환자의 맥을 잡을 수가 없었다. 그러나 손목을 놓기가 싫다. 지선도 이심전심이라 공연히 심장이 떨렸다. 의사의 마음을 알아 버린 것이다. 그의 목소리를 들으면 신통하게 안심이 되었다. 묘심의 말처럼 건강은 걱정 안 해도 되려나. 의사 선생은 산삼을 주었다. 옛날의 지선이면 퉁겼을 것이다. 호락호락 다른 사람의, 그것도 남자의 호의를 받아들이는 지선이 아니었다. 그런데 갖고 온 산삼을 고맙게 받았다. 지선은 산삼보다 그의 호의가 더 마음 든든했다. 마음이 많이 약해진 탓이었다. 그리고 그가 너무 고독해 보였다. 그렇게 좋아하는 두 사람이 맥을 짚는 건지 아닌지 모르는 그런 한순간이 지나갔다. 순조가 끼어들었다.

"선생님, 저 뒤쪽 개울 가운데 돌 작품들 누구 작품이에요?"

"그걸 봤군. 내가 장난쳐 놓은 건데 꽤 괜찮지?"

소봉준은 지선의 손목을 놓고 순조에게 말했다.

"바로 말해 봐요. 선생님이 만들었을 리는 없고 대체 누가 했어요?"

"내가 그랬어."

"진짜요?"

"그래."

"선생님, 전에 뭐 했어요? 한의사 되기 전에요."

순조가 꽤 집요하게 물었다.

"한의사 되기 전에는 학생이었지. 또 그전엔 죽어라 입시 공부하는 수험생이었고."

"중고등학교 때 그림 잘 그렸어요?"

"꽤 그렸어. 그런데 왜 그래?"

"믿기지 않아서 그래요."

순조는 약간 허탈해져서 말했다.

"거짓말 아니고 진짜 선생님이 저거 했다고요?"

순조는 믿기가 어려웠다. 놀라운 작품들인데 그걸 생짜 한의사가 만들었다니. 순조는 지금 돌들만 생각했다. 순조의 홀랑 빠지는 성품은 도무지 균형이란 걸 몰랐다.

"응, 내가 취해서 장난한 거야."

"취해서 했다고요?"

"소주를 세 병 마시고 완전 맛이 가서 그랬지. 나도 다음 날 술 깨고 알았어."

"맙소사."

지선과 묘심은 곁에서 두 사람이 주고받는 얘기를 듣고 있었다. 개울 가운데 있는 그 피카소 작품들은 훌륭한 건가 보다. 그래서 순조가 카메라까지 갖고 오고 그랬구나.

"우린 가야 할 시간이네요. 더 있다간 늦겠어요."

침을 뽑은 묘심이 상황을 판단하고 말했다.

지선은 무턱대고 갖고 온 산삼을 받고 인사도 아직 못 했다. 오늘 제대로 인사를 하려고 왔다.

"고맙습니다. 귀한 산삼을 주셔서. 먹고 기운을 잘 차리겠습니다. 저는 선물로 그냥 받는 수밖에 없어요."

지선이 문밖에서 한의사에게 합장을 하고 허리를 굽혀 절을 했다.

"어서 기운을 회복하세요."

한의사는 여느 환자에게 말하듯 말했다.

순조는 마루에 앉아서 소봉준이 한의원 문을 닫기를 기다렸다. 마음의 안정이 안 되어 모연으로 돌아가기가 싫었다. 정말 의사 선생일까? 도무지 믿기지 않았다. 그가 한의원 문을 닫고 마루로 왔다.

"언제부터 그런 재주는 감춰 놓고 있었어요?"

"감추고 말고가 어딨어."

"감추지 않고서야 어떻게 하루아침에 저럴 수 있어요?"

"나도 몰라. 나야말로 아침에 세수하러 갔다가 누가 이런 짓을 했나 했거든."

"진짠가 보네. 나는 지금도 설마 했는데."

"그렇게 못 믿겠어?"

"무슨 징조 같은 거라도 나타나기 마련인데. 가령 어렸을 때 모래사장에 갔을 때라든가."

"말 잘했네. 어릴 때 모래사장에 가면 내 세상이었어. 별걸 다 만들고 놀았으니까. 그러고 보니 그때도 사람들 칭찬이 자자했었어. 내가 만든 모래공원을 보고 감탄했었지."

순조는 소봉준의 타고난 재능을 아무도 발굴해주지 못했다는 걸 알았다. 그는 공부도 뛰어나게 잘했으므로 모두들 의사되는 것에만 정신이 쏠려 있었다. 이 사람은 조형감각을 타고났어. 순조는 새삼스레 소봉준을 뜯어보았지만 그냥 수더분한 시골 의사였다. 어디에도 예민한 예술가의 면모는 찾아볼 수 없었다.

"어쨌건 대단해요. 그런데 이제부터 어떻게 하실 거예요? 재능을 썩힐 거예요?"

"무슨 재능?"

너무 호들갑을 떠는 순조가 재미있어 그는 픽 웃었다.

"예술적 재능 말예요."

"내게 이제 와서 예술가의 길을 가란 거냐?"

"그럼요. 그건 타고난 재능인데 도저히 썩힐 수 없어요."

순조는 단호했다. 어떻게든 그를 설득해서 그 재능을 살려 주고 싶었다. 내 주변에 있는 재능 있는 사람들은 왜 이렇게 하나같이 자신의 길을 제대로 못 가고 엉뚱한 데서 헤매고 있담. 나는 어쩔 수 없이 오지랖이 넓어졌어. 순조는 도혜스님을 생각하며 혼잣말을 했다.

소봉준은 순조를 보면 가슴이 아팠다. 도혜스님에 대한 일편단심을 품은 여인. 무엇이 이 여자로 하여금 다른 사람의 재능에 그토록 열정을 보이게 하는가. 모성. 어머니의 마음을 타고난 여인이다. 그는 순조의 그런 열정이 좋았다.

"어떡할까 내가."

"집중적으로 재능을 발휘하세요. 내가 옆에서 집중적으로 도울게요."

순조는 진지했지만 소봉준은 심드렁했다. 어언 오십이 되었다. 지금 어쩌란 말인가.

"지금도 늦지 않았어요. 이제 오십이에요. 늦다면 늦고 이르다면 이른 나이거든요. 우선 선생님의 조형감각을 테스트 해 봅시다."

"테스트라고?"

"그건 내게 맡겨요. 우리 오늘을 기념하여 밥 먹으러 가요. 내가 쏠게요. 요 밑 버섯전골집에 가요."

그들은 함께 버섯전골집으로 밥을 먹으러 갔다.

다음날 순조는 당장 가까운 도시로 나가 화방을 들러서 필요한 것들을 떠오르는 대로 사 왔다. 끌과 망치와 조각칼과 작품용 나무둥치들. 소소한 부속품들과 점토까지 사고 초보자용 책도 한 권 샀다. 순조는 위대한 조각가를 탄생시키는 산파가 된 듯 신이 났다.

순조가 사온 것들을 책상위에 펼쳐놓고 설명을 하는 걸 들으며 소봉준은 다만 웃을 수밖에 없었다. 성을 낼 수도 없었다. 참 단순한 여자다.

소봉준은 순조가 늘어놓는 물건들을 보며 살아온 반생을 돌아보았다. 의사로서의 자신의 생은 이웃집 여자가 보기에도 실패작이다. 잘못 든 길이었다고 지금 이 소동을 벌이고 있다. 조그만 촌에서 12시면 서둘러 문을 닫아버리는 작은 병원을 열어놓고 입에 풀칠을 하고 있다. 모든 소통도 거부하고 자동차로 치면 고물이 되고 있다. 훌쩍 오십이 되었다. 자신의 인생은 실패작인가. 실패와 성공의 기준이 있을 것이다. 하나는 분명하다. 도시로 돌아가고 싶지 않다. 인생이 대단한 건가. 그냥 흐르는 것이다. 그는 자조하는 마음으로 중얼거렸다.

가뭄이 계속돼 개울의 폭이 조금씩 좁아지고 있었다. 하지만 백운사 골짜기의 수량은 결코 마르는 법이 없었다. 소봉준은 맘이 동하면 일곱 개의 계단을 내려가서 작품 하나씩을 보탰다. 마음이 가는 대로 돌들을 가져다 뭔가를 만들었다. 제멋대로의 형상들이 개울 가운데에 자꾸 생겨났다. 그는 흘러가는 물 가운데 있는 크고 작은 바위 위에다 무언가를 만들어 놓는 게 좋았다. 물이 줄기차게 흘러가는 가운데 놓인 돌들은 살아있는 느낌을 주었다. 물속에 서서 돌을 손에 들면 돌은 묵직하게 자신의 존재감을 전해 주었고 저절로 영감이 떠올랐다. 소봉준은 자연과 순조에 의해 자꾸 부추겨지고 고무되었다.

순조는 작가들을 잘 알았다. 그들은 독촉하면 절대로 안 되는 족속이다. 그냥 내버려 두어야 한다. 내버려 두기만 하면 그들은 저절로 내면의 충동 때문에 어떤 작품이고 만들어냈다. 반면에 독촉은 일종의 수갑이 되어 그들의 손을 부자유스럽게 했다. 그걸 누구보다 잘 알기에 순조는 애써 모른 척 무관심한 척했다. 한의원 문 앞에도 가지 않았다. 언젠가는 행동하겠지. 그녀는 기다리기로 단단히 맘먹었다.

어느 날 징검다리를 지나려다 보니 징검다리 돌 위에 새로운 작품이 생겨 있었다. 자세히 보니 새로운 작품들이 여럿 있다. 아, 이 양반이 생각나면 여기 내려와서 돌 작품을 만드는구나. 그런데 내가 사다 준 끌과 망치는 언제 쓰려나. 물어볼 수도 없다. 그녀는 더 확실하게 하려고 소봉준 근처엔 얼씬도 하지 않았다.

옛날 금오선사는 기운이 있어야 화두공부를 뚫을 수 있다고 하면서 쌀 두 가마를 짊어질 수 있는 에너지가 있어 보이는 젊은이를 만나면 출가를 권했다 한다. 건강을 무시하면 공부는 못 한다. 몸 여기저기가 반란을 일으키면 우선 마음이 산만해질 수밖에 없다. 백운사는 소봉준에게 이번 철 마지막 일제 건강 체크를 부탁했다.

 소봉준은 아침 일찍 백운사로 올라갔다. 소년처럼 마음이 설렜다. 지선을 볼 수 있을 것이다. 차례로 스님들을 진맥하고 그들의 몸 상태에 대해 설명해주고 따로 처방전이 필요한 사람에게는 처방전을 써주었다. 해제하고 어디서라도 약을 지어 먹으면 되는 것이다. 침을 맞아야 되는 사람에게는 즉석에서 침을 놓아 주었다. 이른 아침부터 점심공양이 시작될 때까지 쉴 새 없이 진맥이 계속되었다. 공양간에서도 의사 선생님이 특별진맥 온 걸 알아서 국보살은 침을 맞겠다고 차례를 기다리고 있었다. 지선은 나가서 인사하기가 어쩐지 불편했다. 오히려 근처엔 얼씬도 못했다. 소봉준은 지선을 볼 수가 없었다. 이럴 줄은 몰랐다. 백운사에 가면 당연히 지선을 볼 수 있을 줄 알았다. 소봉준은 점심공양이 끝나는 대로 바로 사하촌으로 내려갔다.

 그는 허전한 마음으로 개울로 내려갔다. 뭔가 허무하다. 돌도 허무하다. 돌일 뿐이다. 그는 마루로 다시 돌아왔다. 피곤했다. 이른 아침부터 많은 스님의 진맥을 한 까닭으로 몹시 지쳤다. 그냥 그대로 잠이 들어버렸다. 한참을 자고 난 그는 세수를 하려고 개울로 내려갔다. 거기서 그는 지선이 돌탑을 쌓고 있는 걸 보았다.

"언제 왔어요?"

그는 한달음에 개울로 내려가서 징검다리로 껑충 건너갔다.

"탑을 이만큼 쌓았으니 그만큼 전에 왔어요."

흔히 사람들이 자갈돌을 모아 쌓는 탑인데 하얀 돌로만 쌓아 상아의 탑 같다.

"인사도 못 드린 게 걸려서 왔어요."

지선은 오후 산책을 숲길과 반대 방향으로 온 것이다.

"저녁공양 준비하러 이젠 올라가야 해요. 그래도 선생님 보고 가네요."

"안 가면 안 됩니까?"

이게 무슨 소린가. 지선이 놀란 표정으로 소봉준을 보았다.

"쫓겨나요."

"쫓겨나세요."

"쫓겨나면 갈 데도 없어요."

"우리 집에 오세요. 대환영하겠습니다."

분명 농담이 아니다. 지선은 소봉준의 눈에서 간절함을 보았다. 지선은 웃었다. 당황했고 어쨌건 현모양처로 지낸 지선은 이처럼 저돌적인 공세를 받아 본 적이 없었다. 꿈에라도 그런 일이 자신에게 닥치리라고는 생각지도 않았다. 지선이 그를 바라보며 웃는다. 소봉준은 그 웃음을 얼른 알 수 없었다. 왜 웃는가. 왜 웃는지 모른다. 소봉준이 지선의 두 손을 움켜잡았다.

"우리 집으로 오세요. 절에서 나와서."

그렇게 말하고 그는 어찌할 바를 몰랐다. 두 사람은 징검돌을 사이에 두고 물 가운데 서 있었다. 그때 저쪽에서 순조가 둘을 발견하고 들고 있던 카메라의 셔터를 누르며 소리쳤다.

"오셨어요!"

두 사람이 손을 움켜잡고 있는 모습을 카메라에 담으며 순조가 가까이 왔다. 완전 전문 카메라 맨 같았다.

"멋진 장면이었어요. 연인들의 사랑 고백 장면 같은."

계면쩍어 두 사람은 웃었다. 실제로 소봉준은 사랑 고백을 하고 있었다. 실로 어찌 되었을지 모를 순간이었다.

"내가 분위기 깬 건 아니죠?"

소봉준은 그 순간에 순조가 나타난 게 다행이라 생각했다. 무심결에 지선의 손을 잡았지만 당황한 건 자신이었다. 하지만 오늘 지선은 혼자서 여기까지 왔다.

"돌 작품들이 자꾸 새로 생겨나는 걸 알고 나는 몰래 매일 찍었거든요. 오늘도 돌 작품 찍으러 왔다가 사람작품 찍고 말았네요. 아마 걸작일 거예요. 내 생애 가장 걸작. 기분 좋은데요. 우리 버섯전골 먹으러 가요."

"이 시간에요? 난 절에 올라가야 해요. 올라가면 딱 맞아요."

지선이 시계를 보았다. 지금 올라가면 아슬아슬하게 맞출 수 있다.

"에이, 버섯전골 먹고 택시 타고 올라가요."

순조도 지선도 소봉준도 차가 없다. 과거에 그들은 다 짧은 거리도 자가용을 타고 다니면서 시간을 쪼갰었다. 그런데 지금 세 사람 다 차가 없어 걸어 다니거나 버스를 타거나 지각하거나 한다.

소봉준은 아무 말이 없다. 지선도 별말이 없다. 지선은 생활이 변하고 나서 오늘같이 당황한 적이 없었다. 뭐가 어떻게 돌아가는지 커다란 혼돈의 통속에 들어앉은 느낌이었다. 매일매일 새로운 일이 닥치는데 그녀는 아직 적응이 서툴렀다. 소봉준의 다가옴은 두려움 자체다. 두렵다. 항암도 두려웠고 남편의 사라짐도 집안의 몰락도 두려웠지만 이제 소봉준도 두렵다. 실로 자신은 지극히 봉건적인 여자다. 그러나 소봉준은 상상하지 못한 설렘을 준다. 그들은 버섯전골집으로 갔다.

소봉준은 행동하지 못했다. 지선이 어찌 생각할지 통 자신이 없었다. 자신의 전부였던 선애는 다른 사람을 택했다. 지선은 가정과 남편이 있을 것이다. 자식도 있는 유부녀일 것이다. 그런 그녀에게 자신은 거부당할 것이다. 순조가 그때 나타나지 않았다면 어떻게 되었을까. 그는 지선을 어찌할 수가 없었다. 그는 아무것도 생각하지 않고 지선만 생각하기로 했다. 다른 생각은 잘라버렸다. 그건 사자사람의 인생관이었다.

처음엔 몰랐다. 소봉준이 산에 갔다 돌아와서 세수를 하려고 할 때 작은 돌탑이 눈에 띄었다. 지선이 왔다가 조그만 돌탑을 쌓고 간 것이다. 다음날부터 그는 산에 가지 않고 지선을 기다렸다. 점심공양 설거지가 끝나고 산책 시간을 이용해서 지선이 온다는 걸 알았다. 지선은 처음엔 서먹해했으나 그가 집에 있는 게 반가웠다. 마루에서 함께 커피를 마시고 개울에 나가 돌탑을 만드는 데 열중했다. 흡사 소년 소녀의 소꿉놀이가 재현된 것 같았다. 유치해도 그들은 함께하는 시간이 즐거웠다. 소봉준은 큰 돌을 가져다 작품을 만들었다. 근사했다. 지선도 따라 해 보려고 했지만 잘 되지 않았다. 포기하고 지선은 그냥 돌을 쌓아 올려서 돌탑을 만들었다. 순조는 눈치를 채고 그들이 함께 있을 땐 나타나지 않고 나중에 기회를 보아 사진을 찍었다. 공양간 일이 끝나고 산책을 가려 할 때 수상하다며 묘심이 한 번 따라 왔다. 그러나 곧 잘 다림질한 모시옷을 입고 법당의 큰 기둥 뒤에서 참선하는 본 모습으로 돌아갔다. 개울에서 지선과 소봉준은 그대로 소년 소녀였다. 그처럼 단순한 물놀이가 조금도 지루하지 않았다. 찬란한 동심이 살아나 개울물을 따라 돌돌 굴러갔다.

오후면 그는 완전 소년으로 돌아갔다. 더 바랄 게 없었다. 오후에 지선이 오는 거 말고 더 바라는 게 없었다. 이제 이사 오라는 말은 유머가 되었다.

"선생님 집은 가재도구가 전무해요. 잡다한 게 싫으신 거죠?"

"맞아요. 번거로운 거 싫어합니다."

"그리고 결벽증 없으세요?"

"결벽증까지는 아니고 그런 경향이 있습니다."

지선은 장난으로 말했는데 그는 진지하게 대답했다. 잠시 말이 끊어졌다.

"이 마루가 너무 편하고 좋아요."

지선은 얼른 화제를 다른 데로 돌렸다.

"이리 이사 오세요. 안 됩니까?"

"또 그러시네. 하여간 안 돼요."

두 사람은 마주 보고 유쾌하게 웃었다. 그들은 이 편한 오후의 시간이 좋았다.

"순조가 끌과 망치, 나무까지 사와서 의사 그만두고 조각가 되라고 떼를 씁니다."

"선생님이 만들면 뭐건 걸작이 될 것 같아요. 그래 보세요."

지선은 정말 좋은 예감으로 권했다. 이 수수한 시골 의사는 비밀을 내면에 감추고 있다. 그 비밀이 예술적 감수성일지도 모른다.

소봉준은 마루에서 누군가와 이렇게 차를 마시며 말을 주고받으니 이상했다. 너무나 오랜 고립이 가장 정상적인 것을 오히려 비정상적인 걸로 느끼게 해버린 것이다. 그는 요새 부쩍 사람을 그리워하는 자신이 낯설어서 흠칫 놀라기도 했다.

"지선보살님이 이렇게 오니 너무 좋습니다. 내일도 모레도 계속 오세요. 아니면 아예 이사 오십시오."

"선생님, 자꾸 농담하지 마세요."

"농담이 아니고 진담입니다."

소봉준은 진담이었다. 지선도 그의 말이 진담인 걸 알고 있었다. 그러나 지선은 두려웠다. 자신의 마음도 자꾸 그에게 끌려가고 있었기 때문이다.

지선이 결석한 날 오후 소봉준은 순조가 사온 꾸러미를 갖고 나와 마루에 늘어놓았다. 그중 초보용 책을 집어 들고 대충 넘겨보았다. 그리고 철물점을 가서 짜구와 철사와 비닐하우스용 담요 등을 사 왔다. 순조가 빠뜨린 도구들이다. 이제 소봉준은 본격적으로 무언가를 만들어 볼 요량이었다. 슈퍼에서 소주도 한 병 사 왔다. 요즘 들어 부쩍 소주를 자주 산다.

그는 마루에 담요를 접어서 두툼하게 깔고 버팀목을 가져다 순조가 사온 나무를 철사로 동여맸다. 아득한 미개인도 나무를 깎았다. 그들이 배워서 깎았는가. 그는 그들이 했을 동작을 생각하며 망치와 끌과 짜구를 사용해 가며 나무를 다루기 시작했다. 자기 속에 있는 자신을 믿고 도전을 감행하는 것이다. 순조도 지선도 말한다. 끄집어내 보라고.

그는 자기 속의 자기를 만나러 가는 흥분을 느끼면서 망치를 들고 끌 머리를 때렸다. 나무가 팍 떨어져 나갔다. 이건 조심해야 하는구나. 이번엔 힘이 들어가지 않게 끌 머리를 살짝 때렸다. 그는 어둠이 내리는 줄도 모르고 나무속으로 빠져들었다.

지선은 오후면 사하촌에 가서 개울 가운데 조그만 돌탑 하나를 만들고 오는 게 기쁨이 되었다. 개울에 돌탑이 자꾸 늘어나 마치 디즈니랜드의 한 모퉁이 같았다. 산에도 가지 않고 기다리고 있을 소봉준을 생각하면 지선은 저절로 마음이 급해 어떨 때는 뛰어가기도 했다. 작은 대청마루에서 그가 내주는 커피를 마시는 것은 잔잔한 음악 같았다. 그녀는 살아오면서 지금처럼 충만감이 가득했던 적이 없었다. 그는 '여기로 이사 오세요' 소리도 하지 않았다. 그 말을 지선이 몹시 두려워하고 있는 걸 알았기 때문이다.

타는 가뭄이 계속되다 마침내 하늘은 땅을 적시기로 작정했는지 고마운 비가 내렸다. 비가 너무 쏟아져 두 사람은 마루 끝에 앉아 빗속에 묻히는 건너편 산을 보고 있었다. 소봉준은 지선이 암 수술을 한 후 백운사로 왔다는 것밖에 모른다. 그녀가 어디에서 어떻게 살았는지 아는 게 없다. 단지 자신이 맥을 잡아본 사람 중에서 가장 여린 맥으로 생을 버티려고 안간힘을 쓰며 눈물을 글썽인 여인이란 것밖에 모른다.

"선생님, 오늘은 제가 산 이야기 하나 해 드릴까요."

지선은 마음이 한없이 풀렸다. 소봉준에게 마음 속 이야기 한 자락을 하고 싶었다. 마루 때문이기도 비 때문이기도 했다. 억수로 쏟아지는 비를 바라보면서 지선은 산 이야기를 느릿느릿 풀었다.

"고등학교 일 학년 때였어요. 옛글 선생님이 일주일에 한 번 우리 학교에 왔었는데 할아버지 선생님이었어요. 지금 생각해보면 그 선생님은 정말 여유로운 분이었어요. 퀴즈 푸는 게 취미라서 각종 신문의 퀴즈를 다 풀곤 응모해서 상 탔다고 자랑하고 그랬어요. 기장에서 부산까지 완행열차를 타고 와서 구수하게 이야기를 해주고 했는데 가령 당신 집에는 대문 양쪽으로 엄나무와 팔손이나무를 심어놨대요. 그런 얘기들을 참 많이 해 줬어요. 골목에 지나가는 복은 팔손이나무가 잡아당겨 주고 골목에 지나가는 흉은 엄나무 가시가 쫓아버린대요. 대문 왼쪽 오른쪽에서요. 우린 아무도 그 시간에는 공부를 안 했어요. 그냥 이야기 시간이었는데 몸도 마음도 완벽하게 쉬는 수업 시간이었어요. 우리에게 옛글 시간은 천국 같은 시간이었어요. 구수한 옛이야기 보따리가 풀리는 시간이었어요. 한번 들으면 평생 잊히지 않을 옛이야기를 무방비상태의 여학생들에게 들려주었어요. 우리는 무심코 듣기만 하면 되었어요. 필기할 필요도 없었고 무언가 암기를 할 필요가 전혀 없었어요. 졸아도 괜찮았어요. 존다고 분필이 날아오지도 않았어요. 아예 책상에 엎드려 깊은 잠이 들어도 괜찮았어요. 깊은 잠이 든다고 호명해서 그 잠을 깨우지도 않았어요. 누구나 졸아도 공공연하게 잠들어도 아무렇지도 않은 자유의 시간이었어요. 소수는 자거나 졸았지만 대개의 여학생은 결코 자지도 졸지도 않았어요. 아니 잘 수도 졸 수도 없었어요. 할아버지 선생님의 이야기는 너무나 재미나서 졸음을 멀리멀리 쫓아버렸기 때문에요. 무수한 젊은 날의 공부할 시간에 그런 무방비의 공부 시간을 경험할 수 있었다는 건 정말 천국의 경험에 버금갔어요. 그 과목의 시험은 문제를 다 알려주어 집에 가서 교과서나 참고서를 보고 답을 외워서 적어내면 되었기 때문에 옛글 점수는 누구나 만점에 가까웠어요. 집에 가서 조사해오지 않은 아이들만 답을 못 써냈고 다들 정답을 또박또박 다 써냈어요. 그리고 가장 쉬운 문제만 1,2,3,4,5처럼 분명한 문제만 냈기 때문에 심지어 집에서 조사해오지 않은 아이들조차도 거의 만점에 가까운 점수를 받을 수 있었어요. 지금까지 가장 생각나는 선생님이에요. 그 할아버지 선생님은 재잘거릴 줄만 알고 아무것도 모르는 어린 여고생들에게 어느 날 엄청난 한마디를 하고 말았어요.

'팔만사천 경전의 산에서 금강경이 백미지. 백미는 흰 눈썹이라.'

왜 그런 말이 나왔는지 몰라요. 아마 그때 그 선생님은 금강경에 심취해 있었을 거 같아요. 나는 그 소리를 듣던 순간이 아직도 생생해요. 팔만사천 권의 경전이 쌓여서 이루어진 산을 상상했어요. 상상이 잘 안 되었어요. 잘 안 되었지만 경전들이 다 녹아서 푸른 산을, 블루의 푸른 산을 이루고 있었어요. 흰 눈썹의 경전,

금강경이 푸른 산의 꼭대기에서 흰 눈썹으로 빛나고 있었어요. 기장에서 온 할아버지 선생님의 한마디는 내 가슴에 푸른 산으로 혜성처럼 날아와 박혔어요. 푸른 산은 값이 너무 커서 무가의 산입니다. 블루마운틴을 처음 내 가슴에 품게 된 내력이랍니다. 아무것도 모르던 열일곱 살 때 가슴에 꼭 품은 그 산은 진리의 산인지도 몰라요. 늘 내 마음이 도달하고픈.

얼마 후 사촌오빠 집에 갔는데 표지가 광목으로 싸인 두툼한 책 한 권이 눈에 띄었어요. '금강경오가해'라는 책이었는데 오빠한테 그 책을 빌려왔어요. 금강경이라고 적혀 있었기 때문에요. 한 달을 걸려서 읽었는데 아무것도 모르겠어요. 재미가 없었어요. 이게 무슨 흰 눈썹일까? 지금 읽어도 난해한 책을 열일곱 살이 붙잡고 씨름을 했어요. 그 후로 나는 금강경이란 소리만 들리면 쫑긋했어요. 결혼하고 처음 발 들여 놓은 절도 금강경 공부하는 곳이었어요. 지금까지 거기만 다녔어요. 그러다 메주 때문에 백운사로 온 거예요."

지선이 자신의 이야기를 이렇게 길게 하기는 처음이었다. 이때 지선이 환하게 웃었다. 소봉준은 그 모습에 가슴이 설레서 바보처럼 개울 건너 산으로 눈길을 돌려버렸다.

"저도 진리를 추구할 때가 왔나 봐요. 그간 살아오면서 중심으로 들어간 적이 없었어요. 항상 가에서 맴돌았어요. 담연선사님이 준 무근수 숙제 제대로 풀어 보려구요."

"지선보살님, 그 블루마운틴 푸른 산 같이 올라봅시다. 도반이 되어."

건너편 산을 바라보던 눈길을 돌려 지선을 똑바로 바라보며 소봉준이 말했다. 지선은 억수로 비가 퍼붓고 천둥번개가 치는 험한 산을 오르는 소봉준과 자신의 모습이 환상처럼 스쳐 가는 걸 보았다. 광포한 야수의 산, 위험하기 짝이 없는 번개 치는 산이었다. 그 험난한 산을 함께 등정하려고 비도 발대식을 치르고 있는 중이었다. 지선이 소봉준을 보며 고개를 끄떡였다.

제9장

용운토굴

용운토굴은 스토리가 많은 토굴이다. 그곳은 수년간 비어 있었는데 한 용감한 젊은 스님이 정진하러 들어갔다가 몇 달 살지 못하고 목을 맸다. 외로움이 그 젊은 스님을 죽음으로 몰고 갔을 것이라 전해지고 있다. 젊을수록 번뇌는 치성하고 판단은 단순하여 가장 치명적인 방법으로 해결을 해버린다.

일 년 후 이번엔 한 노장스님이 용운토굴을 들어갔다. 그는 깨달음을 얻겠다고 출가했지만 주지를 맡아 절 살림을 하느라 에너지를 탕진하고 어느 틈에 백설이 내려앉고 보니 허무했다. 다 집어던지고 백운사로 공부하러 들어와서 마침 용운토굴이 비었다는 걸 알고 제대로 정진해보겠다고 작심했다.

"괜찮겠습니까?"

이순을 넘긴 분이 용운토굴에 들어갈 것을 자원했을 때 주지스님이 만류했다.

"그간 허송세월 보낸 걸 상쇄해야겠소. 내 정진 한번 똑 부러지게 해보겠소."

"거긴 워낙 터가 센 곳이라 젊은 사람도 꺼리는 데라서."

"터가 세다니 수자에게 그 무슨 귀신 씻나락 까먹는 소리요."

"정말 괜찮겠습니까?"

"괜찮지 않고 뭐란 말요."

고집을 부리면서 노장도 쌀 한 자루를 짊어지고 용운토굴로 올라갔다. 아무래도 궁금하여 행자를 보냈는데 올라갔던 행자가 혼비백산이 되어 뛰어 내려왔다. 노장이 올라간 지 두 달 만의 일이었다. 부엌 바닥에 엎어져 있는 시체는 이미 알아보기 어려울 정도로 부패해 있었다. 그 사인은 전해지지 않았다. 젊은 비구의 넋이 나타나 인사라도 드리려 했는데 담력이 달린 노장이 놀라서 심장마비를 일으켰는지도 모를 일이었다.

삼 년 전 백운사에 방부를 들인 해륜스님은 한철을 난 후 주지스님에게 와서 말했다.

"용운토굴에서 정진해 보려고 합니다."

"스님, 그냥 큰절에서 조용히 공부하시지요."

주지스님은 또 사건이 일어나는 걸 원치 않았다.

"삼 년 작정하고 들어가겠습니다."

"삼 년이고 삼십 년이고 그곳엔 귀신이 살아요."

"그 귀신 한번 제도해보겠습니다."

"아이쿠."

주지스님은 벌써 이런 스님은 설득할 수 없다는 걸 잘 알기 때문에 더 만류하지 않았다. 폐허로 두었던 토굴을 청소하고 구들을 수리하고 도배를 새로 한 후 해륜스님도 쌀 한 자루를 짊어지고 용운토굴로 올라갔다. 부엌 바닥에 엎어진 채 부패해버린 노장의 시신을 보았던 스님들은 하나같이 해륜스님을 걱정했다. 또 변고를 당할 그 험한 데를 왜 가려 하나 걱정했다.

해륜스님은 용운토굴에서 삼 년을 났다. 이번 안거 때는 일주일에 삼 일을 꼬박꼬박 큰절에 내려와서 새로 들어온 행자를 밤에까지 가르치고 돌아갔다. 대중선방에 들지 않았으므로 해륜스님에게 행자 교육을 부탁했던 것이다. 보살들 눈에는 해륜스님이 영웅으로 보였다. 그곳에서 혼자 삼 년이나 살다니 담력이 보통 아니다. 보리성이 차 마시러 가도 되냐고 물었더니 오라고 했단다. 공양간 보살들은 해제만 하면 제일 먼저 용운토굴을 탐방할 계획이었다.

하안거 해제 열흘 전부터 젊은 스님 아홉 명이 용맹정진에 들어갔다. 7일간을 자지 않는다고 하는 용맹정진의 현장인 미륵전은 밤새도록 불이 꺼지지 않았다. 서산대사는 닭이 알을 품듯,

배고픈 아기가 엄마를 찾듯 간절하게 정진해야 한다고 선가구감에 썼다. 선방에서는 그 간절함이 용맹정진으로 나타난다. 지선은 미륵전을 지날 때는 합장을 하고 지나갔다. 진리에 눈뜨려고 혼신을 다하고 있는 그들을 하늘이여 도우소서, 그리고 지나갔다.

선방에선 희망자에 한해서 용맹정진을 하고, 법당에서는 백중까지 일주일간 백중기도를 봉행했다. 백운사 백중기도는 어법계 일체 유주무주 고혼들을 위함이라는데 오전과 오후 두 스님이 자원했다.

백중기도가 시작되는 날 냉면 대중공양이 들어왔다. 대중공양이 들어오면 공양간 보살들은 시간의 여유가 생긴다. 지선은 우연히 법당에 갔다가 백중기도에 동참하게 되었다. 한쪽에서 절을 하다가 기도스님의 염불 소리에 젖어들기 시작했다. 목탁소리는 어떻게나 낮은지 겨우 들렸다. 이 시간을 참선의 연장인 양 그렇게 조용하게 소리를 울리고 있었다. 그렇지 않고서야 어떻게 저런 고요한 목탁소리를 낼 수 있겠는가. 지선은 조용히 108배를 올렸다. 절을 끝내고 뒤편에 가만히 앉아 스님의 독경소리를 들었다. 빗방울처럼 규칙적으로 똑똑 들릴 듯 말 듯 들려오는 목탁소리와 독경소리는 모든 잡념을 날려버렸다. 아무 생각 없이 앉아 있는데 눈물이 사르륵 흘러내렸다. 눈물은 왜 때도 없이 흘러나오나. 종소리를 들어도, 가슴의 소리를 들어도, 목탁소리를 들어도, 눈물은 어딘가 잠복해 있다가 흘러내리나.

다음날 오전 기도에 지선은 참석할 수 없었다. 그 시간이 가장 바쁜 시간이므로. 오후의 기도는 쉬는 시간이라 공양간 보살들 전원이 참석했다. 모두 불심이 깊어 도시에 있었다면 각자 다니는 절로 백중기도를 하러 갔을 보살들이다. 한 도량에 있으니 일부러 먼 데서 오지 않아도 시간 맞춰 법당에 가면 되는 일이었다.

어제의 감동을 안고 지선도 법당으로 갔다. 오후 시간을 맡은 기도스님은 체격부터 우람했다. 어떻게나 목탁을 크게 치는지 아예 귀청이 떨어질 것 같았다. 목소리도 커서 왕왕 울리고 독경도 속도가 빨라 숨 쉬는 데가 없었다. 총알처럼 독경을 하니 보살들은 따라 하기를 포기하고 절을 했다. 정성이 기도의 핵심이라니 모두 절을 했다.

지선은 가만히 법당을 나왔다. 법당 뒤로 가서 하늘을 보니 흰 뭉게구름이 금방이라도 쏟아져 내릴 듯 하늘을 덮고 있는 게 법당 안의 기도와 닮아 있다. 어제의 그 기도스님이 아쉬웠지만 어쩔 수 없는 일이었다. 기도스님은 오전스님 오후스님으로 정해져 있었고 두 기도스님은 너무나 극과 극으로 대조가 되었다. 지선이 법당으로 돌아오니 막 기도가 끝나고 기도스님도 보살들도 흐르는 땀을 닦고 있었다. 스님은 그렇게 정열적으로 목탁을 쳤으니 땀을 흘릴 수밖에 없고 보살들도 정신없이 절을 했기 때문에 땀을 흘릴 수밖에 없었다.

어법계에 떠도는 유주무주 고혼들을 위한 7일간의 백중기도에 용운토굴에서 비명에 간 두 고혼도 분명 와서 목탁소리를 들었을 것이다. 그 혼령들이 고요한 목탁소리에 감응했거나 천둥 같은 목탁소리에 감응했거나 분명 감응했을 것이다.

선방은 해제 사흘 전부터 죽비를 놓았다. 스님들은 그 사흘간은 가벼운 등산을 하거나 담소를 하며 석 달 동안의 긴장을 풀었다.

해제 날은 점심공양이 끝나자마자 걸망이거나 배낭을 짊어지고 속속 산문을 나섰다. 더러는 아는 인연들이 승용차를 끌고 한 철 공부하느라 애쓴 스님을 모시러 오기도 했다. 점심공양이 끝나고 한 시간도 못 되어 백운사 도량은 헐렁하게 비었다. 모두 뿔뿔이 가버린 것이다. 그것은 일정 시간 지구에서 살던 사람들이 죽으면 뿔뿔이 각자의 갈 곳으로 흩어져버리는 광경과 다르지 않았다.

원래 여기 사는 한주스님 몇 분과 아직 거처를 정하지 못한 스님 몇 분, 계속 이곳에서 정진하려는 몇 분만 남고 썰물처럼 빠져나갔다. 앞으로 한 달간 선방에서는 죽비를 치지 않는다. 남아 있는 스님들도 이때는 오직 마음의 죽비소리에 의지한다. 이 기간 동안 백운사는 마당도 공양간도 선방도 방학이다.

해제날 밤 작은방에서 아이스크림이 푸짐한 해제기념 커피타임이 열렸다.

"모두 애썼어. 안거 동안 아무 탈 없이 지낸 게 다 보살들 덕 아이가."

월광보살은 천연염색 옷으로 은근히 모양을 내고 앉아서 말했다.

"부처님 덕이지요."

보덕화가 점잖게 한마디 했다.

"부처님이 따로 있나. 다 부처지. 내일은 바깥에 나가서 목욕도 하고."

월광보살은 탈 없이 안거를 났으니 한시름 놓았다. 실로 많은 사람이 생활하는 곳인지라 때아닌 식중독이 생긴다든가 일어날 수 있는 불상사는 얼마든지 있었다. 이렇게 무탈하게 한철 나서 모두에게 고마울 따름이다. 월광보살은 제일 연장자인 국보살에게 두둑한 봉투를 건넸다. 그간 욕봤다고 내놓는 목욕비다.

"절 차 타고 갔다 와. 지선보살이 베스트 드라이버니 좋은 데 드라이브도 하고. 나도 같이 가고 싶지만 내일은 약속이 있어서 함께 못 가."

"우리끼리라야 자유롭지 보살님 끼면 시어머니 낀 며느리 모임인기라."

"섭하다 섭해. 내가 무슨 시어머니고."

"멋있는 커피숍에 가서 폼 잡고 커피 마시면서 보살님 흉도 보고."

"알았어 알았어. 내 흉 실컷 봐라. 자고 나서 아침에 입이 삐뚤어져도 내 책임은 아이다."

"입이 삐뚤어져도 돌아가도 그건 우리 책임이니 걱정 붙들어 매소."

"그래그래, 붙들어 매지. 아무튼 내일 잘 놀다 와. 그라고."

월광보살이 무릎 위에 놓여 있던 황금색보자기를 풀었다. 일곱 보살의 이름이 적힌 서류 봉투가 나왔다. 월광보살은 상장을 수여하는 교장선생님처럼 하나씩 이름을 불러가며 봉투를 나누어 주었다. 자기 이름도 자기가 부른다. 모두들 봉투를 열고 뭔가 하고 꺼내 보았다. 상장 같은 거기엔 '안거증'이라고 적혀 있었다.

"이게 뭐예요?"

묘심이 눈을 빛내며 물었다.

"안거증이야. 스님들 한철 나면 안거증 받는데 우리 이름도 용상방에 올라있으니 받을 자격이 있지. 모두들 스님들 못지않게 정진 잘했어. 공양 짓는 거, 그게 우리들 정진이라."

모두들 스님들처럼 안거증까지 받은 데다 정진 잘했다는 말에 입이 함박만 해졌다.

다음날 삼 년 기도 중인 보덕화만 빼고 모두 읍내로 나갔다. 어디 가자 어디 가자 분분한 의견이 나왔지만 마침 읍내엔 이 고장 고유의 축제가 열리고 있었다.

"딴 데 갈 거 있나. 오는 데 가는 데 시간 다 뺏기지 말고 요기서 축제 구경이나 하자고."

"콜"

보리성은 콜! 하고 소리치는 걸 좋아하여 그런 기회를 놓치는 법이 없다.

오늘을 백운사 공양보살들 날로 하자 어쩌고 떠들면서 그들은 읍내에 도착했다.

"먼저 목욕부터 하자고."

특히나 국보살은 취미가 목욕이다. 도시에 있을 때는 매일 사우나를 갔단다. 그녀의 통통하고 뽀얀 몸매는 목욕으로 갈고 닦은 몸매라서 아직 오십 대로 보인다. 그녀들은 첨벙거리며 그간 쌓인 긴장을 씻어내려고 온천탕에 오래도록 떠 있었다.

"이제 맛있는 거 먹으러 가야지. 이런 날은 뭘 먹지?"

목욕탕에서 너무 진을 빼서 배가 고팠다. 남 먹일 음식만 만들다가 오늘은 남이 만든 음식을 먹는 날이라 모두들 최고의 요리를 먹으려고 만반의 준비를 하고 있었다. 대체 뭘 먹지? 메뉴 선택하는 게 이렇게 어려운 줄 몰랐다.

"불고기 먹으까?"

고기를 좋아하는 국보살이 은근히 동의를 구하며 운을 뗐다. 절에서 한철 나는 새 무의식적으로 파와 마늘도 먹으면 안 된다고 프로그램이 입력된 탓인지 아무도 찬성을 안 했다. 안거증까지 받지 않았는가.

"한번 해본 소리지. 진짜로 머 먹을꼬."

국보살이 민망하여 쑥 들어갔다.

"짬뽕 어때요? 난 짬뽕이 제일 먹고 싶어요."

보리성이 톡 튀어나왔다. 달리 생각이 안 떠오른 보살들은 짬뽕 소리에 갑자기 입맛이 동했다. 실로 중국집 들어가 본 게 아득한 거 같았다.

"나도 짬뽕 먹고 싶어."

"나도 짬뽕이 땡기는디 웬일이래?"

이렇게 하여 두둑한 돈을 받았음에도 짬뽕과 짜장면을 먹으려고 중국집으로 갔다. 중국집으로 갔다가 중요하지 뭘 먹었느냐는 중요치 않았다. 그녀들은 오랜만에 중국집에서 짬뽕과 짜장면과 푸짐한 중국요리까지 맛있게 먹은 후 축제가 열리는 곳으로 가다가 쌈박한 커피숍 하나를 발견했다. 커피숍 이름이 달과 6펜스다. 커피숍 이름 같은 건 아무래도 좋았다. 그녀들은 주인의 권고에 따라 루왁 커피라는 두 배나 비싼 커피를 단체로 시켜서 마시면서 한없이 웃었다. 그 커피가 고양이 똥 커피였기 때문이다.

축제의 테마가 그릇이다. 크고 작은 그릇들이 벌이는 축제다.

지선은 절에 다니면서 마음그릇이란 말을 많이도 들어왔다. 부처님의 마음은 바다와 같다. 부처님의 마음이 바다인데 네 마음그릇이 찻잔만 해서야 담을 수 있겠니. 담으려 한다면 마음그릇을 키워라. 바다만큼 키워라. 지선이 어떻게 하면 마음그릇을 키울 수 있는지 물었을 때 스승은 말했었다. 한 번 마음 내고 두 번 마음 내고 백 번 마음 내라. 천 번 마음 내라. 마음 낼 때마다 네 마음그릇은 커진다. 마음그릇은 부처님만큼도 커질 수 있다. 실로 마음은 크기가 없다. 그것이 마음의 실체다. 자비의 마음을 내면 자비의 마음그릇이 커지고 탐욕의 마음을 내면 탐욕의 마음그릇이 커진다. 내 마음그릇의 크기는 얼마만 할까. 지선은 자신의 마음그릇을 생각하며 지나다가 하얀 찻잔 하나를 샀다. 그 앙증맞은 찻잔에 고만한 마음을 담아보고 싶었다.

어디선가 몰려든 사람들은 그릇을 구경하고 그릇을 사가고 한다. 작가들은 각자의 부스에 자신들의 그릇을 올망졸망 늘어놓고 선보인다. 유치한 수준부터 장인의 작품까지 그릇들은 저마다 가격표를 달고 사람들의 손길이 닿기를 기다린다.

일행은 느긋한 마음으로 그릇들을 구경하며 차일 아래를 어슬렁어슬렁 걸어 다녔다. 축제장은 넓었으나 다 비슷비슷해서 나중에는 좋은지 어떤지도 모르고 눈 샤워로 지나쳤다. 백운사 다섯 보살은 뜻도 없고 죄도 없는 농담하는 재미가 목적이 되어 축제에 동참했다. 모두 다리가 아파 냇가의 정자에서 쉴 때 구경에 지친 국보살이 새 제안을 했다.

"우리 다 함께 몰려다닐 게 아니라 두 시간쯤 자유 시간을 갖자고. 흩어져서 각자 자기 좋은 거 구경하다가 시간 되면 요기서 모이

자고. 내 생각이 어때?"

만장일치로 각자 흩어졌다. 국보살은 낮잠을 선택해서 정자에 누워버렸다. 보리성은 당장 아이스커피를 한잔하려고 커피숍으로 달려갔다. 묘심과 일심행은 절호의 찬스라며 국악 연주를 들으러 갔다.

지선은 '맨발로 황톳길 걷기'를 선택해서 붉은 황토가 깔려있는 산길로 들어섰다. 붉어서 색다른 길이 산꼭대기를 향해 나선형을 이루고 뻗어 있었다. 더운 탓인지 아무도 맨발로 황톳길을 걷는 사람이 없었다. 신을 벗어 들고 혼자만의 스타트라인에서 한발을 내디뎠다. 발바닥이 흙에 닿는 감촉은 거칠었지만 자유로웠다. 엄마 몸에서 알몸으로 이 세상에 떨어진 이래 양말과 신발에 길들어 맨발이었던 적이 거의 없었다. 맨땅을 맨발로 걸으면서 지선은 자신이 이상한 나라의 앨리스인 양 갑자기 작아지는 걸 느꼈다. 맨발의 부처님이 떠올랐기 때문이다. 한껏 줄어든 앨리스는 생각에 잠긴 채 발을 떼었다. 인도에 배낭여행 가서 처음 부처님의 맨발을 만났어. 높이 모셔진 부처님만 알던 나는 뜨거운 길을 걷는 맨발을 만났어. 부처님이 흙길을 걸어 다니신 걸, 평생토록 걸으신 걸 여기 있을 땐 꿈에도 생각 못 했어. 그때 금강경을 읽으면 글자들이 다 부처님의 맨발로 느껴져서 울었지. 2600년 전 맨발로 땅을 딛던 인도 사람과 지금 이렇게 맨발로 땅을 딛는 나는 뭐가 다른가. 그 인도 사람은 부처님이고 나는 이지선이고. 부처님은 진리를 말해주려고 걸으셨어. 나는? 걷는다….

지선은 꼭대기까지 올라갔다가 일행이 모이는 정자로 갔다. 모두 모여 있었고 지선이 꼴찌였다.

이미 해는 기울고 하나둘 가로등이 켜졌다. 어둠이 내리는 길목에는 일상의 평화도 함께 내려앉았다. 백운사의 다섯 보살은 일부러 흔들흔들 걸었다. 손에는 설레임 얼음커피 하나씩이 들려 있었다. 입구로 나가다가 보리성이 갑자기 용운토굴을 끄집어냈다.

"우리 해제했으니 용운토굴 탐험 가야지 않아요?"

"쇠뿔도 단김에 빼랬다고 추진해삐라. 보리성. 니가 추진위원장해라."

"콜, 해륜스님한테 미리 허락받아 놨으니까."

"해륜스님은 왜 그런 데서 지냈을까요?"

"삼 년이나 머 했을까?"

혼자만의 공간에서 혼자만의 시간들이 어떻게 흘렀을까. 그것은 평범한 보살들에겐 쉽게 상상이 되지 않았다.

"스님이 화두 들지 뭐 뭐하겠어요."

묘심이 해륜스님의 화두정진을 가늠하며 말했다.

모두들 떠들고 가는데 저쪽에서 밀짚모자를 쓴 두 사람이 걸어오고 있었다. 점점 가까이 다가오는데 보니 스님들이다. 더 가까이 왔을 때 보살들은 하마터면 모두 기절할 뻔했다. 두 스님 중한 사람이 바로 해륜스님이었기 때문이다.

"이 순간의 의미를 아셔요, 스님?"

보리성이 인사조차 생략하고 눈앞의 해륜스님에게 말했다.

"이 순간에 스님을 만나리라곤 꿈엔들 생각했겠어요? 기막힌 인연이란 말이 진짜로 있을 줄 진짜 몰랐어요."

보리성은 하필 화제의 주인공 해륜스님을 그 순간 마주치게 된 흥분을 감추지 못했다.

"일 분 전에 모두들 스님 얘기하고 있던 중이었거든요."

"그랬습니까?"

보살들이 소란하게 떠드는데 막상 해륜스님은 어리둥절했다. 해륜스님의 도반스님은 해프닝을 듣고 곁에서 싱글벙글 웃고 있었다. 보리성이 다소 진정되자 묘심이 말했다.

"스님, 우리 단체로 용운토굴 탐방 가도 될까요?"

"오십시오. 헌데 내일은 도반이 오기로 했고, 모레 오십시오. 글피는 저 토굴 떠납니다."

"우리가 갈 수 있는 날이 딱 하루네요."

"네, 제가 있을 때 오세요. 그래야 차도 한 잔 하실 수 있으니."

해륜스님은 도반과 잠시 끊어졌던 대화를 이으며 가던 길을 갔다.

"아이 참 아슬아슬했어."

보리성이 중얼거리며 큰일을 치루고 난 사람처럼 머리를 쓸어

넘겼다.

 백운사가 헐렁하게 비니 마음도 헐렁하게 비고 그 빈틈으로 막연한 그리움이 음악처럼 밀려들었다. 지선은 바빠서 가지 못했던 사하촌으로 오후 산책을 나갔다. 그가 기다리고 있을 것이다. 며칠 동안 나타나지 않는 지선을 속으로 나무라고 있을지도 모른다. 지선은 빠르게 걸었다. 그간 개울 속의 돌조각들은 얼마나 많이 생겨나 있을까?
 한의원의 문을 열고 안채로 들어갔으나 마루에 그는 없었다. 지선은 개울로 내려갔다. 거기도 그는 없었다. 여기저기 둘러보아도 보이지 않았다. 허전한 마음이 몰려왔다. 며칠이고 오지 않는 지선을 기다리다 지쳐서 어딘가로 가버린 모양이었다. 허전한 마음으로 개울을 둘러보았다. 언제 이걸 다 만들었지? 작품들이 훨씬 불어나 개울 가득했다. 돌탑들과 작품들이 개울 가운데 무더기로 떠 있고 그 사이를 개울물이 무심히도 흐르고 있었다. 진짜 동화 같은 일이 벌어진 거야. 지선은 작은 돌탑 하나를 쌓아 놓고 개울을 떠났다.

 용운토굴 탐방 디데이가 밝았다. 절에 남아 있는 스님들의 점심과 저녁공양을 준비해야 하기 때문에 두 팀으로 나누었다. 국보살과 보리성과 일심행이 일찍 떠났다. 오전을 송두리째 쓰면 된다. 묘심과 지선과 보덕화가 바통을 받아서 오후를 송두리째 쓰면 된다. 점심이 다 끝나고 바통을 받으려고 기다려도 먼저 팀이 안 나타났다. 그곳이 흥미로워 돌아오기를 잊었는지 앞 팀은 감감 무소속이었다. 가다가 중간에서 바통을 받기로 하고 후발 팀도 떠났다. 월광보살은 물론 주지스님께도 허락을 받고 떠나는 용운토굴 탐방이다.

지선은 아침부터 이상한 설렘을 느꼈다. 지선이 매일 가던 숲길의 턴 지점에서 불과 한 시간 더 가는 곳이다. 굳이 탐방이라고 수선을 떨 것도 없었다. 사내의 암자 축에도 못 끼는 한 작은 토굴이다. 시간의 구속 때문에 갈 수 없었을 뿐이었다. 단지 비정상적인 두 번의 죽음이 있었다는 전설 때문인가? 그뿐인데 험난한 탐험이라도 가는 것처럼 설렜다.

후발 팀 셋은 소풍 가는 꼬마들처럼 기분이 좋았다. 그냥 계곡을 따라 끝까지 올라가면 되는 외길이었지만 약도까지 그려 받고 떠났다. 올라가다 계곡을 건너고 또 올라가다 계곡을 다시 건너고 다시 올라가다 계곡을 다시 건너고 이러기를 반복했는데 그 사이 샛길들이 군데군데 나뭇가지처럼 뻗어 있었다. 커다란 전나무를 닮은 외길이었다. 날씨는 좋지 않았다. 점점 구름이 두껍게 몰려오더니 아주 컴컴해져버렸다. 곧이어 콰르릉 천둥과 함께 번

개가 번쩍 지나가고 소나기가 쏟아져 내렸다. 이제 숲길은 장대 같은 빗줄기에 빈틈 한 점 없이 점령당해 버렸다. 머리카락도 옷도 삽시간에 젖어버렸다. 실로 대단한 비다. 하늘 뚜껑이 열린 것 같았다.

"용운토굴 가는 날씨로는 끝내주는데요."

지선이 하늘에서 쏟아지는 물벼락을 맞고 신이 나서 말했다.

"아마 용운소의 신장님이 우리를 환영하시나 봐요."

묘심도 맞장구를 쳤다.

"불길한 징조 같아."

역시 보덕화다. 그녀는 하늘이 하는 일까지 좋게 보지 않았다.

"보덕화, 이렇게 신나는 건 일생에 한 번 일어날까 말까야."

지선이 소나기가 즐거워 소리쳤다.

"이게 신나는 일이야? 돌았나 봐."

"둘이 잘 해봐요."

묘심은 용운토굴 스님 뵈러 간다고 모시옷까지 입고 나왔는데 완전 스타일 구겼지만 환하게 웃으며 지선과 보덕화를 부추겼다.

숲은 컴컴하고 물기에 젖어 번들거렸고 돌멩이도 생기를 머금었다. 계곡은 용의 몸통처럼 길기도 했다. 외길이니 앞에 간 팀과 벌써 마주쳐야 했지만 나타나지 않으니 무슨 일이 생긴 건 아닌지 걱정이 됐다. 산돼지들이 자주 나타나는 곳이라 혹시 산돼지의 습격을 받은 건 아닐까. 그 소나기의 와중에도 도무지 나타나지 않는 앞 팀이 걱정됐다. 비로 불어난 계곡물은 기세 좋게 흐르고 길 양쪽엔 원시림이 꽉 우거져서 저녁 일곱 시처럼 컴컴했다. 하늘만 길게 은하수로 뚫려 있었고 셋은 흠뻑 젖었고 신발은 묵직했다. 다들 산행이나 가는 양 운동화를 꺼내 신은 탓이었다.

양동이로 퍼붓던 비가 바가지로 퍼붓더니 지쳤나 보다. 어둡던 하늘이 조금씩 열렸다. 계곡물은 까불면서 카랑카랑 함부로 흘러갔다. 모두 어떻게 발을 떼놓고 있는지도 모른 채 철벅철벅한 길을 무턱대고 걸어 올라갔다. 아무도 마주치지 못하고 얼마나 갔을까 하늘에 해가 나타났다. 거짓말같이 나타난 해는 젖은 머리칼을 말려주고 젖은 옷도, 나뭇잎에 매달린 물방울도 말려주었다. 축축하고 어둑하던 숲에도 환하게 요술봉을 휘둘렀다. 쫄딱 비에 젖은 용운토굴 탐방 제2팀 대원들은 약속이나 한 듯 아무도 말이 없었다. 길의 끄트머리인가? 하얀 꽃이 가득 피어 있는 작은 밭이 갑자기 일행 앞에 나타났다.

"아, 저긴가 봐." 하고 보덕화가 말했다. "저기 집이 있어."

밭 저쪽에 오두막 하나가 보였다.

지선은 갑자기 귀가 먹먹했다. 흙벽의 오두막은 가장 원시적인 모습을 하고 있었다. 망초들이 맘 놓고 꽃을 피우고 있는 그 가운데로 토끼길이 하나 나 있었다. 주인장이 오두막까지 걸어가느라 생긴 토끼길이다. 여기가 들판이 아니고 산속이란 증거인 양 마타리가 두어 포기 눈에 띄었다. 보리성과 국보살과 일심행이 거기 있었다. 그녀들은 흠뻑 젖은 채 작은 평상마루에 앉아 막 커피를 마시려는 참이었다.

해륜스님은 새로 나타난 세 보살에게도 커피를 주려고 새로 커피콩을 갈기 시작했다. 시끌벅적 난리가 난 것 같았다. 탐방1팀은 길을 잘못 들어 막 모험을 치르고 온 것이다. 산을 돌고 돌아도 다시금 제자리로 돌아왔다는 것이다. 도깨비한테 홀린 게 분명하단다. 빤한 길인데 가보면 도로 그 자리였단다. 엎친 데 덮친 격으로 산돼지 가족도 만났단다. 어떻게나 놀랐는지 지금도 가슴이 콩닥콩닥한단다. 숨을 죽이고 산돼지 가족이 지나가기를 기다렸다가 마구 굴러서 내려오다 보니 간신히 여기더란다. 셋 다 옷은 흙이 군데군데 묻어 있고 머리카락은 헝클어졌다. 긁힌 자국도 보이는 얼굴은 홍조를 띠다 못해 빨갛다. 아직도 생생한 흥분상태에 있는 증거였다. 아무튼 세 보살은 생기탱천했다.

"정말 일생일대의 모험이었어. 아차 했으면 당신들 우리 못 볼 뻔했어."

국보살이 후발팀을 보고 말하고는 들고 있던 커피를 한 모금 마셨다.

"만약 그랬으면 이 맛있는 커피도 못 마실 뻔했잖아요."

보리성이 반짝 웃으며 행복한 표정으로 저도 커피를 한 모금 마셨다. 일심행은 그냥 미소를 머금고 커피잔을 두 손으로 꼬옥 감싸고 있었다. 세 여인들에게는 이 순간의 커피가 보물단지임이

틀림없었다.

"좋아요?"

지선이 국보살에게 물었다.

"응."

국보살은 뭐가 좋은지 몰랐지만 그냥 좋다고 대답했다. 지금 그녀에게 나쁜 건 하나도 없었다. 세상이 다 좋았다.

앞 팀과 뒤 팀이 합류해서 평상마루에 앉았다. 스님까지 일곱이 앉으니 좁아서 떨어질 것 같았다. 보리성이 일어났다. 커피콩을 갈면서 스님은 미소만 짓고 있었다. 고요의 극을 달리던 용운토굴이 때아닌 여자들로 와자하니 시끄럽다. 마루 밑에서 가시를 달고 올라온 두릅나무 한 그루가 기다란 잎줄기 한 가지를 스님의 머리 바로 위로 늘어뜨리고 있었다. 스님은 그 두릅 가지를 피하느라고 고개를 약간 옆으로 빼고 있었다. 두릅나무는 아슬아슬하게 스님의 머리를 찌르려 하고 스님은 상체를 더욱 옆으로 빼서 두릅나무 가지를 피한다.

해륜스님은 이런 궂은날을 택해 용운토굴까지 오느라 고생한 지선, 묘심, 보덕화에게도 막 갈아서 내린 커피 한 잔씩을 아무 말 없이 건넸다. 산중의 커피는 맑은 갈색의 향기를 유감없이 세 보살에게도 선사했다.

지선은 숨을 깊게 들이마셨다. 심장이 아까부터 쿵쾅거리기 시작했기 때문이다. 여섯 명이 좁은 마루에 붙어 앉아 같이 커피를 마시고 있다. 가득하다. 산야 어디라도 여름이면 지천으로 피는 망초가 가득하다. 너무 흔해 꽃 대접도 못 받는 그 흔한 꽃 망초가 제 세상이다. 망초들이 무리 지어 고요히 숨 쉬고 있다. 토끼길도 함께 고요하다. 어디에도 마당은 보이지 않는다. 대나무 빗자루로 깨끗이 쓸어 놓은 환한 선사의 마당 같은 건 어디에도 보이지 않는다. 채소밭도 보이지 않고, 호박넝쿨도 보이지 않고, 감나무도 보이지 않고 망초만 피어있다. 망초의 마당은 지선의 마음을 사로잡았다.

해륜스님은 이곳에서 삼 년을 살았다. 그는 아무것도 손대지 않았다. 그냥 두었다. 전혀 가꾸지 않고 그대로 가만히 둔 마당에 햇볕이 통과하고 바람이 통과하고 비가 통과하고 스님이 통과하고 벌과 나비가 맴돌다 갔으리라. 그는 여기서 무얼 했나. 화두를 들었다. 그는 깨쳤을까. 이 찬란한 무위자연의 마당을 보면 그는 이미 무위자연의 도를 이룬 사람 같다.

가을바람에 떨어진 씨앗이 땅속에 있다가 봄이 오자 싹이 나고 비를 맞고 햇볕도 쬐고 이슬도 마시고 바람도 스치고 그러구러 자라다 저절로 꽃이 피어 일렁이며 그냥 있다. 그냥이 있는 곳. 지선은 이곳에서 이런 모습으로 삼 년을 산 해륜스님에게 마음속으로 합장했다. 그의 머리 위로 떨쳐 있는 두릅나무의 긴 이파리도 꺾어버리지 않고 그대로 두는 그의 심성이 자비로워 보였다. 전지가위를 마구 휘두르며 가지가 튀어나오는 꼴을 못 견디는 깔끔

쟁이도 세상에는 많다. 그에게 몇 마디 건네고 싶었으나 웬일인지 입이 떨어지지 않는다. 감동이 지나쳐서 벙어리가 된 채 지선은 스님의 삼 년의 마당을 바라보고만 있었다. 이 마당을 만드는데 돈 한 푼 안 들었고 호미질 한번 하지 않았다. 맘만 먹으면 누구라도 만들 수 있는 마당 아닌가. 맘만 먹으면 말이다. 꼬마도 만들 수 있는 마당이다. 내버려 두면 되는 마당이다. 그럼에도 이 스님 외에 누구도 이 마당을 못 만들었다. 인간은 내버려 두는 걸 가장 못한다. 참 아이러니하다. 비틀즈의 노래가 느닷없이 떠오른다.

이 센터에서 삼 년을 산 스님의 한 말씀을 들어보고 싶었으나 국보살과 보리성이 흥분해서 자기들이 산돼지를 만났을 때 어떠했나하는 모험담을 계속 떠드는 통에 소중한 한마디를 들을 수 없었다. 삼 년을 홀로 여기서 무얼 찾고자 했을까?

불쑥 무근수의 뿌리를 뽑아버렸을까?

세상과 담을 쌓고 그는 무얼 했나.

이 작은 마루에 앉아 마당을 마주하고 무슨 대화를 간직했을꼬.

그는 가끔 미소 지었을까.

터가 세서 좋다는 이곳에서 그는 무얼 했나. 나타났다면 그 혼령은 제도했을까.

지선은 커피를 삼키며 해륜스님을 보았다. 그는 보리성이 떠드는 소리를 듣고 있다.

 그날 밤 지선이 자리에 누웠을 때 자동으로 용운토굴 마당이 떠올랐다. 두릅 가지를 삐딱하게 피하고 있는 스님. 해륜스님은 아직 젊다. 날이 밝으면 그는 삼 년 정진 터를 뜬다. 그 망초의 마당을 남기고.

 지선은 그 마당이 아름다웠다. 해맑은 선승의 정원이었다. 지선이 본 최고의 정원이었다. 지선은 스르르 잠이 들었고 꿈속에서 그 마당에 서 있었다. 쓸쓸함에 가슴이 메었다. 왜 이리 가슴이 메나? 물음표를 던질 때 지선은 문득 알았다. 천둥번개와 함께 찾아갔던 그 마당은 바로 진리를 찾아가는 자신의 마당이었다.

제10장

동화

보살들도 한 사람씩 휴가를 떠났다.

맨 먼저 보리성이 예쁘게 화장하고 묶었던 머리를 풀어 풍성하게 하고 빨강 가방과 함께 떠났다. 두 번째로 월광보살이 외국에 있는 딸을 보러 떠났다. 자기가 없어도 알아서들 잘하니까 아무 걱정 안 한다고 하면서 떠났다. 성실하고 조용한 일심행도 떠나고 훌륭한 여인 묘심도 떠났다. 국보살도 풀 먹인 개량한복을 곱게 다려 입고 떠났다. 담연선사도 주지스님도 도감스님도 짧은 여행을 떠났다. 별좌스님이 컴퓨터 앞에 앉아 종무소를 지켰다. 갈 곳 없는 한주스님 두 분과 주변 암자에 머무는 스님 세 분, 계속해서 정진 중인 세 분, 삼 년 기도 중인 보덕화와 지선만 남았다.

용운토굴의 여운이 가시지 않아 지선은 아무 데도 가지 않고 쉬는 시간이면 무설당 뒷마루에 앉아서 시간을 보냈다. 담연선사가 여행을 떠난 무설당은 안팎으로 비어 있었다. 그리하여 인간은 혼자 있을 때 더 충만해지는 걸 알았다. 우주 따로 나 따로라는 생각이 일어나지 않았다. 해류스님이 어떻게 용운토굴에서 삼 년을 지낼 수 있었나 그 비밀을 알 것 같았다.

하안거해제하고 며칠이 지난 어느 날 지선은 사하촌을 갔다. 소봉준은 보이지 않았다. 거북이한의원을 통과해 안채를 지나 개울로 가는 계단을 내려가던 지선은 그만 주저앉을 뻔했다. 개울은 완전히 다른 개울이 되어 있었다. 소봉준이 만들었던 돌 작품들도 자신이 쌓았던 돌탑들도 사라지고 없었다. 개울은 변함없이 여울여울 흘러가고 있는데 개울 가운데 돌 작품들은 보이지 않았다. 용운토굴 가는 날, 짧은 시간 퍼부었던 소나기가 모든 골짜기에서 한꺼번에 흘러내려 개울을 다 쓸어버린 것이다. 망연히 서 있는데 순조의 목소리가 들려왔다.

"왔어요?"

순조가 개울을 첨벙첨벙 건너왔다. 그녀는 오늘도 카메라를 들고 있었다.

"화랑에 가려던 참이었어요."

"오늘은 모두 사라져버린 개울을 찍었어요. 자연은 이러하다,

하고 말하는 개울요."

"무슨 철학 같아요."

"자연철학이죠."

"멋져요."

지선의 서운했던 마음이 확 풀어졌다.

"우리 쥔장 없는 마루로 가서 커피나 마실까요."

"그래요."

두 여자는 주인 없는 대청마루를 차지하고 커피를 마시면서 개울물 소리에 귀를 기울이다 하늘을 보다 했다.

"다 떠내려 가버리니 서운해요."

지선이 서운한 마음을 말했다.

"내가 다 담아 놨어요. 그건 떠내려갈 운명이었어요."

"의사 선생님은 어땠을까요?"

"그 양반은 웃더라고요. 그런데 지선보살님 휴가 안 가요?"

"갈 데가 딱히 없어요. 아들은 군에 있고 남편은 소식이 없어요."

지선은 이런저런 자신의 처지를 숨김없이 털어놓았다. 순조는 두건을 벗은 소년 같은 지선의 머리를 보니 마음이 짠했다. 집안이 풍비박산이 났다는 얘기를 월광보살한테서도 들었다. 순조는 문득 인생이란 강을 흐르다 사하촌 한 모퉁이에서 만난 지선에게 동병상련의 정을 느꼈다.

"지선보살님, 우리 함께 여행 가지 않을래요?"

순조는 어떻게든 위로해주고 싶어 즉흥적으로 제안했다.

"여행요?"

지금 지선은 공양간의 하루를 무사히 살아내는 것이 인생의 목표다. 여행이란 말은 어느 먼 나라의 하늘을 날아가는 새와도 같은 말이었다.

"잊고 있었어요. 여행이란 말."

순조가 지선의 손을 잡았다.

"가요, 우리. 여행."

"여행이란 말 나하고 상관없는 말이라서 실감이 안 나요."

지선이 머쓱하게 웃었다.

"실은 나도 그래요. 그럼 가볼래요? 여행."

두 사람 다 일 분 전까지만 해도 꿈도 꾸지 않았던 일이 여행이었다.

"어디 가죠?"

쓸쓸한 마음에 처져있던 지선이 목소리에 생기를 실어 물었다.

"아무데나 가요. 아니, 계획을 짜요."

순조는 미술아카데미 회원들을 데리고 돌아다니던 순발력을 발동했다.

"지선보살님, 가보고 싶은 데 말해 봐요."

"우포요."

지선이 순조의 얼굴을 바라보다 자신도 모르게 대답했다.

"엉뚱한 곳이네요. 왜 거기 가고 싶은데요?"

"공룡이 놀았던 곳이라 했어요. 아들이."

"단지 그것 땜에?"

"아들하고 갈 뻔했던 곳이라."

순조 역시 여행이란 말이 이상하다. 오래 잊고 살았기에 그녀하고 아무 상관없는 말이었다. 오늘 자신의 입에서 여행이란 말이 나와 버린 건 정말 오발탄 같은 것이었다. 순조는 자신이 가보고 싶은 데를 생각하자 돌다리가 떠올랐다. 백담사 계곡 위에 걸쳐진 흰 돌다리. 거기 냉정하게 거절하고 돌아서 가던 도혜스님이 있었다.

"나도 한 장소가 떠오르네요. 백담사 돌다리."

"우리 우포랑 백담사 돌다리에 가서 바람도 쏘이고 그래요."

"좋아요."

두 여인은 살짝 흥분해서 여행지에 대해 얘기를 나누었다.

지선이 막 가려고 할 때 배낭을 멘 소봉준이 들어왔다. 어디 산에라도 갔다 오는지 메고 있던 커다란 배낭을 마루에 내려놓는데 쿵, 소리가 났다.

"이게 뭐예요?"

순조가 물었다.

"조각할 나무야."

"그럼 시작했네요."

순조가 배낭을 끌렀다. 꽤 큼직한 흑단 나무 토막 두 개가 나왔다.

"순조 뜻대로 내가 조각을 시작했는데 굉장히 재미있어. 내가 보여줄 게 있으니 이리 와 봐."

그는 명상하는 방으로 앞서 들어갔다. 방을 가득 차지한 작업대 위에 나무로 깎은 여인의 두상 두 개가 놓여 있었다. 둘 다 지선이다. 하나는 두건을 쓰고 하나는 두건을 벗었다.

"이럴 수가!"

순조가 외쳤다. 순조가 사다 준 나무는 소봉준의 손에서 여인상으로 탄생했다. 순조는 상륙작전에 성공한 장군인 양 안도의 숨을 내쉬면서 소봉준의 등을 탁 쳤다.

"선생님, 내 작전 성공했네요."

"이걸 만들면서 굉장히 행복했어."

소봉준이 수줍은 듯 말했다.

지선은 잔뜩 어질러진 작업대 위에 소봉준의 손에서 태어난 두 개의 작품을 보며 엷은 미소를 지었다. 자신도 모르는 사이 자신의 분신이 생긴 것이다. 분신이라고 하지만 그것은 전적으로 의사 선생님 것이다.

방은 이미 명상의 방이 아니었다. 연장들이 나무 부스러기들 속에 멋대로 흩어져있었다. 작업대는 방의 절반을 차지했지만 가

뜩이나 낮은 천장 때문에 방을 꽉 채우는 것 같았다. 그 사이에 끼어서 어떻게 작업을 했나 신통할 정도였다. 아무튼 그의 명상은 이제 결가부좌가 아니라 끌과 망치로 진화되었다.

여기서 그는 열흘 동안 나무를 깎고 나무를 다듬었다. 지선은 나타나지 않았지만 이미 마음속에 있었으므로 끌과 망치를 들고 자신의 가슴에서 지선을 끄집어냈다. 바야흐로 아마추어 조각가 하나가 탄생한 것이다.

찰흙 놀이가 재미있었던 소년은 이제 도시로 나가 흑단나무를 직접 구해왔다. 그걸로 또 무얼 조각할 참이었다. 시골 의사는 제대로 조각에 빠졌는데 바로 순조가 노린 점이었다. 시골 의사가 이럴 줄 아무도 몰랐었다. 개울 위의 형상들을 처음 보았을 때 순조는 첫눈에 소봉준의 재능을 알아보았다. 아르키메데스가 목욕탕 물속에 떠 있다가 유레카를 외쳤다는데 순조는 개울 가운데 떠 있는 돌무더기를 보고 유레카를 외쳤다. 갑자기 불어난 물살에 돌들은 원래 놓여있던 바닥으로 돌아갔다. 그들 때문에 개울은 한동안 어지러운 칠판이었다. 하늘은 자신의 칠판을 깨끗이 지워버렸다. 이제 아무 일도 없었던 것처럼 개울은 예전처럼 흘러간다. 유레카! 하나를 남기고.

"선생님이 재능을 그냥 썩히면 하늘이 나를 가만 안 둘 거예요. 그러니 나는 선생님을 조각의 개울 속으로 확 밀어버려야겠어요."

순조가 눈을 반짝이며 소봉준을 보고 말했다.

"아, 그럴 필요 없어. 이미 나는 개울이 아니라 늪에 빠졌어. 나는 이제 못 나올 거야."

소봉준은 솔직하고 단순한 사자사람이었다. 그는 진료보다 조각이 더 즐거웠다.

"어쨌건 난 확실하게 밀어버릴 거예요. 푸우욱 빠지게."

순조는 기뻤다. 조소를 잃고 아쉬워했었다. 도혜스님은 그림보다 진리추구의 길을 택해 떠나간 것인데 순조가 아이처럼 발을 동동 굴렀다. 이제 순조는 소봉준이 조각에 빠져든 것이 너무 좋았다. 소봉준의 일인데도 그랬다. 순조는 모자란 구석이 분명 있는 여자였다.

"선생님, 우린 함께 여행을 가려는데 이참에 선생님도 함께 어떠세요? 조각에 입문한 기념으로."

순조의 입에서 예기치 않았던 말이 저절로 나왔다.

"그러지!"

소봉준은 선사들처럼 일 초의 망설임도 없이 선선하게 대답했다.

"그럼 함께 가는 거예요. 지선보살님, 의사 선생님 함께 가는 거 괜찮지요?"

순조가 뒤늦게 지선을 바라보고 물었다. 지선은 혼자 다 결정해 버리고 또 묻는 것이 우스워서 그냥 웃기만 했다.

"이 여행은 꿈같을 거야."

순조는 수학여행 가는 학생처럼 두 손을 깍지 끼고 좋아했는데 아이처럼 좋아하는 건 순조뿐만 아니었다. 지선도 소봉준도 얼결에 결정되어버린 여행에 맘을 뺏긴 건 마찬가지였다.

"자. 그럼 계속해서 계획을 짭시다. 지선보살님, 휴가가 며칠이죠?"

"일주일요."

"선생님, 기간은 일주일이고요. 우선 두 군데는 정했어요. 우포와 백담사. 선생님은 어디 가보고 싶어요?"

숨 한번 쉰 후 소봉준이 말했다.

"석굴암."

순조는 종이와 볼펜을 꺼내들고 우포, 백담사, 석굴암이라고 썼다. 석굴암 옆에 남산이라고 적었다. 석굴암 보러 경주까지 갔으니 소봉준이 보아야 할 조각들이 널려 있는 곳이 남산이다.

"이건 내 예감인데 이번 여행은 의사 선생님을 위한 여행이 될 것 같네요."

순조는 그래서 더 신이 났다. 소봉준을 단단히 훈련시킬 절호의 기회였다. 소봉준을 데리고 가고 싶은 데가 또 떠올랐다. 해남 대흥사의 북미륵암이다. 순조는 남산 옆에 북미륵암이라고 적어 넣었다.

"아무래도 난 이 여행이 현실이 아니고 동화 같아요."

지선은 자신의 처지에서 여행이라는 말이 소화되지 않아서 그렇게 말했다.

"맞아요. 어쩜 모든 삶이 모두 동화지 뭐."

순조는 까닭 없이 즐거워서 맞장구를 쳐주었다. 순조는 여기 와서 한 번도 여행을 가지 않았다. 여행을 가는 것보다 여기 백운사 길목에 박혀서 언제 돌아올지 모르는 도혜스님을 기다리는 편을 택했다.

스스로 빗장을 채웠던 사람들. 뭐 때문에 그렇게 닫혀서 살았는지 모르지만 그들은 이제 빗장을 열어젖히려고 여행이란 입장권을 끊고 있었다. 지선은 문득 자신이 참 많이 변했다고 생각했다. 도도하던 지선은 어디로 가고 평범한 보살이 되어 잠깐의 여행도 놀라워하며 현실로 못 받아들이고 오히려 동화로 느끼고 있다.

"외톨이들의 이상한 여행이네. 우리 근사한 동화를 쓰자구요."

순조가 종이 위에 볼펜을 던지며 큰 소리로 말했다.

소봉준은 실로 십오 년 만에 핸들을 잡고 고속도로를 달리면서 아득한 생각이 들었다. 원활한 여행을 위해 흰색 코란도 하나를 렌트했다. 여행이 무엇일까. 좋아하는 사람과 함께 쓰는 동화. 함께 있으려고 이렇게 설레면서 고속도로를 달리고 있다. 함께하기 위해서.

  아침 일찍 떠나면서 모두들 아침을 안 먹은 탓에 배가 고팠다. 그들의 화려한 여행의 첫 식사는 휴게소의 라면이 되었다. 자판기에서 커피도 뽑아 마셨다. 순조가 달콤한 믹스커피를 다 마시고 종이컵을 쓰레기통에 휙 던져 넣었다. 종이컵은 불어온 바람에 날려 땅바닥으로 떨어졌다. 소봉준이 씩 웃고 자기도 종이컵을 쓰레기통으로 날렸다. 날아간 종이컵은 조금 더 세게 불어온 바람에 날려 저만치 떨어졌다. 이번엔 지선이 종이컵을 날렸다. 이번에도 바람이 불어와서 종이컵을 다른 데로 날려버렸다. 아무도 못 넣은 게 신이 나서 모두 유쾌하게 웃었다. 라면으로 배를 채우고 커피도 마시고 또 출발했다.

  정오에 석굴암 주차장에 도착했다.

  "지금부터 우리는 본존불을 친견하러 갑니다. 다들 텅 마음을 비우십시오."

  석굴암 숲길을 걸어가면서 순조가 가이드가 되어 감정 없는 어조로 말했다.

  "왜 비워야 해요?"

  특별히 비워야 하는 까닭이 있는지 궁금해서 지선이 물었다.

  "필수래요. 저도 옛날 어떤 분께 들었어요."

  "잘 감응하기 위해서일까."

  "하마터면 감응을 못할 뻔했는걸."

소봉준은 어떤 설렘으로 그 무던한 얼굴에 홍조를 띠고 말했다. 석굴암을 오자고 한 장본인이다.

"텅 비우는 건 필수입니다. 이유는 저도 모릅니다."

순조가 또 한 번 말했다. 그들은 줄을 서서 석굴암으로 들어갔다.

소봉준은 본존불 앞에 섰다. 알 수 없는 떨림이 온다. 세계인이 감탄하는 본존불이다. 저 표정은 누구의 마음인가. 통증이 싹 지나간다. 순조의 말처럼 마음을 텅 비우고 본존불을 한참 동안 응시하다가 눈을 감았다. 너무나 친숙하다. 자신이 신라시대에 저 본존불을 만든 석공이란 생각이 선연하게 들었다.

그들은 밀려서 그곳을 나왔다. 아무도 입을 떼지 않았다. 솔숲 길을 한참 걸어 나오다 순조가 소봉준에게 물었다.

"선생님의 느낌이 알고 싶어요. 여기 오자고 한 사람이잖아요."

묵묵부답. 그는 말이 없다. 할 수 없이 그들은 주차장까지 오는 길을 침묵 속에서 걸었다. 순조도 지선도 소봉준을 따라서 침묵을 지켰다. 차를 타고도 소봉준의 침묵은 계속되었다. 그들은 오후 내내 이상한 침묵 속에서 불국사를 둘러보았다. 말 한마디 없는 여행이라니 모든 원인이 소봉준에게 있다.

"말해 봐요. 속 시원하게."

마침내 답답한 순조가 길 가운데서 딱 멈추어 서서 큰 소리로 소봉준에게 소리쳤다. 그러자 소봉준이 겨우 들리는 목소리를 냈다.

"자꾸만 내가 그 석공 같아. 그 석공 말야. 본존불 만든 석공."

"세상에!"

짧은 순간 순조는 말을 잃었다가 곧 정신을 차렸다.

"선생님이 그걸 만들었던 석공이래도 난 믿어요. 선생님이야말로 더한 걸작도 만들 수 있어요. 본존불보다 두 배로 뛰어난 걸작 말예요."

순조의 촌철살인 같은 단언이었다. 지선은 옆에서 손뼉을 쳤다.

함께 여행 온 사람들끼리 무슨 말을 못 할까. 소봉준은 빙그레 웃었다. 그들은 그토록 무거운 침묵을 풀고 저녁식사를 하러 갔다.

다음 날 본격적인 남산 답사가 시작 되었다. 남산은 높지 않은 산이었지만 지형이 상당히 험했다. 의외로 바위가 많고 가파르다. 간단한 도시락과 간식거리가 든 배낭을 하나씩 짊어지고 가벼운 마음으로 출발했는데 유독 지선이 뒤처졌다. 지선은 힘이 달렸다. 독한 마음으로 오르려 하나 힘이 들어 가파른 곳에선 소봉준이 손을 잡아 끌어올려 주었다. 중턱을 넘어서서 지선은 길에 주저앉았다.

"아 편안하다!"

그러고는 두 사람을 쳐다보았다.

"나를 떨어뜨리고 가 주세요."

"길에 떨어진 거라고 누가 주워가면 어쩝니까?"

"길에 안 있고 저기 저 위에서 기다릴게요."

조금 떨어진 곳에 방처럼 평평한 바위가 있고 아래로 훤히 들판이 내려다보였다.

"그럼 혼자 여기 불국정토에서 조용히 쉬고 있어요."

순조가 지선의 상태를 빨리 읽고 말했다. 지선은 굳이 남산을 보지 않아도 된다. 보아야 할 사람은 소봉준이다. 두 사람은 중간에 쉬고 싶어 하는 지선을 놓아두고 올라가 버렸다.

두 사람이 올라가고 난 후 지선은 바위 위에 누워버렸다. 사지를 평평한 바위 위에 던지고 하늘을 보노라니 더 바랄 게 없다. 월광보살은 자기를 전설이라 했다. 하루 만 배를 했기 때문이다. 묘심도 자기를 전설이라 했다. 그녀도 하루 만 배를 했기 때문이다. 그런데 이렇게 만사를 잊고 산속에 있는 바위 위에서 몸도 마음도 쉬고 있노라니 자신도 전설이 된 것 같다. 만사를 잊는다 하지만 실로 잊어버릴 만사도 없다. 전설이란 게 어려운 일을 성취하는 게 아니라 상상도 못 할 일을 하는 게 전설 아닐까. 지선은 자기야말로 전설 같았다. 불과 일주일 전에만 해도 여행이란 말은 잃어버린 말이었다. 잃어버린 말인 여행을 찾아내어 여행을 떠나와서 바위에 누워 파란 하늘을 보고 있는 게 전설 아니고 뭔가. 전혀 상상도 못한 일을 지금 자신이 하고 있는 중이다. 지선이 눈을 감고 한껏 미소를 짓자 저절로 혼잣말이 흘러나왔다. 나도 전설이야.

 남산에 발을 들여놓았을 때부터 소봉준의 심장은 거칠어졌다. 신라인들이 이루어 놓은 부처의 나라 남산은 바람의 손끝이 빚어 놓은 각양각색의 부처들로 넘쳤다. 현대 조형감각 같은 건 무시되었다. 원이 넘치던 신라인들은 부처나라를 동경하여 온갖 돌에 부처를 새겼다. 조악하고 서툰 솜씨부터 선정에 든 모습까지 천차만별이다.
 벼랑의 부처를 보는 순간, 소봉준은 벼랑에 매달려 허공을 새기는 신라의 석공이 그리웠다. 쩡쩡한 망치 소리를 골짜기로 보내고 있는 석공의 정 끝에서 부처가 벼랑에 살아난다. 이름 없는 석공, 그는 수행을 한 적도 없고 깨달음을 이룬 적도 없다. 자기는 석공이므로 바위에 부처를 새기는 석공이므로 정과 망치를 들고 바위 절벽을 쪼아낸다. 부처는 모습이 없다 한다. 석공의 정을 움직인 모습 없는 부처는 이 골짜기의 모든 부처를 탄생시켰다.
 소봉준의 속에서 웃음이 솟구쳤다. 그는 큰소리로 웃기 시작했다. 순조는 깜짝 놀랐다. 왜 갑자기 크게 웃는가. 크게 웃는 소봉준을 처음 본다. 내버려 두자. 우는 게 아니고 웃는 거잖아. 웃는 건데 뭐. 무언가 막혔던 게 뚫렸기 때문일 거야. 순조는 침묵의 사내가 웃는 게 그냥 좋아서 마음이 환해졌다. 그는 허리에 손을 짚고 호탕하게 한바탕 웃고 나더니 순조를 보고 말했다.

"여기 골짜기에 널려 있는 부처를 봐. 내가 개울에서 돌을 갖고 놀던 거와 다르냐?"

순조가 생각할 때 그건 차원이 다른 문제다.

"그야 다르죠. 그건 논 거고 이건 새긴 거잖아요."

"같아. 그들도 옛날에 산의 돌을 갖고 놀았어."

소봉준은 팔을 펴서 골짜기를 휘저었다. 바람이 불어와 그의 머리칼을 공중으로 날렸다.

"심각할 거 없어. 그들은 새기는 게 좋으니까 새겼어. 싫어봐라, 하겠어? 나중에는 새기는 게 너무 좋아서 벼랑에까지 새긴 거야. 평지에 새기는 게 시시하게 느껴진 거지."

두 사람은 벼랑의 부처 앞에 서 있었고 저 아래로는 사바세계가 펼쳐져 있었다.

"이건 고대의 걸작이라구요."

"그냥 생활이었어. 신라인들의."

"이걸 보고 무슨 생각이 들어요?"

잠시 말이 없이 골짜기를 보고 있던 소봉준은 벼랑의 부처를 한번 보고 말했다.

"이걸 내가 새긴 것 같아. 여기 대롱대롱 매달려서 말이야. 조금도 의심이 안 들어."

"석굴암본존불을 만든 것 같다고 그랬잖아요. 이것도요?"

순조의 눈동자가 불안으로 긴장했다.

"그것도 내가 만든 것 같아. 통증이 지나가더군. 이건 보자마자 웃음이 나와."

순조의 눈동자가 심하게 흔들렸다. 그러나 다음 순간 활짝 웃음을 띠고 말했다.

"됐어요. 아무튼 선생님은 신라 때 명장이었음이 분명해요."

소봉준 자신도 그렇게 느꼈다. 이유는 모르지만 저절로 그런 생각이 들었다. 순조는 겁도 없이 말하는 소봉준이 잠깐 불안했지만 그것은 극히 짧은 순간이었다. 저 확신! 그 말은 천금의 가치가 있는 말이었다.

"지선보살한테 가 봐요. 혼자 심심할 텐데."

순조는 소봉준의 팔을 당기며 말했다. 빨리 지선에게도 전해주고 싶었다. 천 년 전의 확신!

"심심한 걸 더 즐기는 사람이야. 놔두고 우린 저 너머로 더 가 볼까. 이왕 왔으니"

그들은 다시 팻말이 가리키는 다른 방향으로 올라갔다.

바위는 큰 보자기를 펼쳐놓은 것같이 평평했다. 소나무가 그늘을 드리워 주고 있었다. 지선은 멍하니 누워 있다가 깜빡 잠이 들었는데 뭔가의 소리에 반짝 눈을 떴다. 잿빛 산토끼 한 마리가 동그란 눈으로 지선을 보고 있다. 토끼와 사람 사이여서 그렇지 녀석은 분명 뭔가 말을 하고 있다. 녀석은 한자리에서 통 움직일 기미가 없다. 꼼짝 않고 지선이 어찌 하나만 기다리는 것 같다. 마주 보면서 지선 역시 토끼에게 뭔가를 말하고 있었다. 그들의 말은 눈동자에서 눈동자로 전달되었다. 무슨 말을 주고받았는가는 알 수 없다. 언어 이전이었으므로.

지선은 두건을 벗고 소년 같은 머리카락을 쓸어보았다. 기운도 요만큼 자랐겠지. 함께 정상을 못 갔으나 여기까지 올라 온 것만으로도 뿌듯하다. 보이는 바위마다 새겨진 부처들은 그녀 마음에 그다지 감동을 주지 못했다. 왜 사람들은 큰 바위를 보면 거기에 무언가를 새기고 싶어 할까. 지선은 가만히 두는 쪽이 더 좋았다. 해륜스님은 가만히 두었다. 신라인들은 남산의 바위를 가만두지 않았다. 바위에 부처를 새긴다고 이 골짜기는 엔간히도 시끄러웠겠다. 몸도 이만치 건강해졌으니 나도 진리의 산에 오르고 싶다. 무근수는 심어야 하나 캐어야 하나. 사람 말고 잿빛 산토끼에게 물어보고 싶다.

한나절이 지나도록 지선은 그냥 바위에 가만히 앉아 있었다. 어느새 아름다운 잿빛 산토끼는 사라지고 없었다.

노을과 함께 숨을 몰아쉬며 두 사람이 나타났다.

"저쪽 산까지 갔다 오느라 늦었어요. 심심했죠?"

"안 심심했어요. 다 봤어요?"

"다 보진 못했어요. 그렇지만 다 본 걸로 했어요."

"무얼 했습니까, 혼자."

소봉준이 바위에 걸터앉으며 말했다.

"혼자 아니었어요. 산토끼가 친구 해 주었어요."

"불보살님이 토끼 친구까지 보내주셨군요."

"산 위에는 어땠어요? 난 여기서 진짜 편안하게 쉬었는데."

지선은 열기로 얼굴이 붉게 물든 둘에게 냉수를 권하고 부채를 부쳐주었다.

"다른 건 몰라도 의사 선생님의 전생은 확실히 알았어요."

순조가 다소 들뜬 목소리로 말했다.

"전생에 여기 살았던 석공?"

지선은 바로 순조의 말을 해석해 냈다.

"바로 그거예요. 이 골짜기에서 마애불 새기던 석공. 그뿐 아니라 본인은 석굴암본존불 만든 장본인 같대요."

"이 골짜기에서 실력을 갈고닦아서 석굴암본존불 조성을 맡은 석공으로 뽑혔던 건 거의 확실합니다."

소봉준은 순조의 말에다가 아예 도장을 찍었다.

"대단하세요. 석굴암본존불은 세계 제일의 부처님상호라던데요."

"그걸 자신이 만든 것 같대요."

"틀림없을 겁니다. 그것 만들 때 마음이 느껴졌습니다."

"어떻게 그런 걸 다 아세요?"

"그냥 아는 겁니다."

"굉장한 자신감이라니까. 나는 그 자신감에 희망을 걸겠습니다. 석공님."

순조는 확신했다. 이 사람은 조각가의 길을 가야 하는 사람이다. 석굴암본존불은 전무후무의 걸작이다. 그걸 자신이 만들었다고 태연히 말하는 시골 의사를 순조는 눈부신 표정으로 바라보았다.

"우리 내려가서 최고의 저녁을 먹어요. 배고파요."

그들은 경주의 한 조촐한 식당에서 정갈한 한정식으로 저녁을 먹고 거나하게 취해서 숙소로 돌아가 금방 곯아떨어졌다. 모두 한껏 피곤했다.

다음 날 새벽, 동트기 전에 그들은 한 번 더 석굴암을 갔다. 동해에서 올라오는 해를 보기 위함이었다. 본존불이 천 년을 마주하고 있는 아침 해.

셋은 본존불처럼 조용히 선정에 잠겨 아침 해를 응시했다. 동해바다를 뚫고 솟아오르는 해는 세 사람의 마음을 하나로 만들었다. 무어라 표현 못 할 감동에 사로잡혀 아무도 말이 없었다.

제11장

그 꽃

지선은 매일 일어나는 시간에 눈을 떴다. 옆자리에 순조가 세상모르고 자고 있다. 옆방의 소봉준도 곤히 자고 있는지 아무 기척이 없다. 지선 혼자만 너무 이른 시간에 눈을 뜬 것이다. 지선은 순조가 깰까 봐 그대로 누워서 천장을 오래도록 보고 있었다.

어디선가 풀벌레 소리가 들려왔다. 꼼짝도 하지 않고 있으려니 풀벌레 소리는 더 또렷하게 크게 들려온다. 잠이 완전히 달아났다. 지선은 자리에서 빠져나와 살그머니 문을 열고 밖으로 나왔다. 우포늪 단지 안에 있는 유스호스텔은 초가집모양으로 고즈넉이 누워있었다.

산책로가 첫새벽의 어둠속에 희미하게 보였다. 바람이 불어왔다. 여기는 우포야. 아들이 나랑 오고 싶어 했던 곳이야. 뭐? 공룡들의 마당이었다고? 진짜로 여기가 공룡들이 활개 치고 돌아다녔던 곳이란 말이지? 나는 지금 공룡들의 마당에 서 있는 거네.

반딧불이가 간간히 날아다니고 하늘에는 반쪽 달이 떠 있었다. 지선은 마당에 서서 하늘을 보다가 무작정 밖으로 걸어갔다. 발걸음 소리를 들은 탓인지 사방에서 풀벌레들이 동시에 울어댔다. 아직 닭이 울기도 전인 첫새벽이다. 사방이 어렴풋함에 잠겨있는 탓에 모든 것이 불분명했지만 온통 생기로 꽉 찬 공기를 느낄 수 있었다. 지선의 가슴 밑바닥에서 기쁨이 솟아올랐다. 이곳 땅이 지니고 있는 기운의 감응일 것이다.

하늘의 별과 달은 아직 선명하고 우포는 새벽의 미명에 잠겨있었다. 성질 급한 새벽도 아직 잠이 채 깨지 않았다. 얼마를 걸었을까? 지선은 수초들이 우거진 물가에 도착해 있었다.

지선은 물가에 무리 지어 자라는 야생의 풀잎들이 이슬을 조롱조롱 매달고 함초롬히 달빛에 젖고 있는 모습이 하도 예뻐서 그걸 한 개 따려고 손을 뻗쳤다.

"위험합니다. 미끄러지면 빠집니다."

소리가 들리고 카약 하나가 나타났다. 더벅머리 청년이 카약 위에 장대를 들고 서 있었다. 지선은 깜짝 놀라 하마터면 늪 속으로 빠질 뻔했다. 이른 새벽에 돌아다니는 사람이 있으리라곤 생각하지 못했다. 그래서 아무 생각 없이 잠옷 원피스 한 장을 걸치고 잠자리에서 빠져나온 그대로였다.

"우포는 이 시간이 제일 좋습니다. 그걸 모르니까 다 제일 좋은 시간은 놓치고 쿨쿨 잠속에 빠져 있죠. 아주머니는 복 많은 겁니다. 타세요. 제가 안내해 드릴게요."

지선은 잠시 혼란스러웠다. 험한 세상에서 함부로 낯선 남자를 믿고 타란다고 저 조그만 배를 타도 되는가? 이곳은 70만 평의 넓은 무인지경이다. 다음 순간 지선은 내미는 청년의 손을 잡고 배에 탔다. 지선의 망설임은 십 초 동안이었을 것이다. 원시의 순수한 땅에 와서 어울리지 않는 생각을 한 자신이 부끄러웠다.

지선은 신고 있던 샌들을 벗어서 배 밑바닥에 놓고 청년이 지정해 준 곳에 평평하게 앉았다. 청년은 씩 웃더니 장대를 이용해 수초들 사이로 시원하게 미끄러지기 시작했다.

"지금부터 해 뜰 때까지 정말 좋습니다. 제가 왜 그렇게 말하나 직접 느껴보세요. 말도 걸지 않을게요."

청년은 선 채 장대로 배를 밀었다. 청년은 말을 하지 않고 배만 밀었다. 이른 새벽의 우포가 바람인 양 달린다. 배는 느리지도 않고 물은 바로 밑에 있고, 산은 멀리 있고 그사이에 물안개가 피어 있다. 청년은 박명의 하늘을 배경으로 독특한 실루엣을 그리면서 장대로 지휘를 한다. 문명이라고는 얇은 원피스 한 장만 걸친 지선은 새벽빛 속에 앉아 무심한 생각에 잠긴다. 공룡만 돌아다녔을까? 매머드도 돌아다니지 않았을까? 덩치가 큰 놈들이 돌아다니면 산토끼 같은 작은 동물들은 밟힐까 봐 가슴 졸였을 거야. 청년을 보니 아들 석희가 그립다. 죽을지도 모르는 엄마를 데리고 하필 여기 오고 싶어 했다.

 지선은 말없이 서서 장대를 미는 청년을 쳐다본다. 그는 지선을 혼자 두려고 무심한 표정으로 장대만 지휘하고 있다. 지선은 차츰 주변에 동화되기 시작했다.

 모든 것이 신선했다. 물도 바람도 산도 생긴 대로 거기 놓여 있다. 지선은 아무것도 신경 쓰지 않고 카약에 앉아만 있으면 됐다. 카약은 미끄러지는 것처럼 달렸다. 카약 타는 게 신난 지선의 입이 저절로 벌어져서 미소가 만들어졌다. 가슴 속에 몸속에 맑은 바람이 그냥 통과했다. 바람인지 즐거움인지 알 수 없었다. 목탁 소리 같은 평온이 들어왔다가 또 흘러갔다. 새벽 카약의 시간은 무엇이고 머무는 게 없었다. 하늘도 물도 칼칼한 금속 빛이다. 새벽의 빛깔이 금속성인 걸 지선은 처음 알았다.

 말없이 카약을 타고 새벽과 함께 열리던 두 사람은 어느새 깊은 물로 나와 있었다. 이제 조금 있으면 해가 뜨려는 시점이었다. 주변은 뚜렷하게 윤곽을 드러냈고 한 무리의 새들이 날아갔다. 물안개에 잠겨있던 우포늪이 바야흐로 태양을 맞아야 할 시간이 다가온 것이다.

 "이제 곧 해가 뜹니다. 그 직전인 지금이 가장 명료해요. 그건 이상하죠?"

 뭐가 이상하다는 건지 알 수 없었지만 지선은 묻지 않았다. 뭐가 명료하다는 건지 잘 알 수 없었지만 그것도 묻지 않았다. 주변을 새삼스레 둘러보았다. 해가 등장하려고 하는 산의 실루엣이 선명했다. 아하 저거구나. 지선이 고개를 끄덕이는 순간 해가 찬란하게 솟고 있었다. 난데없는 금 쪼가리가 산 위에 솟아나더니 금방금방 커지는 것이었다. 처음 아기 앞니만 하던 금 쪼가리는 금방 아기 손바닥만 해지고 어른 손바닥만 해지더니 하늘 높이 던져진 축구공이 되어서 우포를 숨겨주고 있던 물안개와 한 덩어리가 되어 세상을 붉은 혼돈 속에 몰아넣었다. 우포늪은 하늘도 물도 주홍빛으로 황홀하게 물들었다. 지선은 순식간에 일어난 자연의 요술에 얼이 빠진 듯 얼떨떨했다.

"이게 우포늪의 해돋이입니다."

청년의 얼굴에 붉은 태양빛이 떨어지고 있었다.

"뭐라 말할 수 없이 신선한 경험이네요. 그런데 한 가지 물어도 돼요?"

지선은 청년이 꼭두새벽에 불쑥 카약을 타고 나타난 게 궁금했다.

"젊은 분이 무엇 하러 그런 이른 시간에 거기 나타났어요?"

"놀라셨죠? 실은 나도 놀랐어요. 거기서 아주머니를 보고 납량특집 아닌가 했어요. 특히 흰 원피스가요. 전 우포의 그 시간을 젤 좋아해요."

청년이 웃었다.

"처음에 우포에 사진촬영 왔다가 끌려서 엄청나게 찍었죠. 시간만 나면 와서 시시각각 찍었죠. 이젠 사진 찍으러 온다기보다 새벽을 보려고 오죠."

청년은 카약에 앉아서 노를 저으며 이야기를 하려 한다. 해가 뜨기 전에는 지선이 혼자 느끼기를 바랐지만 그 시간이 지나고 이젠 얘기하고 싶어 했다.

"우포의 새벽 어땠습니까?"

"별안간의 일이라 얼떨떨하지만 너무 좋았어요. 그런데 사진작가예요?"

"저는 배 만드는 회사에 다니고 있어요. 취미로 우포를 찍어요."

"그럼 전공이 조선이네요."

"저는 해적을 연구합니다. 그게 진짜 제 전공입니다."

지선이 청년을 놀란 얼굴로 바라보았다. 해적을 연구한다니 처음 들어보는 말이다.

"해적학도 있나요?"

"그런 건 없지만 조금씩 연구한 걸로 책을 쓰고 있어요. 다 쓰면 아주머니께도 사인해서 한 권 드릴게요."

"나도 해적 하나 알고 있어요. 후크선장."

"가장 유명한 해적이죠. 사실 제가 해적을 연구하게 한 해적이 후크선장이죠."

그들이 지나가고 있는 늪의 어딘가에서 재깍재깍하고 시계 소리가 들려올 것 같았다.

"해적을 연구하는 사람이 있을 줄은 상상도 못 했어요."

"나도 내가 해적을 연구하게 될 줄은 상상도 못 했죠. 해적학 책을 받으려면 우포에 오시면 됩니다. 나는 새벽을 보러 늘 여기를 오니까요."

"그래요. 해적전문가님."

그들은 어느새 지선이 카약을 탔던 곳에 이르렀다. 청년은 지선을 내려주면서 말했다.

"사진 한 장 찍고 싶은데 괜찮죠? 예쁘셔서요."

지선이 뭐라고 대답하기도 전에 그는 벌써 지선의 모습을 카메라에 담고 있었다.

길목의 풀섶에는 아침 햇빛을 받고 이슬들이 영롱하게 빛나고 있었다. 나갈 때는 달빛에 젖고 있던 이슬들이 지금은 햇빛에 조롱조롱 빛나고 있다. 이슬만으로도 우포는 놀라운 아름다움이었다.

지선이 유스호스텔 마당에 들어섰을 때 소봉준이 막 밖으로 나오고 있었다. 지난 경주에서의 일정이 피곤했는지 순조는 아직도 꿈속인 모양이다.

"혼자 벌써 산책 갔었어요?"

소봉준은 원피스를 걸치고 있는 지선의 몸에서 풀 향기를 느꼈다. 새벽같이 어디를 혼자 쏘다니고 온 걸까. 지선은 소봉준의

그 꽃 245

시선에서 탐색의 기미를 느끼고 번거로운 설명을 해야 할 것 같아서 그만 입을 다물어 버렸다. 카약을 타고 왔다고 자랑하고 싶었지만 그러면 질투할까 봐 아예 말을 꺼내지 않았다. 그때 마침 순조가 기지개를 켜며 나왔다.

"언제 깼어요? 오늘은 우리 우포늪에서 소처럼 느긋함에 빠져 봅시다."

순조는 우포늪에서 별 할 일이 없다. 순조의 초점은 소봉준이 조각에 눈뜨는 데 맞추어져 있었으므로 이렇다 할 걸작이 없는 우포늪에서의 일정은 그냥 지선을 따라다니며 느긋하게 쉬면 된다. 하긴 이곳에도 지극히 원시적인 작품이 있긴 하다. 그런데 그걸 작품이라고 볼 수 있나? 순조가 순간 떠올린 작품이란 공룡 발자국을 말한다. 우포에는 공룡의 발자국이 바위에 남아있다고 한다. 그건 작품인가? 그걸 봐야 하나?

그들은 아침식사 후 커피를 마시면서 하루의 일정을 의논했다. 뚜렷이 무엇을 보고 들어야 할지 여기 오자고 한 지선이 별다른 의견을 갖지 않았으므로 계획이 얼른 서지 않았다.

"지선보살님, 무엇이 보고 싶어요?"

순조가 직접 물었다. 지선은 막연히 온 우포에서 우연히 새벽을 보았다. 그건 놀라운 경험이었지만 이미 지나갔고 새삼스레 이야기하는 건 다른 사람을 김새게 하는 일 같아 지선은 말을 안 하기로 맘먹었다.

"우리 카약을 타요. 카약을 타고 우포늪을 다 돌아보는 게 어때요?"

"그럽시다. 우린 놀러 왔으니까."

소봉준이 가볍게 찬성을 했다.

"오후에는 공룡이 만들어 놓은 암각화 작품을 보러 가요."

순조의 관심은 비록 공룡이 만들었을망정 작품을 보는 것이었다.

"우포에 그런 귀한 작품이 있었어?"

소봉준이 놀라서 물었다

"우포는 보물창고래요. 호락호락 보지 마세요. 유네스코에도 올라갔잖아요."

순조는 알고 말하는 걸까? 지선은 새벽의 경험으로 그 말이 진실임을 알고 있다.

"그럼 우포의 하루를 출발합시다."

새벽에 무엇이든 시작해야겠어. 지선은 자신이 새벽을 사랑하는 사람이 될 것이란 예감이 들었다. 그만큼 새벽의 경험은 지선의 뇌리에 강하게 각인되었다. 그들은 땅 위를 천천히 걸으면서 나뭇잎 사이로 시간이 흘러가는 걸 음미했고 그 작은 카약에 어른 세 명이 앉아서 수초들 사이로 미끄러져 갔다.

"우포는 한반도의 자궁이라네요."

순조가 우포 안내 팸플릿에서 읽은 걸 말했다.

"인간은 물속에서 가장 평화를 느낀다고 하는데 엄마 자궁 속이 물속이었으니까 원초적 평화를 느끼는 거지."

소봉준은 의사로서의 식견을 피력했다.

"지금 엄청 편안했는데 그 까닭이 자궁 때문이었군요."

순조는 작은 배 카약이 너무나 편안하여 이대로 드러눕고 싶었다.

"지금 우리는 엄마 자궁에 있는 겁니다."

노를 저으며 소봉준이 웃었다.

"자궁이 이렇게 넓어요?"

고상한 지선은 대화의 주제가 자꾸 자궁으로만 이어져서 난처했지만 어느새 자신도 같은 단어를 쓰고 있었다.

"바람도 불고 뜨거운 햇볕도 내리쬐는 자궁이 어딨어요?"

순조가 자궁 이야기에 마침표를 찍었다.

쪽배는 딱히 갈 데가 없는지라 노가는 데로 미끄러져 다녔다. 찰박찰박 노가 만드는 자그마한 물소리만 온 천지에 가득했다.

"평화롭기만 하니 재미가 없는데요. 태풍이라도 불든가 해적이라도 만나든가 그런 일이 일어났음 좋겠는데요."

지선이 자신도 생각지 못했던 말을 했다. 해적이라든가 태풍이라니!

"아니 새벽바람을 쐬어서 어떻게 된 것 아닙니까?"

소봉준이 공중에서 지켜보기라도 한 것처럼 말했다.

"아마 그럴지도 몰라요. 우포의 공기는 확실히 이상해요."

지선은 소봉준에게 긍정의 시선을 던지며 고개까지 끄떡이며 말했지만 소봉준은 아무 눈치도 못 채고 노만 저었다.

셋은 한가로이 우포늪의 여기저기를 카약을 타고 돌아다녔다. 오후에는 공룡의 발자국을 보러 갔다. 공룡의 발자국은 말하자면 현대조각이었다. 단순하고 꾸밈없는.

소봉준은 공룡 발자국 앞에서 기념촬영을 했다. 1억 년 전의 작품이라 경외감을 느껴서인지도 모른다.

북미륵암을 일정에 넣은 건 순조의 독단이었다. 순조의 속셈은 보물 308호 마애여래좌상을 소봉준에게 보여주는 것이었다.

"그곳에 가서 기도하면 건강해진대요. 지선보살님을 위해 거기 가야 해요."

이러니 소봉준도 안 갈 수 없었다. 실상 소봉준은 어디에 가도 상관없었다. 그냥 지선과 함께 있으면 그걸로 그만이었다. 북미륵암을 가든 남미륵암을 가든 아무 상관없었다. 그는 오랜 고독을 졸업하는 중이었다. 지선이 가정이 있는 유부녀이든 아들이 있는 어머니이든 상관없었다. 이미 그는 지선을 소울메이트로 작정하고 있다. 우주의 중심이든 블루마운틴이든 상관없었다. 어디든 함께하고 싶을 뿐이다.

그들은 오후 늦게 해남 대흥사에 도착했다. 북미륵암은 차가 못 올라가는 곳이라 중간 진불암에 차를 두고 걸어 올라갔다. 지선은 이제 산길이 두렵지 않았다. 이끼 낀 바위가 중첩된 산길이 별로 힘들지 않았다.

"어떻게 왔소?"

북미륵암 노장스님은 깐깐해 보였고 깜짝 놀랄 만큼 경봉선사를 닮았다.

"저희는 이 보살님 건강을 발원하러 왔어요."

순조가 합장을 하고 말했다. 지선이 놀라서 순조를 돌아보았다.

"난 건강해졌어요."

"수술한 지 일 년도 안 됐어요. 스님, 이 보살님이 건강하라고 북미륵암 여래부처님 앞에 발원해 주세요. 기도비는 얼마나 올려야 하는지 몰라서 조금 준비했습니다."

여기 올 때까지만 해도 기도니 그런 말은 전혀 없었다. 순조 저 혼자 미리 그렇게 작정했던 모양이다. 소봉준도 지선도 놀랐다. 그러나 순조는 전혀 개의치 않고 가방에서 봉투를 꺼내 스님 앞에 내놓았다. 봉투에는 백운사의 주소와 이지선의 이름이 적혀있었다. 미리 준비해 온 것이다. 얼마 전 소봉준은 산삼을 갖고 왔다. 두 사람 다 자기를 위해 마음을 다하고 있다. 지선은 울컥 감정이 북받쳤다.

"북미륵암 부처님이 아주 영험하니 건강해질 거요. 새벽 세 시에 예불시작이요. 저녁고양을 보살들이 부엌에 가서 준비해 주고 방은 알아서 쓰소."

노장님의 말씀은 간단명료했다.

다음날 새벽 세 시 법당에 올라가니 스님은 준비를 끝내고 기다리고 있었다. 자연 그대로의 거대한 바윗덩어리는 불빛에 음영을 드러내고 장엄했다. 보물 308호. 어딘가 석굴암본존불과 아닌 듯 닮았다. 분명한 입매와 올라간 눈매 때문에 위엄이 있다. 본존불은 선정에 든 범접할 수 없는 눈매지만 여기 마애여래좌상은 친근하다. 그러나 단정한 입매 때문에 위엄이 흐른다. 중앙의 여래상 옆으로 네 명의 공양 보살과 대좌 연꽃과 구름을 생긴 그대로의 자연석에 새겨 넣은 통 바위 작품이다. 본존불이 돌을 다듬어 부처만 솔랑 들어냈다면 여기 마애여래좌상은 바위가 통째로 작품이다. 자연스러움이 그대로 마음에 와닿는다.

노장님의 건조한 염불소리를 듣고 있는 동안 점점 정신이 맑아지면서 긴 새벽예불이 끝났다.

"나중 아침고양 끝나고 차는 그때 합시다. 지금은 돌아가서 쉬소. 여긴 고양주가 없으니 보살님들은 아침고양 준비 좀 하소. 아침고양은 여섯 시야."

스님과 순조와 지선은 먼저 들어가고 소봉준만 법당에 남았다. 아직 어둑한 새벽이다. 그는 두 팔을 껴안고 마애불을 빙글빙글

돌고 있었다.

　만들어보고 싶다. 남은 생을 마애불 조각가로 살아버릴까. 그는 마애여래좌상을 세밀하게 들여다보는 것도 아니었다. 그냥 마애여래좌상을 빙빙 돌면서 내부에서 속삭이는 어떤 충동에 속절없이 마음을 빼앗기고 있었다. 전생이 있다면 확실히 나는 석공이었을 것이다. 본존불 같은 걸작을 만들려고 폭포수에 목욕재계하고 기도 정진도 했을 것이다. 전생에 늘 하던 짓거리였기에 지금 내가 이렇게 마음이 동하는 게 아닌가. 내가 조각가가 됐으면 본존불 같은 걸작을 만들었을까? 이 마애불 같은 흡족하게 자연스런 작품도 만들었을까. 순조가 사온 두 개의 나무토막을 다듬으며 나는 놀이에 빠진 아이가 되어 시간 가는 줄 몰랐다. 며칠 전에는 배낭을 메고 도시로 나가 조각용 나무토막을 사 오기까지 했다. 남산을 돌아다니면서도 알 수 없는 열기와 함께였다. 북미륵암 마애여래불 앞에 와서는 그게 확실히 뭔지 알겠다. 자신에겐 조각가의 DNA가 있는 걸 알았다. 신라 때 형성되었을 불확실한 DNA. 확 끄집어 내버릴까. 그는 마음의 파도에 휩쓸려 다니다 마애여래좌상 아래 쪼그리고 앉아 그만 잠이 들었다.

　북미륵암 공양간은 매우 원시적이었다. 지선과 순조는 낯선 공양간에서 대충 찾아서 아침공양을 준비했다. 준비라 할 것도 없다. 된장찌개를 끓이고 김치를 꺼낸 게 전부였다. 공양까지 시간이 남아 둘은 밖으로 나왔다.

단아한 삼층석탑이 법당 앞에 서 있다. 탑을 돌면서 지선이 순조의 마음을 두드렸다.

"의사 선생님께 듣고 싶은 말이 있죠?"

"남자들은 너무나 터무니없는 결정을 하는 족속이에요."

못마땅한 어투로 순조가 거칠게 말했다. 순조가 보기에 도혜스님은 터무니없는 결정을 하는 족속이었다.

"순조보살님이 의사 선생님에게서 무슨 말 듣고 싶은지 난 알아요."

지선은 순조의 마음을 잘 알기에 부드럽게 말했다.

"이제 본격적으로 조각에 몸을 던져야죠."

순조의 생각은 단순했다. 소봉준은 아까운 재능을 썩히면 안 된다.

"걱정 마세요. 의사 선생님은 곧 그럴 것 같아요."

소봉준이 다른 결정을 한다면 순조는 또 아픔을 치러야한다. 오지랖 넓은 사람이 치러야하는 대가다.

"남자들은 알 수 없어요. 바보들이니까요."

순조의 말에 지선은 그만 웃지 않을 수 없었다.

"맞아요. 그런데 여자들 중에도 바보는 있어요. 대표적으로 순조보살 같은."

순조도 웃고 말았다. 자신은 바보다. 알면서도 어쩔 수 없다. 마음이란 걸 어쩔 수 없다.

아침공양 후 노장스님이 세 사람을 차실로 불렀다.

사방의 전망이 훤히 보이는 기분 좋은 누다락이다. 다분히 냉소적인 스님은 오랜 고독에 물들어 얼굴에 웃음 한 점 없다. 험해서 차도 못 들어오는 이곳에서 오래 혼자 살면서 자연스레 냉소적으로 변해 버린 것이다. 스님은 마애불에 대해 아는 체 하는 박사들에게 대응하려고 마애불에 관한 전 세계의 논문 350편을 읽었다. 똑똑한 박사들이 오면 논문으로 완전무장을 하고 혼내준다는 것이다. 그러나 마애여래에 순수한 애정을 가진 사람들에겐 180도 그의 태도는 달라졌다. 친절하기 그지없다.

"이곳 마애여래불은 돌 위에 들어 얹혀있어. 밑이 땅에 붙지 않았어. 돌을 밑에 괴어서 땅에서 띄워 놨어. 법당 보수할 때 이상하게 불안전하게 돌이 밑에 있어서 파보니 뺑 돌려가며 돌을 일부러 괴어 놨더라고. 왜 현판이 대웅전이나 극락보전이 아니고 용화전인지 수수께끼가 풀렸지. 용화전 앞의 바위에 반야용선이란 말이 각인되어 있는데 그 수수께끼도 풀렸지. 큰 바위를 뭣 때문에 일부러 밑에 돌을 괴어서 땅에서 띄웠겠냐고. 북미륵암 마애여래는 배야. 고해를 건너가는 배. 반야용선이지. 용화세계로 가는 반야용선이라."

스님은 목소리에 열정을 담고 있었다. 말을 하는 사이 웃음 한 점 없이 경직되어 있던 얼굴도 풀렸다. 그는 차를 낸다. 오랜만에 작설이다. 스님이 손수 찻잎을 따서 만들었다는 작설차는 단연

일품이었다. 작설차를 우리는 다관뚜껑과 꼭지가 나무뿌리로 만들어져 괴팍스러워 보이는 노장스님을 고스란히 닮았다.

"이 마애여래는 기운이 얼마나 맑은지 정좌하고 앉으면 잡념이 전혀 일지 않아. 새벽에 그걸 못 느꼈나?"

"너무나 고요했는데 마애여래의 법력 때문이었군요."

소봉준이 새벽예불 때의 느낌을 말했다.

"스님, 왜 마애여래불이 좋으세요?"

지선이 묻자 스님은 처음으로 웃었다.

"그냥 좋아 나는. 그냥 좋은데 무슨 이유가 있소?"

스님은 또 웃었다. 웃을 때 스님은 꼭 아이같이 해맑았다. 괴팍해 보이는 구석도 웃을 때는 온데간데없다.

"처음 여기 왔는데 마애여래가 그냥 좋은 거야. 차가 못 올라오고 불편하고 고생스러우니까 아무도 안 오려고 하는 곳이었어. 나는 그래서 더 좋았거든."

"저도 마애여래가 좋습니다."

소봉준이 말했다.

"그럼 눌러앉아."

스님은 머리를 묶은 이 처사가 맘에 들었다.

"다시 한 번 오겠습니다."

"다시 온다 해 놓고 다시 오는 놈 못 봤어."

"꼭 다시 올게요."

"그럼 두고 볼까. 오나 안 오나."

스님은 소봉준에게 다짐을 했다.

"북미륵암은 원래 공부 터야. 이 법당에서 공부해 봐. 다른 게 있을 테니."

스님이 차를 따르며 소봉준을 자꾸 꾀었다.

그들은 스님에게서 세계의 마애불에 대해 여러 가지 재미있는 이야기를 들었다. 오랜만의 작설차도 행복했다. 특히 소봉준에게 질문을 많이 던졌다. 다시 오라고 은근히 소봉준을 꾀는 것이다. 스님이 볼 때 이 처사는 암만해도 마애여래와 인연이 있는 자 같았다. 작별할 때도 밑에까지 따라 나와 소봉준의 손을 잡고 말했다.

"반야용선 타러 꼭 한번 오시게나."

소봉준도 괴짜노장이 맘에 들었다. 다시 한번 오고 싶었다.

해남 북미륵암을 떠나 설악산 백담사에 도착했을 때는 이미 해가 지고 산 그리매가 내린 후였다. 거의 온종일이 걸렸다. 순조는 입을 다물고 말이 없었다. 거기 도혜스님이 있는 것도 아니다. 막상 어딘가로 떠나려 했을 때 유일하게 그녀의 머릿속에 떠오른 곳이 돌다리였다. 도혜스님이 돌아서서 가버린 돌다리.

순조는 말이 없이 조용했다. 아예 고개를 돌리고 차창 밖으로 흘러가는 풍경만 보고 있었다. 순조가 누구랑 싸운 사람처럼 시무룩해 입을 다물고 있으니 차 안의 공기가 물속처럼 무거웠다. 지선이 분위기를 바꾸어 보려고 순조에게 말을 붙여보았다.

"백담사에 누구 아는 분 있어요?"

순조는 고개를 가로저었을 뿐이다.

"순조는 갈 곳이 거기밖에 없는 사람입니다. 어떤 사람이 돌아서서 가버린 곳입니다."

순조가 백담사로 가려는 이유를 소봉준이 말해 주었다.

"누구인지 전 알아요. 모연화랑에 있는 그림의 화가죠?"

"그래요. 지독한 사랑이죠."

소봉준은 순조의 무모한 사랑이 안쓰러웠다.

백담사 주차장에 차를 세워 놓고 종무소에 가서 하룻밤 템플스테이를 청했다. 다행히 방이 있었다. 아슬아슬하게 저녁공양을 하고 대웅전에 가서 예불을 하고 백담사 도량을 산책했다. 여전히 순조는 입을 꼭 다물고 한마디도 없다. 지독한 짝사랑 때문에 순조는 비 맞은 새처럼 처량해 보였다. 그들은 돌다리 위에 섰다. 바로 순조가 가보고 싶어 한 돌다리다.

"여기예요. 여기 서서 안 된다고 말하고 저쪽 선원이 있는 쪽으로 걸어가고 말았어요. 나는 멍하니 서서 그가 가 버린 곳만 보고 있었어요. 밑에서 물이 흘러가데요. 그게 다예요."

그들은 동시에 다리 밑을 보았다. 골짜기에서 흘러온 물이 쉼 없이 흘러가고 있었다. 물가 자갈밭엔 사람들이 쌓아올린 올망졸망한 돌탑들이 수도 없이 흩어져 있었다.

"그때 내 눈엔 저 많은 돌탑들이 하나도 안 보였어요. 지금은 저렇게 많은데 왜 그땐 하나도 안 보였을까요?"

순조가 웃었다. 지선은 순조의 웃음이 너무 가슴이 아파 살며시 다가가 팔짱을 꼈다.

"우리 저기 일주문까지 걸어요."

세 사람은 돌다리를 떠나 일주문까지 걸었다. 까만 밤하늘의 별들이 금방이라도 그들 머리 위로 쏟아질 것 같았다. 그들은 최고로 느린 걸음으로 일주문을 돌아 다시 돌다리로 돌아왔다.

"지금도 가슴 아파?"

소봉준이 물었다.

"이젠 안 아파요."

어느 정도 명랑을 회복한 순조가 웃었다.

"됐어. 상처는 아물었네."

"잘 온 것 같아요. 실은 아직 아플까 봐 겁이 났거든요."

"잘 됐어요. 아름다운 사랑으로 간직해요."

지선이 위로했다.

"아름답게 간직할 사연도 없어요. 혼자 한 짝사랑이니까요."

순조는 암만해도 쓸쓸해서 웃었다. 울고 싶지만 울지 못해서 또 웃었다. 지선도 소봉준도 맘이 안됐다. 소봉준이 순조의 맘을 헤아려 7킬로가 떨어진 관광촌에 가서 술을 사 왔다. 그들은 살그머니 그들만의 방에 들어가 문을 잠그고 순조의 쓸쓸한 사랑에 대한 회포를 함께 풀었다. 밤늦도록 음주를 한 까닭으로 그들은 예불도 놓치고 공양도 놓쳤다. 수월관음이 조촐하게 서 있는 수곽에서 물을 한 바가지씩 마시고 종무소에 열쇠를 반납하고 가방을 챙겨 나왔다. 제일 먼저 할 일은 뜨거운 국물로 속을 풀고 허기진 배를 채우는 일이었다.

나가다가 마당가에서 순조가 발을 멈추었다. 마당가에는 시가 새겨진 바위들이 줄지어 서 있었다. 누구라도 한 번씩 읽고 지나가라고 바위에 시를 새겨서 설악산 인파가 밀리는 길목에 세워둔 것인데 순조의 발이 거기 멈춘 것이다. 순조의 발이 멈춘 곳은 '그 꽃' 거기였다. 내려갈 때 보았네. 올라갈 때 못 본 그 꽃.

먼저 간 소봉준과 지선이 다리 위에서 순조를 기다렸다. 조금 전 분명 함께 나왔다. 그들은 시비 앞에 얼어버린 듯 서 있는 순조를 발견했다.

"순조가 뭘 깨달았군."

소봉준이 순조에게서 눈길을 떼지 않고 말했다. 순조는 멍하니 넋을 놓고 서 있었다.

"뭘 깨달았을까요?"

"순조에게 가장 중요한 걸 깨달았을 겁니다."

"어떻게 아세요. 그걸?"

"난 순조를 잘 알아요. 굉장히 단순해요."

"그래 보여요. 참 좋은 사람이에요."

"아마 지선보살님보다 좋은 사람일 겁니다."

소봉준이 지선에게 농담을 했다. 어려워하는 마음이 많이도 사라졌다.

"당연하죠. 전 순조보살이 사랑스러워요."

"나보다 더 사랑하십시오. 질투 좀 하게."

"걱정 말아요. 선생님보다 순조보살을 더 사랑하니까요."

"질투 좀 해야겠는데요."

"순조보살은 야무지기도 하지만 너무 착해요. 선생님이 말 좀 해요."

"이미 할 필요도 없을 것 같은데요. 저것 봐요. 꼼짝 않고 서 있잖습니까."

순조가 드디어 그곳을 떠나 그들이 기다리고 있는 돌다리로 걸어왔다. 다가온 순조가 결연한 표정으로 입을 열었다. 망설이고 말고도 없다.

"나 전시회 할까 봐요. 서울에서요. 나의 나비로."

두 사람은 아무 말도 못하고 놀라서 순조를 바라보았다. 오랜 은둔자가 갑자기 심경의 변화를 일으킨 것이다.

"반가워요. 무조건 반가워요. 순조보살님!"

지선은 순조를 꼭 끌어안았다.

"갑시다. 오늘 저녁에는 축배를 들어야겠어."

소봉준이 그 울림 좋은 목소리로 외쳤다. 그들은 돌다리를 건너갔다. 백운사 개울보다 다섯 배는 넓은 백담사 계곡에 걸쳐진 돌다리는 올 때는 슬픔의 돌다리였지만 갈 때는 기쁨의 돌다리였다. 순조의 비밀이 무엇인지 아직 두 사람은 모른다. 두 사람은 어떻게 순조가 맘을 고쳐먹었는지 궁금했지만 순조가 먼저 입을 열지 않는데 어찌할 수 없었다.

그들은 백담사 아래의 식당 거리로 내려와서 출출한 배를 채우고 따끈한 국물로 해장도 했다.

"우리 드라이브해서 강릉으로 가요. 거기서 축배를 들어요. 멋있는 데 가서요."

이제 순조는 우울증에서 벗어난 모양이다. 자기가 축배를 들자고 설쳤다. 세 사람은 환한 마음으로 차를 타고 가면서 아는 노래는 다 불렀다. 해질 무렵 그들은 강릉에 도착했다.

"우리 경포대로 가요. 엄청난 동해의 물이 보고 싶어요."

순조는 사춘기 소녀처럼 잔뜩 들떠 있었다. 순조의 나이 어언 서른일곱, 사춘기를 지나도 한참 지났다. 그들은 순조의 어떤 설렘 때문에 경포대 바닷가부터 가야 했다.

동해바다는 푸르다 못해 검었다. 짙푸른 물이 그들의 눈앞에서 밀려오고 밀려갔다. 그 푸름과 시원스러움에 압도되어 그들은 나란히 서서 수평선을 한참 동안 바라보았다.

"엄청난 물방울이 쌓이고 쌓여서 저렇게 바다가 됐어요. 난 백운사 골짜기에서 살면서 가끔 저 바닷물이 밀려오는 걸 보고 싶었어요."

순조가 말하면서 팔을 쭉 뻗어 수평선을 가리켰다. 세 사람은 검어져 가는 동해바다를 응시했다. 맑은 물방울들이 자신들의 몸속으로 들어와 수억 개로 쌓이고 쌓여 검푸른 바다로 출렁였다. 수천억 물방울이 쌓여 이루어진 저 거침없는 바다는 백운사 골짜기에서 살면서 꿈꾼 순조의 바다였다.

"내려갈 때 보았네. 올라갈 때 못 본 그 꽃. 백담사 마당가에 적혀있는 시 봤어요?"

몸을 돌리고 순조가 말문을 열었다.

"언뜻 봤어요."

지선은 보긴 봤지만 지나쳐버렸다. 소봉준은 지나치지도 않았다.

"내려갈 때 보았네. 올라갈 때 못 본 그 꽃. 시는 이렇게 짧았어요. 그런데 그 꽃이 나였어요."

순조는 여태 그걸 몰랐었다. 자신이 꽃임을 몰랐었다. 지선과 소봉준에게 말한다기보다 스스로에게 말하고 있었다. 두 사람은 들어주고 순조가 또 말했다.

"갑자기 내가 내게 우주의 크기로 다가왔어요. 가슴에 쿵! 하고요."

순조는 아무도 보고 있지 않았다. 그녀의 눈에 물방울이 하나 매달렸다.

"그 꽃이 바로 나였어요."

지선은 순조의 그림을 떠올렸다. 찬란한 아름다운 나비들.

"이제 때가 왔구나. 순조의 나비가 드디어 날아가려고 하는군."

소봉준이 순조의 등을 두드렸다.

"우리 이러고 있지 말고 어디 가서 샴페인 터트려요."

지선이 감상에 젖어 있는 순조를 잡아끌었다.

그들은 스스로가 꽃임을 발견한 순조를 품 잡고 축하하려고 분위기가 썩 괜찮은 한 레스토랑을 들어갔다. 조용한 음악이 흐르는 온화한 실내에서 세 사람은 자신이 그 꽃임을 알아낸 순조를 마음껏 축하했다. 전날 밤은 순조가 너무 슬퍼서, 오늘밤은 순조가 너무 기뻐서 그들은 두 밤 다 취하지 않을 수 없었다. 밤이 깊어 레스토랑을 나올 때 셋은 다 취해 있었다.

"이제 도혜는 깨끗이 잊어라,"

소봉준이 순조에게 한마디 던졌다. 그러자 순조가 잔뜩 취해서 어눌한 혀로 말했다.

"싫어… 내가… 그… 꽃인 걸… 몰랐을… 땐… 그를… 생각하면… 슬펐어. 이젠… 그를… 생각하는 게… 행복해. 난… 아름답게… 필거야. 활… 짝…."

순조는 발을 떼면서 휘청 지선의 어깨에 기댔다. 순조는 한껏 만취했다.

제12장

빙산

나는 그를 사랑해요.

아내 선애의 그 한마디는 소봉준의 가슴에서 빙산의 종자가 되었다. 선애가 사랑한다고 말한 '그'는 소봉준이 가장 사랑하는 제자이기도 했다. 사랑이라는 가장 뜨거운 말이 가장 차디찬 말로 곤두박질친 것이다. 순식간에 얼음의 종자는 자라서 종당엔 빙산이 되었다.

즐겨 시를 읽었던 시절, 앙리 미쇼의 '빙산'을 그는 그냥 시로만 읽었었다. 으스스한 차디찬 세계가 자신의 진실이 될 줄 몰랐었다.

    난간도 울타리도 없는 빙산에
    지친 늙은 까마귀들과 요사이 죽은 수부들의 망령들이
    북극의 마와 같은 밤에 와서 팔꿈치를 괸다

이 지선의 눈물이 소봉준의 가슴에 떨어지고 가슴 속 빙산에 문제가 발생했다. 그의 가슴 속 빙산은 아우성치고 있었다. 안 녹겠다고 아우성인지 녹겠다고 아우성인지 그는 어찌할 바를 몰랐다. 사자사람의 인생관도 빛을 잃었다. 소봉준은 자신의 마음이 다 무너져 내리는 것 같은 불안감으로 안절부절못했다. 남극의 빙산도 녹고 있다. 군청 게시판에서 남극의 빙산이 녹고 있다는 광고를 보았다. 남극체험단원을 모집하는 광고였다. 저기에 가자. 빙산이 녹는 현장을 가자. 자격요건을 살펴보니 추천서가 필요했다.

다음 날 그는 주저 없이 서울행 시외버스에 올랐다. 아무 연락도 없이 올라왔으므로 그는 모교로 갔다. 십몇 년 만에 둘러보는 쓸쓸한 교정이다.

소봉준을 눈앞에 보고 한민철 교수는 자기 눈을 의심했다. 한 남자가 웃는데 머리는 묶었고 운동화를 신었다.

"이게 누구야! 너 살아 있었구나."

"아직 살아 있습니다."

"어디서 뭐 하고 사노? 이제 죽어도 한이 없다 이놈아."

"면목 없습니다, 선생님. 촌에서 거북이한의원이라고 간판을 붙여놨습니다."

누구보다 적극적이고 진솔했던 제자였다. 하루아침에 그럴 줄 몰랐다. 소봉준을 생각할 때마다 한민철은 인생이 무상함을 느꼈다. 그는 겨우 마음을 진정하고 제자의 팔을 끌었다.

"일단 들어가자."

그들은 넓은 책상을 앞에 두고 마주 앉았다. 세월이 흘렀어도 바로 어제 만났던 사람들처럼 자연스레 똑같은 자리에 앉은 것이다. 노란 은행나무가 창 가득 풍경화를 만들어내고 있는 것도 예전과 달라지지 않았다. 참으로 오랜만에 만난 스승과 제자는 잠시 말이 없다.

"갑자기 어떻게 왔노?"

"제가 어디 들어갈 데가 생겨서 선생님 추천서가 필요합니다."

"취직하려고 하는구나."

"남극에 가려고 합니다."

"뭐?"

한민철은 자기 귀를 의심했다.

"남극의 빙산이 녹고 있답니다. 그걸 보고 싶습니다."

무엇을 먼저 말해야 하나. 소봉준은 가슴이 꽉 차 할 말도 잘 찾지 못했다.

"선생님, 사람 속에도 빙산이 있는 것을 아십니까? 제 속에도 빙산이 있습니다."

한민철은 비상식적인 몇 마디 속에서 이미 소봉준을 간파했다.

무얼 말하는지 그는 안다.

"사람 속에는 빙산보다 더한 것도 있지."

"그게 뭡니까?"

"빙산이 있으면 그걸 녹이는 것도 있다는 말이다."

소봉준은 그만 말문이 막혔다.

"빙산은 결과물이야. 큰 빙산을 녹이려고 끙끙댈 거 있나. 원인만 계란 깨듯 탁 깨주면 되지."

소봉준은 그만 입을 다물었다. 한민철 교수는 언제나 간단명료했다.

"그래 남극은 언제 가?"

"일단 응모해서 뽑혀야 갑니다. 선생님의 추천서가 그래서 필요합니다."

스승은 제자를 물끄러미 보았다. 알 수 없는 놈이다.

"그래, 아직 내가 살아있는 게 네놈 추천서 때문이구나."

소봉준은 막연한 위기의식이 자신을 들쑤시고 있다는 걸 눈치채지 못한 채 남극에라도 쫓아가서 알 수 없는 불안감을 수습하고 싶었다.

"우리 집으로 갈까? 기뻐서 날뛸 사람이 있으니."

기뻐서 날뛸 사람은 다름 아닌 사모님이다. 그들이 가회동 한민철의 집에 도착했을 때 구인빈 여사는 심장마비를 일으킬 뻔했다. 일부러 전화도 없이 들이닥쳤기 때문이다.

"밉다."

구인빈의 첫마디였다. 그녀는 소봉준의 행색에 눈물부터 글썽였다. 초라하고 촌스럽고 이건 심심산골의 심마니다.

"그간 안녕하셨습니까?"

평범한 인사말이지만 십수 년 만에 다시 들어보는 목소리다. 그녀는 소봉준의 두 손을 잡고 놓을 줄을 몰랐다. 출산을 하지 않은 구인빈은 아직도 우아하고 활기찬 모습이었다. 한국여류조각계의 대모로 예술원회원이기도 한 구인빈은 소봉준을 아들처럼 아꼈던 사람이었다. 소봉준의 눈에도 눈물이 맺혔다.

저녁이 되어 일터에서 돌아온 가족들처럼 그들은 식탁에 둘러앉았다. 한민철과 소봉준은 배가 고파서 맛있게 밥그릇을 비웠지만 구인빈 여사는 아예 수저를 들지 않았다. 허겁지겁 밥을 먹는 소봉준만 쳐다보고 있었다.

"그만 봐. 그렇게 먹는 걸 보고 있으면 먹는 사람이 체해."

한민철이 한마디 나무랐다.

"쓸데없는 걱정. 체하면 당신이 침으로 뚫어줘요."

구인빈은 여전히 뚫어져라 눈을 떼지 못하고 소봉준만 쳐다보았다.

"여전히 못생겼구나. 세월이 그만큼 흘렀으면 좀 멋있게 변해야지."

"그만하면 멋있지, 더 멋있으면 못 써. 영화감독들이 가만 두지 않아요."

소봉준은 옛날 그대로인 부부의 대화에 미소를 지었다.

"여전들 하시네요."

소봉준은 평범한 얼굴이었지만 그 얼굴이 세상에서 가장 좋았다. 고슴도치도 제 자식은 사랑스럽다는 말을 증명하려는 듯 구인빈은 그 평범한 얼굴을 애정을 가지고 여러 번 만들었었다.

저녁 후 그들은 차실로 자리를 옮겨 그동안 쌓인 회포를 풀었다.

"딸과 와이프는 어디?"

"서울 어디서 살 겁니다."

"모르는구나. 그래 너는 재혼은 했어?"

"혼자 삽니다."

"세상에! 한눈에 봐도 혼자 사는 폼이야."

구인빈은 또 눈물이 글썽했다. 누구도 어찌할 수 없었던 소봉준의 황량했을 마음을 생각하고 새삼 가슴이 미어진다.

"이제 괜찮습니다. 세월이 약이란 말 있잖습니까."

담담하게 말하는 소봉준의 마음에는 이제 거짓말처럼 새순이 돋아나고 있다.

"무슨 바람이 불었을까. 서울엘 오다니."

"거창한 프로젝트를 갖고 왔어. 남극탐험대에 가담하겠대."

"남극탐험대는 뭐하는데?"

"빙산이 녹는 걸 직접 관찰하는 탐험대야."

"이게 다 무슨 새 날아 가는 소리야?"

"글쎄, 그걸 우리 시골 의사양반께서 실행하려고 하는 거야."

"정말이야?"

구인빈이 눈을 동그랗게 뜨고 물었다.

"진짜래두."

한민철은 아내에게 다른 말로 설명하기를 포기하고 진짜라고만 했다.

"가서 빙산이 녹는 걸 보려고 합니다."

일순간 모두 말이 없다. 오십이 된 남자가 빙산 녹는 걸 보려고 남극에 간다고?

"왜 빙산이 녹는 걸 보려고 하지?"

소봉준의 눈에 물기가 어린다. 그는 무슨 말을 하려고 했으나 뭐가 치밀어서 못 했다.

"사랑하는 사람이 생겼지?"

구인빈은 여자의 직감으로 말했다. 소봉준은 온몸으로 풍기고 있었다. 그의 풍모는 초라할지라도 표정은 구김살이 없었고 어딘가 청년의 활기가 느껴졌다.

"네, 마음을 사로잡는 사람이 나타났습니다."

"어떤 여인인데 네 마음을 사로잡았을까?"

"백운사 공양간에서 일하는 사람입니다."

좀처럼 마음을 열지 않는 구인빈은 유독 소봉준에게는 온 마음을 열었었다. 아이가 없는 여자가 단 한번 마음을 열어 아들처럼 챙기던 소봉준이 갑자기 스스로를 아파트에 가두어버렸다. 소봉준은 구인빈에게도 문을 열지 않았다. 구인빈은 그 상처가 있었다.

"혼자인 사람이야?"

현실적인 질문이었다.

"가정이 있습니다."

"그런데 어쩌려구."

"저도 모릅니다."

"남의 가정을 깨진 마. 네가 당한 일이잖아."

"알고 있습니다."

구인빈은 다시 눈물이 글썽해졌다. 이 일을 어찌해야 하나. 또 상처받을 여자를 만나다니.

"그래서 남극에 가려고 합니다."

소봉준이 엉뚱하게 남극 이야기를 꺼내는 모습이 애처롭다.

"제 맘이 빙산하고 똑같았어요. 맘의 불씨는 다 꺼지고 빙산처럼 조용히 떠 있었어요. 그런데 신기하게도 불씨가 살아났어요. 불씨가 살아났는데 막상 어찌할 바를 모르겠어요."

까딱하면 또 상처받을 수 있겠구나. 구인빈의 마음에 검은 구름이 끼고 걱정으로 어두워졌다.

"차가 아니라 우리 술을 마시자."

한민철이 오래된 술을 꺼내왔다. 이산가족이 재회한 술자리가 된 셈이다. 부부는 돌아온 탕자를 맞이한 것처럼 정성을 다했다. 밤이 깊어가고 세 사람의 마음도 풀어질 만큼 풀어졌다.

"너 무슨 비밀스런 일이 있지? 빙산 말고 화산. 털어놔 봐."

구인빈이 물끄러미 소봉준을 보다가 말했다. 직감이었다. 소봉준에게서 얼음산이 아닌 화산이라 해야 맞을 것 같은 열기가 느껴졌다. 소봉준은 구인빈이 무슨 말을 하는지 알아챘다. 비밀은 자신에게서 뿜어져 나오고 있었다. 드러내지도 않았지만 감추지도 않았는데 구인빈 같은 민감한 사람은 눈치를 챘다. 어쩌면 소봉준의 불안은 얼음과 불을 동시에 겪고 있는 데서 오는지도 모른다.

"얼마 전에 세 명이 경주에 갔었습니다. 석굴암에 갔는데 석굴암본존불을 내가 만든 듯 친숙하게 느껴졌어요. 내가 신라시대에 그걸 만든 석공이란 생각이 자꾸 들었어요. 그뿐 아니라 술이 취해서 밤새 개울에 들어앉아서 돌을 가지고 놀았는데 그걸 보고 순조가 카메라를 갖고 와서 다 찍었어요. 내가 봐도 꽤 멋졌어요. 순조는 화랑을 경영하는 여자라서 안목이 높아요. 나보고 조각을 하라고 조릅니다."

소봉준에게서 느닷없이 조각 이야기가 나오자 구인빈은 귀가 번쩍했다. 전혀 상상하지 못한 얘기였다.

"그럼 네가 석굴암본존불을 만든 신라 석공이었단 말이지?"

"본존불을 제가 만든 듯 친숙했어요. 그것도 아주 친숙하게 느껴졌어요."

"가만있자. 이건 이만저만한 발견이 아니야. 이거 큰일 났군."

구인빈은 어쩔 줄을 몰랐다. 이게 다 무슨 소린가.

"잠깐, 하나씩 말해. 내가 이제 늙어서 추리력이 한참 떨어졌어. 한꺼번에 못 받아들이니까 하나씩."

소봉준과 한민철은 구인빈이 손을 흔들며 말하는 걸 보며 유쾌하게 웃었다.

"그 여자가 궁금한 거요? 조각이 궁금한 거요?"

한민철이 옆에서 갈피를 잡아주었다.

"다 궁금하지만 우선 난 조각이 더 궁금해. 여자는 이미 가정이 있다잖아요. 그건 한마디로 해결이 안 되는 아주 복잡한 얘기니까 천천히 하고 우선 조각 이야기부터 하자고."

구인빈은 소봉준의 조각 얘기에 온 신경이 살벌하게 깨어났다.

"작품도 만들어봤어? 너의 능력을 테스트해 봤어? DNA는 어디 안 가거든. 혹시?"

"두 개의 나무를 깎아 봤는데 아주 닮았어요."

"그건 어디 있어?"

"집에."

당장 보고 싶다. 참을 수 있는 일이 아니다. 그리고 참고 있을 이유도 없다.

"여보, 우리 이러고 있을 게 아니라 당장 백운사로 가요."

구인빈 여사는 빨리 소봉준이 만든 조각 두 점을 직접 보고 싶었다. 더구나 순조가 찍어 놓았다는 개울의 돌 작품들도 빨리 보고 싶었다. 백운사 공양간의 그 여자도 궁금했다. 궁금한 게 한두 가지가 아니었다. 구인빈 여사는 나잇값도 못하고 대한민국예술원 회원의 품위도 못 지키고 두 남자를 재촉하여 꼭두새벽에 서울을 떠났다.

그녀가 조각가의 일생을 살게 된 건 한 권의 소설 때문이었다. 미국의 여류작가 펄 벅이 쓴 '자랑스러운 마음'이란 소설이다. 감수성 강한 소녀는 그 책을 읽고 조각가가 마음속에 들어와 버렸다. 청소부로 일하면서 틈틈이 조각을 배우고 당당하게 조각가로 자립하는 여자주인공이 너무 멋있었다. 구인빈은 자기도 자랑스럽게 조각가의 길을 택했던 것이다. 그녀는 아이가 없어 더 조각에 집착했다. 실제로 구인빈은 조각밖에 몰랐다. 그렇게 일생을 살았다. 늘 자랑스러운 마음으로.

소봉준은 그냥 남편의 신임 받는 제자였고 탁월한 한의사였는데 별 이유도 없이 유독 마음이 갔었다. 그에게 조각의 재능이 있으리라곤 꿈에라도 생각 못했다. 소봉준에게 조각의 DNA가 숨어 있다면 그건 먼 전생부터의 인연인지도 모른다. 그가 상처받고 아파트로 처박혔을 때 그녀는 진심으로 위로해주려 했으나 거부당했다. 냉엄한 빙산의 거부였다. 그때 구인빈은 생애 처음 마음의 상처를 받았고 괴로워했다. 만약 소봉준이 아니었으면 구인빈은 죽을 때까지 마음의 괴로움이란 걸 몰랐을 것이다. 순탄하고 편안한 그리고 자랑스러운 삶만 살았기에 그 아픔은 그녀 생애에 보석처럼 빛났다.

차가 백운사 사하촌의 거북이한의원에 도착했을 때 구인빈은 조그만 거북이한의원을 보고 아연실색했다. 촌 한의원이라 기대는 하지 않았지만 그래도 병원인데 이럴 줄은 몰랐다. 더구나 간호사도 없고 내부도 너무나 휑했다. 이건 시골 역 대합실이지 병원이 아니었다.

"미니멀 한의원이로구나. 뭐? 7시에 열고 12시에 닫는다고 쓰여 있군."

한민철은 웃음이 났다. 도시에서 오픈했던 소봉준의 봉황한의원과 이곳의 거북이한의원은 달라도 너무 달랐다. 이제 봉황은 어디로 날아가고 거북이가 땅에 엉금엉금 기고 있다.

"봉황에서 거북이라. 날개옷만 입던 하늘나라 선녀가 나무꾼의 아내가 됐군."

한민철은 소봉준답다고 생각했다.

"그래, 여기서 십여 년을 지냈어? 이 거북이에서?"

"네."

소봉준은 짧게 대답했다가 덧붙였다.

"나도 몰랐습니다. 그냥 빙산으로 떠 있었습니다."

"그랬다면 가능했겠다."

"조각은 어디 있어?"

구인빈은 아무것도 말고 조각이 빨리 보고 싶어 재촉했다. 그는 두 사람을 명상하는 방으로 안내했다. 작업대 위에는 순조가 사 온 나무를 깎아 만든 두 점의 조각이 아직 깎지 않은 흑단 나무 둥치들 속에 놓여있었다.

"처음 만들어 본 겁니다."

구인빈은 말없이 두 개의 조각을 응시했다.

"이런 솜씨를 왜 내가 몰랐을까."

그녀는 탄식했다.

"그거 개울 찍어 놓은 건 어디 있지?"

구인빈이 물었다. 그녀는 이미 모든 걸 알아버렸다. 나지막한 방안에서 소봉준의 첫 작품 두 개는 서툴렀지만 살아 숨 쉰다.

"요 위에 순조가 삽니다. 데려올게요."

"우리가 가자."

세 사람이 불시에 모연화랑에 나타났을 때 순조는 뜻밖의 손님을 보고 깜짝 놀랐다. 원로 조각가 구인빈을 순조는 잘 알고 있었다. 볼을 빨갛게 물들이고 순조가 인사를 했다.

"모연화랑의 김순조입니다."

놀란 쪽은 순조가 아니라 오히려 구인빈이었다. 갑자기 사라진 모연화랑이 이곳에 은거하고 있을 줄은 몰랐다. 더구나 조소의 나비그림이 이곳에 전시되고 있을 줄은 정말로 뜻밖이었다. 조소 역시 사라진 화가다. 구인빈은 심플한 조소의 그림을 좋아했었다.

"사라진 사람들은 다 모였군. 다 모였어."

구인빈은 화랑을 한 바퀴 둘러보고 소파에 앉으며 푸념인 듯 놀람인 듯 그렇게 말했다.

"그 개울 사진부터 좀 봅시다."

순조가 금방 알아채고 안에 들어가서 사진을 담은 상자를 들고 나왔다.

구인빈은 말없이 사진을 보았다. 놀라운 조형감각이다. 이 사람은 한의사가 아니다. 그는 조각가다. 이젠 분명하다. 그가 사라져버린 것도 다 이유가 있었구나. 이렇게 부활하려고 긴 세월 동안 이런 곳에서 잠적해 있었나 보다. 소봉준을 새삼스레 바라본다. 군살이라곤 없는 저 얼굴!

구인빈의 손길이 주춤 멈추었다. 개울 가운데 서서 손을 맞잡고 마주 보고 무슨 말인가 하고 있는 두 인물의 사진이 나왔다. 그녀는 한참 보다가 한민철에게 넘겨주었다.

아름다운 장면이었다. 두건을 쓴 둥근 얼굴의 여자가 개울 가운데 서서 징검돌을 사이에 두고 소봉준과 손을 맞잡고 마주보고 있다. 여자는 선애보다 덜 예뻤다. 선애보다 나이도 들었다. 다만 둥근 얼굴이 평화롭게 느껴졌다. 소봉준은 여자의 눈을 직시하고 무언가 호소하고 있는 모습이다.

친구의 딸인 선애를 소봉준에게 소개한 건 자신이었다. 선애가 어린 마음에 소봉준에 만족하지 못하고 그의 다른 제자와 눈이 맞아버린 건 두고두고 그에게도 상처가 되었다. 대낮에 봉창 두드리는 것처럼 남극에 가겠다는 소봉준의 말을 처음 들었을 때 잘 이해가 되지 않았다. 오랜 세월을 빙산으로 살아왔을 소봉준, 한민철은 가슴이 아렸다.

구인빈은 모연화랑을 주의 깊게 둘러보았다. 묘하게도 연약한 나비의 그림에서 에너지가 느껴졌다. 순조는 머리를 쓸어 넘겨 묶고 꽃무늬 원피스 차림이다. 어딘가 외골수로 보이는 얼굴에서 두 눈만 강렬한 빛을 내뿜는다. 자칫 광기로 보이는 눈빛이다.

"두 사람 무슨 사이예요?"

구인빈이 비로소 물었다.

"우린 이웃 사이예요. 그런데 선생님은 어떻게 이런 촌에 오셨어요?"

순조는 묻고 싶은 건 묻는 성품이었다.

"소 선생이 우리를 찾아왔었어요. 소 선생은 참 놀라운 조형감각을 가졌어요. 이걸 발견한 공이 큽니다."

"직업본능이 발동했어요."

순조는 구인빈의 칭찬을 들으니 기분이 좋았다.

"언제 날짜는 잡혔어?"

순조의 화려한 나비그림들을 둘러보고 있던 소봉준이 다가오며 물었다.

"하고 싶은 화랑들은 빈 데가 없어요."

"개인전 하려고요?"

그림에 눈길을 주며 구인빈이 물었다.

"빈 화랑이 없어요. 갑자기 할 생각을 해서요."

"찾아보면 있을 수 있어요."

"내년 가을에 하죠, 뭐."

"나도 한번 알아볼까요? 보답하고 싶어요."

구인빈은 진심으로 이 화가에게 좋은 화랑을 구해주고 싶었다.

"모연화랑을 여기서 만날 줄 몰랐어요. 왜 하필 여기예요?"

구인빈의 질문에 순조는 말이 없었다. 입을 꼭 다물고 눈만 깜박이고 있다. 전에 같으면 이럴 때 순조는 눈물방울을 매달았을 텐데 이제 눈물을 매달지 않았다. 구인빈은 잘못된 질문임을 눈치채고 화제를 바꾸었다.

"매우 많은 작품인데 이걸 언제 다 그렸어요?"

"육 년 동안요."

순조는 이제 도혜의 그늘에서 벗어난 탓인지 어딘가 활기찼다.

그들은 다 함께 지선을 보려고 모연화랑을 나섰다. 순조도 따라나섰다. 여행에서 돌아온 후로 아직 서로 만나지 못했다.

백운사까지 가는 길은 탐스럽게 익어가는 사과들로 초만원이었다. 높푸른 가을하늘을 견디지 못한 사과들이 기어이 가지를 찢으려 하고 있었다. 사과들이 전해주고 있는 가을 이야기는 백운사로 올라가는 그들에게는 전혀 들리지 않았다. 지선이라는 여인이 그들의 마음을 다 차지한 탓이었다.

한민철은 소봉준의 빙산을 녹이고 있는 지선이 몹시 궁금했다. 조각 같은 건 하나도 궁금하지 않다. 지금 구인빈은 새로운 조각가를 발굴해서 완전히 흥분하고 있다. 틀림없이 소봉준을 가만두지 않을 것이다. 보아하니 소봉준이 더 조각에 빠져있는 것 같다. 전부터 예측 못 할 놈이었다. 마누라가 딴 놈을 좋아한다고 제 인생을 동댕이쳐버린 놈이다. 이제 오십이 되어서 조각을 하겠다고 덤비고도 남을 놈이다. 한민철이 룸미러로 뒷좌석을 보니 소봉준은 천연스런 표정으로 바깥 풍경을 보고 있었다.

소봉준은 일행을 데리고 무설당부터 갔다. 포행에서 돌아와 마루에서 잠시 쉬고 있던 담연선사는 그들을 방으로 안내했다.

"한민철 교수님 내외분이십니다. 저를 의학의 길로 이끌어 주신 분입니다."

"스님, 삼배 올리겠습니다."

부부는 담연선사께 삼배를 올렸다.

"어떻게 이렇게 백운사까지 오셨군요."

담연선사는 소봉준의 사회의 인연들을 따뜻한 눈빛으로 바라보았다.

"십오 년 만에 나타났는데 어찌 사나 너무 궁금해서 새벽에 출발했습니다."

담연선사는 커피를 손수 타서 그들 네 사람에게 낸다. 차 마니아 구인빈 여사는 뜻밖에 녹차가 아니고 커피를 내주는 큰스님에게 놀랐다.

"큰스님이 주는 커피는 생전 처음 마셔봅니다."

"모두들 내가 타주는 커피가 맛이 좋다고 하는데 다 똑같은 커피지요."

담연선사가 미소를 지으며 말했다.

"소 선생이 저희에겐 문을 열어주지 않고 스님에게는 열어주었습니다. 집사람은 그 서운함으로 몇 년간을 슬퍼했습니다."

한민철은 소봉준이 아파트에 칩거했을 때 이야기를 꺼냈다.

"보살님을 거부한 게 아니고 사회를 다 거부한 거지요. 그때 이 사람이 아직 삼십 대 한창 젊을 때 아닙니까?"

담연선사는 그때의 털북숭이 소봉준을 떠올리며 웃었다.

"몇 번이나 찾아갔나 모릅니다. 폐인이 될까 봐 노심초사했었지요. 그냥 둘 수 있어야지요. 집사람은 아예 몸져누워 버렸습니다. 제가 이래저래 가장 괴로운 놈이었습니다. 그래도 스님에겐 문을 열어 주었잖습니까?"

"내게 문을 열어준 건 출가의 의미가 있지요. 그 후 이 사람은 여기서 머리만 안 깎았지 출가수행자의 삶을 고스란히 살았습니다. 백운사 경내에서만 살았지요. 얼마나 지독했으면 머리 깎고 중 되는 것까지 거부했겠습니까?"

흘러가 버린 세월이다. 사자사람은 듣고만 있었다.

"소 선생이 가야 할 길은 따로 있었던 것 같아요. 만약 소 선생이 계속 성공한 한의사였다면 이 길은 발견되지 않았을 거예요. 십오 년의 공백 기간이 있었기 때문에 이제 어떤 선택이든 새로 할 수 있게 된 것 같아요."

구인빈이 무얼 말하는지 담연선사는 잘 알 수 없었다.

"십수 년 요지부동이던 사람이 웬일로 서울 나들이를 했노?"

선사는 누구보다도 소봉준을 잘 알고 있었기 때문에 그의 변화가 궁금했다.

"남극체험단에 지원하려고 선생님 추천서를 받으러 갔습니다."

"왜?"

담연선사가 부드럽지만 단호한 어투로 물었다.

"제 속에도 빙산이 있습니다. 빙산을 직접 보고 싶어서요."

담연선사는 그의 말을 미소를 띠고 듣고 있었다.

"네 빙산이라 캤나. 그 빙산 누가 만들었노? 네가 만들었나. 내가 만들었나."

담연선사가 아무렇지도 않게 질문을 던졌다.

"제가 만들었습니다."

"무엇으로 만들었노? 생각으로 만들었나, 생각 말고 다른 무엇으로 만들었나?"

소봉준은 잠시 생각하다 말했다.

"생각으로 만들었습니다."

"분명 생각이가? 물이 아이고?"

"생각입니다."

"남극에 있는 빙산은 물이 얼은 건가? 생각이 얼은 건가?"

"물이 얼은 겁니다."

"네 빙산은 생각이 얼은 기제?"

"네."

"남극의 빙산도 생각이 얼은 기가?"

"남극빙산은 물이 얼은 깁니다."

"네 빙산도 물이 얼은 기가?"

"내 빙산은 생각이 얼은 깁니다."

"남극빙산은 녹으면 머가 되노?"

"물이 됩니다."

"네 빙산은 녹으면 머가 되노?"

"아무것도 없습니다."

"확실하나?"

"네."

담연선사는 그 빙산은 선애가 만든 것이 아니라 네가 생각으로 만든 것이라고 말하고 있는 것이다.

"남극의 빙산이 녹으면 지구가 물에 잠기고, 네 빙산이 녹으면 그냥 본래 모습이다."

찰나에 소봉준은 뭔가가 스르르 무너지는 것을 느꼈다.

"남극에 갈 텐가?"

소봉준은 말없이 고개를 가로저었다. 소봉준은 남극체험단에 들어가려는 유치한 생각을 깨끗이 접었다.

구인빈은 백운사 마애불을 본다. 조형상으로 어떨지 모르나 세월이 비와 바람과 함께 만들어 낸 작품이다. 앞에 흐르는 물과 둘러싼 소나무들과 어울려 한껏 자연스럽다.

구인빈은 추상적인 조각을 좋아했으나 나이가 들면서 정감이 느껴지는 구상이 좋았다. 소봉준이 깎아놓은 두 개의 작품에는 신선한 감각이 있었다. 사실적으로 만들려고 애쓴 흔적이 역력한데 실수로 그렇게 되었는지도 모르는 언밸런스가 인물에 묘한 생명감을 주고 있었다. 순조가 찍어 놓은 개울의 돌들은 어린이가 만든 것 같은 자유로운 개성이 넘쳤다. 소봉준은 타고난 조각가다.

소봉준이 나와 같은 길을 간다! 구인빈은 내부의 술렁거림을 참을 수 없었다. 그녀는 뺨이 아니라 가슴속이 잔뜩 상기되었다. 지선을 빨리 보고 싶었다. 지선은 아직 일이 덜 끝났다. 순조가 기다렸다가 지선의 일이 끝나는 대로 마애불로 올 것이다. 그녀는 자꾸 지선과 순조가 나타날 솔숲 길로 눈길을 주었다. 그러나 두 사람은 좀처럼 나타나지 않았다. 마애불 앞 넓은 바위 앞엔 한 부부가 이제 아장아장 걷는 꼬마를 사진 찍기 바쁘다.

저녁 타종과 함께 두 여자가 마애불 앞의 징검돌을 건너왔다. 구인빈은 물을 건너는 지선을 보았다. 머리에 잿빛 두건을 쓰고 엉덩이를 덮는 회청색 꽃무늬 블라우스에 회색 절복바지를 입었다. 얼굴은 둥근 보름달이다. 어떤 광기가 비치는 순조와 달리 표정도 눈빛도 평화롭게 보인다. 지선이 미소를 띠고 고개를 숙였다.

"반가워요. 보고 싶었는데 미인이네요."

구인빈은 지선의 손을 잡으며 지선의 얼굴을 모델로 작품을 하고 싶은 충동을 느꼈다. 평생 인체의 얼굴을 만들어 온 자의 본능이다.

백운사 마애불 앞은 편편한 바위가 넓게 퍼져있고 개울 쪽은 물이 그 위를 흘렀다. 물은 얇게 퍼져 바위 위를 흘러서 아래로 떨어지며 폭포를 이루고 있었다. 물이 밤낮으로 흘러선지 물이끼가 살짝 깔려 미끄럽다. 지선은 마애불 밑에서 소봉준에게 막 무슨 말을 하려다 쏜살같이 그를 밀쳐내고 앞으로 튀어 나갔다. 아기가 아자아장 걷다가 장난감을 놓쳐서 물살을 따라 떠내려가는 장난감을 잡으려 한다. 튀어 나간 지선이 돌진하여 아기를 덥석 안았다. 안고 미끄러져서 아래로 흘러가 버렸다. 미끄럼을 타듯 폭포 아래 소로 떨어져 버렸다. 번쩍하는 사이에 일어난 일이었다. 거기 있던 사람들은 순식간에 일어난 일이라 무슨 일이 일어났는지 알 수 없었지만 소봉준은 폭포 아래로 떨어지는 지선을 생생하게 보았다.

모두가 놀라서 폭포 아래로 뛰어갔다. 지선은 아기를 안은 채 떠올랐다. 전광석화 같은 한순간의 일이었다. 아기의 엄마는 아기를 지선에게서 받아 안고 엉엉 통곡했다. 부끄러움도 없이 큰 소리로 엉엉 우는 바람에 아기의 아빠가 부인의 어깨를 흔들며 말했다.

"울지 마. 준이 살았어. 안 죽었다구."

그래도 젊은 엄마는 울음을 멈추지 못했다. 폭포가 더 높았거나 밑에 악어라도 입을 벌리고 있었다면 아기는 영락없이 죽었을 것이다. 폭포는 높지 않았고 소도 그다지 깊지 않았다. 그냥 놀란 것이다. 아기는 갑자기 사람들이 빙 둘러싸서 자기를 보고 있으니 생글생글 웃는다. 사람들은 그 귀여운 모습에 저절로 가슴이 환해졌다. 막 발자국 떼는 데 자신감이 생긴 아기가 벌인 해프닝을 내려다보고 마애불은 연꽃봉오리를 가만히 들어 보였다.

쫄딱 젖어 물에서 나오는 지선을 구인빈은 조각가의 시선으로 본다. 짧은 머리카락도 긴 블라우스도 몸에 찰싹 붙은 채 물이 뚝뚝 떨어지고 있다. 뚝뚝 물이 흐르는 온몸.

구인빈은 폰으로 지선의 모습을 연달아 여러 컷 찍는다. 지선은 젖은 모습이 자꾸 찍히는 게 부끄러운 듯 손사래를 친다. 구인빈은 손사래 치는 모습까지 찍는다.

"하도 아름다운 모습이라 찍었어요."

사진을 다 찍은 구인빈이 웃으며 말했다.

지선은 우선 젖은 옷을 갈아 입어야 했다. 지선이 먼저 백운사로 내려왔다. 방에 들어가 옷을 갈아입고 나오자 젊은 엄마와 아빠가 밖에서 기다리고 있었다. 젊은 엄마 품 안엔 아기가 꼭 안겨 있었다.

"너무 감사해요. 혹시 다치신 데 없으세요?"

그들은 백운중학교 부부 교사로 휴일이라 놀러 왔다가 잠깐 마애불을 보고 있는 사이에 꼬마가 물속으로 걸어 가버린 것이다.

"백운중학교 정문 마주 보이는 초록 대문집이 저희 집이에요. 밑에 오시면 꼭 들러주세요. 우리 준이 생명의 은인이셔요."

"네, 꼭 갈게요."

지선은 준이의 고사리손을 잡고 아이의 눈망울을 들여다보았다. 이 아기는 뭐가 무서운지 모른다. 엄마와 과자는 좋은 것, 그 정도만 알고 있는 사람이다. 그냥 해가 뜨고 달이 뜨는 것처럼 살기만 하면 되는 사람이다. 며칠 전 아들 석희가 곧 휴가를 나온다는 편지를 보내왔다. 이 아기도 자라서 군대 갈 때가 되면 세상에는 무서운 게 아주 많다는 걸 알리라. 지선은 짧은 순간 아들을 떠올리며 아기의 머리를 쓸어 주었다.

지선은 젊은 부부를 보내고 순조와 함께 백운사 차실로 갔다. 한민철과 구인빈과 소봉준이 차를 마시며 회포를 풀고 있었다.

"나이아가라 폭포에 떨어지는 기분이 어땠습니까?"

소봉준은 놀랐다. 떨어지는 지선보다 열 배는 놀랐다. 떨어지는 사람이야 떨어지느라 정신이 없으니 놀랄 겨를도 없었을 것이다.

"갑자기 겨드랑이에서 날개가 돋아나기에 부우웅 물을 타고 날았죠."

지선도 마주 농담을 했다.

"첫 만남이 아주 멋졌어요, 우리. 그렇죠?"

구인빈이 찬찬히 지선을 보고 말했다.

"아직 요양 중이라던데 몸은 어때요?"

한민철은 소봉준을 혼란에 빠뜨리고 있는 지선에게 애정을 가지고 물었다.

"백운사 덕에 건강해졌어요. 아프기 전보다 건강하게 살아요."

정말 건강하게 산다. 전에는 산책조차 하지 않고 편안함만 쫓아 살았었다. 노동이라곤 모르고 마냥 사치스럽게 살았었다.

"두 사람 어떻게 친해졌어요?"

구인빈이 지선에게 물었다. 지선은 어떻게 대답해야 할지 난처해져서 머뭇거리며 어떻게 친해졌나 찾아보려 했다.

"감자 다섯 개가 내 마음에 신호를 보냈습니다."

지선이 얼른 말을 못 하고 있자 소봉준이 나서서 말했다.

"내가 산에 갔다 오니 감자 다섯 개가 바구니에 담겨있었습니다. 그날 밤 너무 기분이 좋아서 슈퍼에서 소주 세 병을 사 와서 단번에 들이키고 만취해서 개울 속에 들어앉아 만들기 시작한 것이 발단입니다. 만취해서 그런 일이 벌어진 겁니다. 어찌 멀쩡한 정신을 가지고 그런 일을 시도하겠어요? 오십이나 먹은 점잖은 남자가 말입니다."

차가 작설에서 보이로 바뀌었다.

"저는 개울에서 그걸 보고 정신없이 카메라에 담았어요. 개구쟁이가 나타나 무너뜨릴까 봐 마음도 졸였죠. 선생님이 개울에 그것들을 하나씩 보탠다는 걸 알고 매일 몰래 찍었어요. 그러다가 그런 명장면도 찍게 되었죠."

순조의 말에 모두들 웃었다. 지선은 민망스러워했지만 소봉준은 너무나 흐뭇해했다.

"질투 날 정도로 멋진 장면이었어."

구인빈이 두 사람이 마주보고 있는 사진을 떠올리며 말했다.

"대체 그때 이 남자가 무슨 말을 하고 있었어요?"

한민철이 짓궂게 물었다. 지선은 그가 한 말을 대부분 기억했다.

"이사 오라 했어요. 공양 준비 시간에 늦으면 쫓겨난다 했더니 쫓아내면 이리로 이사 오라는 거예요."

지선은 그때의 당혹스러웠던 마음을 떠올리며 말했다.

"저런 음흉한 놈."

한민철은 웃음을 참느라 소봉준을 아예 노려보았다.

오늘 지선은 아기와 함께 떨어지면서 살아간다는 것의 단순함을 경험했다. 그 짧은 순간, 그것이 삶이었다.

"이번에 셋이서 여행을 다녀왔는데 몰랐던 비밀을 알게 됐어요. 소 선생님이 전생에 석굴암본존불을 조성하던 석공인 걸 확인했어요. 직접 물어보세요."

순조가 소봉준을 보면서 말했다. 구인빈은 다시 순조를 통해 그 말을 듣게 되자 정말로 심각해졌다.

"소 선생이 그랬어? 그건 자기만이 알 수 있는 일이잖아?"

"꼭 그런 것 같대요."

"배짱 한번 좋구나. 석굴암본존불을 전생에 자기가 만들었다고 소리치고."

한민철은 소봉준을 돌아보았다. 원래 배짱은 좋은 놈이었다. 마누라 때문에 다 때려치우고 아파트 속으로 들어가 버리는 그런 단순한 일을 저질러 버리는 건 보통 배짱으로 못 한다. 조각 좀

한다고 한 사람이나 두 사람이 칭찬한다고 해서 자기가 석굴암본존불 같은 불후의 명작을 만들었다고 생각하는 건 보통 배짱 아니다. 비록 아무도 증명할 수 없는 전생의 일일지라도. 전생? 과연 전생이란 게 있기나 한가 말이다. 소봉준은 차만 마시고 있다. 지선, 순조, 인빈 이렇게 세 명의 팬을 거느리고 흡사 옛 왕국의 왕 같은 모습이다. 알 수 없는 놈이다. 추천장 한 장 받으려고 십오 년 만에 나타난 놈이다. 나이 오십 먹은 놈이 남극체험단엔 왜 껴? 지금 소봉준은 전생의 석공 운운하면서 한의사의 길을 미련 없이 버리려 한다.

"넌 조각을 할 생각이냐? 의사 안 하고?"

한민철이 불쑥 물었다.

"그건 모릅니다. 그런데 석굴암본존불만 생각하면 이상하게 온몸에 전율이 와요."

"그건 조각을 하라는 몸의 계시야."

구인빈이 옆에서 박차를 가했다.

"그래요. 그 재능을 썩히면 바보예요."

순조는 언제나 과격파다. 말이 없는 사람은 지선이다. 지선은 말없이 차만 마신다.

"조각을 시작해 봐. 내 작업실에 와서 하나씩 코치를 받아 봐."

구인빈은 권했다. 오십 된 남자를 놓고 이들은 의견을 분분하게 냈다. 백운사 감자 캐는 날 발견된 소봉준의 조각 재능은 불과 몇 달도 흐르지 않아 현실에 두각을 나타냈다.

"무슨 생각을 그리 하고 있습니까?"

소봉준이 차만 마시고 있는 지선에게 물었다. 지선은 솔직하게 자신의 생각을 말했다.

"난 그 남산의 산토끼를 생각하고 있었어요. 나타났다 사라져 버린."

지선은 산토끼와 무근수를 동시에 생각하고 있었다. 왠지 산토끼는 무근수를 알 것 같았다. 남산은 무근수를 솟구치게 할 것 같았다. 무언의 대화를 주고받았던 그 산토끼는 무근수를 알 것 같았다. 무근수는 아무튼 식물도감에 나오는 나무는 아니니까.

지선의 무근수는 솟아오르려 하고 소봉준의 빙산은 녹으려 한다. 아무것도 모르는 아기가 폭포 아래로 떨어지는 그 짧은 순간에도.

제13장

체로금풍

세상의 수많은 사람 중에는 진리에 목마른 사람도 있기 마련이다. 그들은 각자의 인연을 따라 진리 추구의 길을 간다. 진리에 목마른 스님들은 계절 학기에도 어김없이 등록한다. 백운사는 그들을 맞이하여 스스로 진리를 찾을 수 있게끔 최대한 배려와 자비를 풀어낸다.

높고 맑은 하늘은 금풍을 보내어 어디 한번 맘껏 기량을 닦아서 부처의 길을 가보라고 부추긴다. 죽비는 엄격히 시간을 맞추어 딱딱 울리고 쉬는 시간이 되어야 벽에 걸린다.

스님들은 쉬는 시간이 짧으면 선원의 햇볕만 가득한 마당을 헐렁헐렁 돌면서 잠시 경직된 핏줄을 푼다. 공양 후의 쉬는 시간에는 저마다 좋아하는 코스를 택해 포행으로 온몸의 피돌기를 도모한다. 뒷산으로 능선을 타는 사람, 가파른 코스만 골라서 오르는 사람, 기어이 정상까지 달려갔다 오는 사람, 이들은 대개 젊은 스님들이다. 단풍나무 옻나무 활엽수가 많아 아름다운 골을 타는 사람이 있고, 평탄한 계곡을 끼고 물소리를 따라 용운토굴 길을 가는 사람도 있고, 그냥 들판의 시원함을 잠시 느끼려고 마을길을 걷는 사람도 있다. 계곡의 볕 좋은 바위에서 한가롭게 쉬는 사람들은 다소 연륜이 높은 축이다. 대웅전 뒤편의 소나무 오솔길을 택하는 사람들은 꼭 거기만 간다. 소나무 숲을 한번 통과했다 나오면 송풍이 온몸에 밴다는 것이다. 공양간 보살들도 쉬는 시간이면 저마다 좋아하는 코스로 매일 매일 출발한다. 그들도 산책으로 마음의 피돌기를 도모한다.

  가을이 한껏 깊어졌다. 지선은 항상 가던 산책로와 한참 동떨어진 골짜기로 발길을 들였다. 살짝 앞산에 가려져 있어 앞에선 잘 보이지 않는 골짜기였는데 노랗게 물든 낙엽송 한 그루가 지선을 유혹했다. 모퉁이를 돌자 금빛으로 물든 낙엽송들이 길게 띠를 두르고 골짜기를 따라 군락을 이루고 있었다. 푸른 전나무들 속에 한두 그루 섞여 있더니 위로 갈수록 온통 낙엽송으로 뒤덮여있다. 장관이었다. 세상에나!

  지선은 마음까지 황금빛으로 환해져서 탄성을 치며 낙엽송 골짜기를 자꾸 올라갔다. 보일락 말락 토끼길이 보인다. 이건 토끼들만 다니는 진짜 토끼들 길이야. 지선은 새로운 영역을 탐험하는 심정으로 한발 한발 토끼길을 따라갔다. 발밑엔 고사리들이 깔려 있다. 혹시 뱀이라도 숨어 있을까 막대기를 주워 툭툭 치면서 갔다. 그냥 숲길을 함부로 가면 잠든 뱀을 밟을 수 있다는 것이다. 그러면 뱀 저도 깜짝 놀라 콱 물어버린단다. 뱀들에게 신호를 주려고 고사리 깔린 토끼길을 툭툭 치면서 자꾸만 낙엽송들의 영역으로 들어섰다.

금빛으로 물든 낙엽송들이 시원스레 하늘로 뻗어 있다. 바람 한 자락이 불어오면 낙엽송 잎들이 공중에서 소소소소 흩어진다. 그들이 금빛으로 빛난다. 어서 오시라는 무언의 환영이다. 요만한 바람에 날릴 잎들이라면 나뭇가지엔 얼마나 아슬아슬하게 붙어 있었을까. 낙엽송 군락지의 직립한 나무들은 어딘가 낯설어 마그리트의 그림 속을 걸어가는 것 같다.

앞에 누가 누워있다. 고사리들 위에 천연하게 던져져 있다. 지선은 깜짝 놀랐다. 스님이다. 누굴까? 이런 데 누워서 나무 사이로 하늘을 향하고 있는 저 스님은? 지선은 스님을 방해하고 싶지 않아 살며시 몸을 돌려 되돌아 나오려 했다.

"왜 그냥 가노, 나 때문인가?"

우렁찬 목소리가 들려왔다. 지선은 살금살금 걸어가다 어른에게 들켜버린 어린 소녀같이 이크! 소리가 저도 모르게 나와 버렸다. 몸을 돌렸다. 이젠 어쩔 도리 없다. 보니 이럴 수가, 담연선사

아닌가.

"어머, 스님이셨네요."

반가워서 지선은 호들갑스레 말했다.

"여긴 나만 오는 곳인데. 보살에게 탄로났구먼."

"가느다란 길이 있어서 가보는 중이에요."

지선은 마음 놓고 선사께 합장하고 그 곁에 앉았다.

"여긴 자주 오나, 나 몰래?"

"첨이에요. 실은 산에 갈 시간이 별로 안 나요. 오늘은 대중공양이 있어 공양간이 노는 바람에 왔어요. 이런 데서 뵈니 더 반가워요."

"나도 더 반갑네."

지선은 담연선사 곁에 앉아 하늘을 보았다. 울창한 금빛 낙엽송 사이로 보이는 하늘은 강물이었다. 하늘 강은 어디로 흘러가고 있을까, 그런 생각이 스친다.

"지구는 참 아름다워요. 스님께서는 여기 자주 오세요?"

"가끔 오지. 넓은 길로 다니다가 좁은 길이 유혹하면 유혹에 지지. 그러면 와야지."

"저는 스님께서 스키 타러 가는 사람처럼 쌍 스틱을 짚고 다리를 건너는 걸 보며 생각했어요. 어디로 가시나."

정말 평소 포행 가시는 담연선사는 분명 눈 쌓인 산으로 스키 타러 가는 폼이다.

"올라오는 길이 있는 듯 없는 듯해서 이게 길인가 아닌가, 했어요."

"토끼만 다니는 길이야. 사람도 거기로 갈 때는 토끼야."

"그럼 스님과 저는 다 토끼네요."

"그렇지. 그렇지"

두 사람은 바람이 불어올 때마다 금빛들이 하늘 가득 흩날리는 걸 말없이 바라보았다.

금빛 침들이 우수수 떨어지고 있었다. 나무에서 떨어진 그들은 바람을 타고 공중에 한 번 솟구쳤다가 뱅그르르 한 바퀴 돌면서 나무와 작별 인사를 하곤 천천히 고사리 위로 내려앉았다. 사뿐 내려앉아 그 후론 침묵했다.

담연선사가 가만히 있는데 말을 하는 건 왠지 안 될 것 같아서 지선도 가만히 있었다. 나무에서 떨어지는 노란 잎들만 소리 없는 말을 하고 있었다. 침묵이 계속 이어지고 처음엔 어색했지만 조금 지나자 편안해졌다. 지선은 깨달음에 대해 아무것도 묻지 않았다. 평생 깨달음에 대해 묻는 사람들에게 대답해 온 스님이지만 이런 산 속 바람 속에 앉아서는 침묵하는 것이 훨씬 좋을 것이다.

담연선사는 가만히 앉아 있고 그래서 지선도 조용히 앉아 금빛들이 떨어져 내려앉는 광경만 보고 있었다. 두 사람은 침묵에 익어진 채 앉아 있었다. 바람은 불어왔다가 가고 또 불어왔고 또 갔다. 그때마다 어김없이 낙엽송 가지에 달려 있던 잎들이 공중을 뒹굴며 떨어져 내렸다. 담연선사도 지선도 벙어리가 되고 앉은뱅이가 되었지만 장님은 되지 못했다. 바람이 불 때마다 낙엽송 작은 이파리들이 하늘 가득히 날아올라 날아다니는 황홀한 광경을 보고도 무심한 듯 눈까풀을 닫아버릴 수는 없었기 때문이다. 벙어리가 되어서 땅 위에 고사리처럼 앉아 있었다. 나중엔 멍청하게 앉아 점점 고사리로 퇴화하여갔다. 멍청해지려고 낙엽송 아래까지 온 사람들 같았다.

  백운사 가을 안거는 한 달이라 시작했나 하면 벌써 끝난다. 이때는 계절이 받쳐주니 최고의 외적 조건이다. 공부하는 자는 공부를 통해 행복하고 일하는 자는 일을 통해 행복하라고 하늘이 행복을 허락하는 때이다. 이런 때 불행하다면 바보거나 탐욕스런 자이다. 하루하루를 행복하라고 하늘이 모든 환경을 만들어 주고 있다. 낮에는 최고의 바람을 보내주고 밤에는 밝은 달까지 비춰준다. 뭐가 모자라서 행복하지 못하는가는 순전히 각자의 책임이다. 무엇이 행복인지 알 수 없지만 그까짓 거 모른다 해도 사람은 얼마든지 행복할 수 있는데 간혹 자기만 불행하다고 생각하는 사람이 있다. 보덕화가 대표적이다. 그녀의 얼굴에는 불행이라고 역력히 적혀있다. 보덕화는 하늘이 안중에 없는 이상한 사람이다.

반대로 일심행은 하루계획 일과가 너무나 선명하여 행복 불행 따위는 아예 관심 밖이다. 스스로 정해놓은 일과를 무사히 마치면 안심한다. 그놈의 해야 하는 일과 때문에 행복 불행 같은 건 돌아볼 여유조차 없다. 쉬는 시간이면 탁! 방문을 닫고 들어가 꼼짝 않고 방에 박혀있다.

지선은 어느 날 잠깐 일심행과 산책을 하면서 그녀의 일과표 이야기를 듣고 입을 다물지 못했다. 얌전하고 조용한 일심행이 그처럼 많은 숙제에 스스로를 처박고 있을 줄은 꿈에도 몰랐다. 그녀는 하루에 천수경을 108번 읽고 그뿐인가 금강경을 7번 읽는단다.

"그게 가능해요? 공양간 일하면서?"

지선이 물었을 때 일심행은 천진하게 미소를 지었다.

"나는 부처님의 영접을 받았어요."

"그건 깨달음을 얻었다는 건가요? 쉽게 말해 봐요."

지선이 물었더니 일심행은 또 웃었다. 그녀의 웃을 때의 모습은 일곱 살짜리 천진한 소녀다. 고구려의 무사같이 치켜 올라간 눈매, 유난히 튀어나온 광대뼈, 가무잡잡한 피부, 그 위에 떠오르는 천진한 미소, 이게 일심행의 모든 인상이다.

"나는 복이 많은 사람이라 좋은 스승을 만났어요. 남편이 개인택시 기사라 먹고살 만하고 애들 학교 가고 나면 맨날 드라마만 보고 살다가 하루는 사는 게 너무 시시해서 무조건 시내버스를 탔어요. 시내버스 가는 데까지 갔다가 돌아올 참이었는데 옆자리에 앉은 아줌마가 버스를 타자마자 정릉 종점에 갈 때까지 무슨 책을 열심히 읽는 거라. 한 번도 고개를 안 들고 열심히 읽다가 종점에서 내리더라구. 나는 그 버스를 타고 도로 돌아올 참이었는데 그만 따라 내려서 어디 가냐고 물었더니 절에 간대요. 나도 따라가도 되냐고 했더니 좋아하면서 나를 자기 다니는 절에 데리고 갔어요. 그날부터 나는 사는 게 엄청 신이 났지 머. 그런 세계가 있는 줄 상상도 못 했어. 드라마는 내 인생에서 사라지고 대신 부처님 세계가 열렸어요. 너무 좋아서 입 꼬리에 항상 웃음을 매달고 살았어요. 나는 신심이 나서 매일 정릉의 그 절에 출근해서 설거지도 해주고 청소도 하고 초발심 한번 제대로 했죠. 삼 년 후에 이번엔 진짜 스승님을 만났어요. 네 명의 도반들과 일 년에 네 번씩 가서 그간의 공부를 점검받아요. 스승님은 대구에 계시는데 진짜 도통하신 스님이세요."

일심행은 한번 말문을 열자 길 가운데 서서 자신의 이야기를 풀어 놓았다. 그날은 비가 내리고 있었고 그녀들은 우산을 하나씩 받치고 마을 길 쪽을 걷고 있었다. 비도 일심행의 이야기가 듣고 싶은지 아주 조용조용 내리고 있었다. 이제 두 사람은 아무도 얼씬하지 않는 길 가운데 마주 멈추어 서 있었다.

"스승님은 나보고 하루에 금강경을 70번 읽으란 숙제를 주셨어요."

일심행의 말에 지선은 하마터면 멍해서 주저앉을 뻔했다.

"불가능해요. 하루 21독도 간신히 하는데 어떻게 70독을 한담."

지선은 금강경을 공부하는 절에 다닌다. 지선의 비명에 일심행은 미소를 지으며 얘기했다.

"나는 남편과 담판을 짓고 방을 하나 얻어서 딸과 함께 집에서 나왔어요. 딸이 학교 갔다 와서 내 시중을 들어주고 나는 눈뜨고 눈감을 때까지 금강경만 읽었어요. 세수하는 시간도 아끼려고 어떤 날은 세수도 안 했어요. 하루를 온통 쏟아부었어요. 하루에 56독까지는 했어요. 그러다가 어느 날 나는 부처님의 영접을 받았어요."

지선은 우산을 받쳐 들고 길 가운데 서서 일심행의 공부 이야기를 들었다.

"부처님의 영접을 받는다는 건 깨달음을 의미해요?"

지선은 그 부처님의 영접이란 무엇인지 너무 궁금해서 물었다.

"그건 말로 설명할 수 없어요. 보살님도 누구라도 영접을 받을 수 있어요."

일심행은 다만 그렇게 말했다.

"그럼 하루에 천수경 108번 읽고 금강경 7번도 스승님 숙제예요?"

"아니요. 여기 오면서 내가 정했어요."

지선은 일심행을 멀뚱히 건너다보았다. 금강경 일독하려면 30분은 걸린다. 그리고 천수경 108번이라니! 더구나 공양간 일하면서 말이다. 일심행이야말로 진짜 전설인가 보다. 하기야 금강경을 하루에 70독 하려고 담판을 짓고 방을 얻어 나온 여자다. 사는 게 시시해서 무작정 시내버스를 탄 여자다. 지선은 하루가 실로 얼마나 짧은지 일심행과 얘기하는 중에 알았다. 하루란 금강경 70독을 하기엔 턱없이 짧고 천수경 108독은 결코 호락호락하지 않다. 그러나 여기 이 조용한 보살은 공양간 일을 다 하고도 매일 하루에 천수경을 108독하고 금강경을 7독 하고 있다. 스승한테 받은 숙제도 아니고 스스로가 낸 숙제를 매일매일 거뜬히 하고 있다! 비결이 뭘까?

"비결이 뭔지 말해 봐요. 나는 진짜 궁금해요. 비결이 있지요?"

"천수경은 페이지를 열고 한눈에 팍 읽어요."

"속독해요?"

"속독은 아니에요. 부처님의 영접을 받으면 그렇게 돼요."

지선은 알아들었다. 부처님의 영접을 받았으니 저 거센 얼굴이 1초 만에 천진보살이 되는 게 아니겠는가. 지선이 보기에 일심행이야말로 가장 전설이었다.

"일심행, 왜 그렇게 지독하게 해요?"

"태어났잖아요. 이 세상에."

지선은 처음엔 얼른 못 알아들었다. 물론 태어났다. 태어났으면 그토록 지독히 해야 하는가? 지선의 물음에 대한 일심행의 답은 그게 전부였다. 그리고 비가 거세게 쏟아졌다.

한때 지선도 분심을 냈었다. 인도배낭여행을 갔을 때다. 부처님이 금강경을 설한 기원정사에서 삼 일 동안 하루에 금강경 21독씩을 목표로 정하고 독경했었다. 같이 간 도반과 둘이서 2600년 전 부처님이 금강경을 설한 향실에 온종일 앉아서 21독을 했었다. 무더운 인도의 여름날 땡볕에서 모자를 쓰고 수건을 늘어뜨리고 장궤하고 21독을 하는데 주변의 나무 그늘에서 인도인들이 한가로이 낮잠을 즐기며 그들을 구경하고 있었다. 쟤들은 저 땡볕에서 대체 뭐 하고 있는 거야, 하고 속으로 말하고 웃었을 것이다. 기원정사에는 전기가 없었다. 새벽에 글자가 보이기 시작하면 시작해서 저녁에 글자가 안 보일 때까지 금강경을 읽어도 21독이 빠듯했다. 그때를 생각하면 지선은 언제나 미소가 난다. 그때 고생스러워도 신선했었다. 왜 그랬냐고 물으면 '태어났잖아요.' 그게 답이 될 수 있을까?

백운사에서 하루하루는 평온했다. 옥수수를 가마솥에 삶고 송편을 만들어 쪄낼 때, 김과 함께 묻어나오는 냄새 속에 생활의 기쁨이 숨겨져 있었다. 일과가 끝나고 방에 돌아와 잠을 청하려고 불을 끄고 자리에 누우면 금빛 낙엽송 이파리가 고스란히 내려와

이불 위에 쌓였다. 차라리 침묵이 그렇게나 좋은 줄도 처음 알았다. 가만히 침묵 속에 앉아서 나뭇잎들이 떨어져 내리는 걸 바라보는 건 웅장한 오케스트라가 연주해내는 침묵의 소리를 듣는 것 같았다. 법당 가는 계단을 손을 한 번도 안 짚고 두 발로 올라갈 수 있다는 건 온몸으로 느끼는 기쁨이었다.

지선도 이제는 108배를 시작한 지 꽤 됐다. 묘심이 백팔대참회문을 한 권 주면서 책을 보고 부처님 명호를 부르면서 108배를 하라고 권했다. 다 다른 부처님 명호가 다 자기 이름인 줄 알았고 그 단순한 명호가 대단한 힘을 준다는 것도 알게 됐다. 새벽 세 시가 되기도 전에 큰 법당에 나와 108배를 하는 건 도시에서는 상상도 못한 일과다. 그러나 이것도 평범한 일과가 된 지 오래다. 앨리스가 토끼를 따라가서 줄어들고 커지고 하면서 겪는 일들이 일상생활에서 고스란히 일어나고 있었다. 순조가 사하촌 모연화랑에 갇혀서 6년을 지내는 동안 자신의 나비를 길러내서 모두 날려 보낼 준비를 하고 있는 건 백조왕자 스토리 아닌가. 자신이 새벽에 108배를 하는 것이나 일심행이 천수경을 하루에 108번을 읽는 것이나 다 마술을 풀기 위해 숫자를 채워야 하는 주문같이 느껴졌고 보덕화마저 친숙한 동화 속 마녀처럼 느껴졌다.

짧은 가을안거가 끝나는 날 지선은 읍내로 운전을 하고 가야

했다. 컴퓨터 프린터의 잉크가 떨어졌는데 별좌스님이 운전을 못하니 함께 좀 갔다 오라고 월광보살이 부탁한 것이다.

추수가 끝난 벌판은 깨끗이 비어있었고 들길엔 바람이 제 세상인 양 떠돌고 있었다. 불어오는 바람의 틈틈 속에도, 떨어지는 햇발의 사이사이에도 겨울의 파란 서슬이 숨어 있었다.

앞에 한 스님이 커다란 배낭을 짊어지고 부지런히 걸어가고 있었다. 아마 조금 지체했나 보다. 이 스님은 제일 늦게 출발해서 시외버스가 있는 읍내까지 걸어가는 중이었다. 저 커다란 배낭엔 무얼 저렇게 꾸려 넣었을까. 스님들이 홀가분하게 짊어지고 다니는 걸망이 아니다. 별좌스님은 저 속에 침낭은 물론 책과 코펠, 스탠드까지 들었다고 알려준다.

"저 스님 태워주죠."

별좌스님이 말했다. 지선은 차를 세웠다. 젊은 스님은 두말 않고 차에 올랐다.

"어디로 가십니까?"

별좌스님이 묻는다.

"시외버스 터미널. 제일 먼저 오는 버스 탈 겁니다."

"어디 가는지도 안 정하고요?"

"그 버스 가는 데까지 갑니다."

"목적지를 안 정하고 무조건 타요?"

"내리는 데가 목적집니다."

잠시 말이 끊겼다. 모두들 입을 다물고 침묵을 지켰다. 지선은 힐끗 룸미러로 젊은 스님을 보았다. 아들 석희와 불과 몇 살 차이가 안 날 것 같았다. 스물다섯?

"스님, 백운사에서 공부가 힘들진 않았어요?"

지선이 무언가 안쓰러워서 물었다. 잠깐이지만 침묵을 깨고 말을 붙이려는 것이다.

"힘들었습니다."

스스럼없이 젊은 스님이 대답했다.

"뭐가 젤 힘들었어요?"

"성욕이 일어나서 힘들었습니다."

젊은 스님은 아무렇지도 않게 말했지만 지선도 별좌스님도 동시에 놀랐다.

"담연선사님께 의논했습니까?"

별좌스님이 물었다.

"네, 공함을 보라 했습니다. 실체가 없음을 보라 했습니다. 휘몰아치는 그 율동의 모습이 실체가 없는 공한 것임을 보라 했습니다. 오히려 견성에 이르는 초청장이라 했습니다. 그것이 일어나는 거기를 회광반조 하라 했습니다. 거기가 모든 부처가 나오는 자리라 했습니다."

젊은 스님은 웅변대회에 나온 중학생처럼 거침없이 그러나 분명하게 말했다.

"도움이 되었어요?"

"네, 성욕은 극복의 대상이 아닙니다. 실체가 없는 것이므로. 회광반조 할 뿐입니다."

지선은 안도의 숨을 크게 쉬었다. 담연선사와 가을바람 속에 앉아있던 순간이 스쳐갔다. 터미널 들어가는 건널목에서 내린 젊은 스님은 감사합니다, 하는 한마디를 남기고 초록 신호등이 켜진 건널목으로 뛰어갔다. 지선은 그의 뒷모습에서 부처님의 젊은 모습을 본 것 같아 가슴이 뭉클해졌다.

어언 동안거가 목전이다.

낡은 목조건물인 선원은 내년 봄에 대대적인 수리를 하기로 결정되었다. 동안거 겨울 채비로 당장 시급한 화장실 난방공사부터 마무리 지었다.

가을의 막바지가 산마루에 걸리고 산에는 이제 빨강도 노랑도 자취를 감추었다. 지선은 소쿠리를 들고 늦가을 산으로 들어가서 제피열매를 자꾸 따 날랐다. 자연이 키워낸 열매가 너무나 예뻐서 틈이 나면 산에 가서 열매를 따왔다. 그 자잘한 열매를 따서 내려오다가 무설당 앞에서 담연선사와 마주쳤다.

"어디 갔다 오나?"

"산에 가서 제피열매를 땄어요. 술을 담그려고요. 쑤시고 아픈

데 특효래요."

"누가 가르쳐주었나. 그 약 처방?"

"엄마입니다. 엄마가 통증으로 엄청나게 고생하셨는데 지금은 안 아프셔요."

"호, 나는 거북이에서 처방받은 줄 알았지. 요즘 의사 선생은 통 볼 수가 없군."

지선은 입을 다물었다. 누군가 그리워지면 마음이 안정이 안 되고 덧없이 사하촌으로 향하곤 했다. 몇 번 갔었지만 이상하게 만나지 못했다.

"그래, 지선보살이 다리가 안 좋은가?"

담연선사가 화제를 돌렸다.

"저는 안 아파요. 다리가 아파 고생하는 스님들이 많은 것 같아서 드리려고요."

"아픈 사람이 자격자로구만. 나도 쑤셔."

"어머, 그럼 약이 익으면 스님께 젤 먼저 드릴게요."

담연선사도 아픈 것이다. 항상 남만 챙기시는 스님도 아픈 것이다. 몸이 쑤신다 한다. 모두들 어딘가 아픈 곳을 갖고 있어. 외로움도 아픔에 속하는 걸까? 암만해도 그런 것 같다. 가슴에 번지는 묘한 아픔 외로움. 의사 선생도 순조도 못 본 지 오래다. 여행을 갔다 온 후로 지선은 외로움을 타기 시작했다. 그전까지만 해도 외로움은 사치에 속했다. 생존만이 최상이었다. 쉬는 시간이면 저절로 발길이 마을로 향했다. 그 발길이 허탕 치고 또 허탕 치니 외로움이란 사치가 슬며시 지선의 팔짱을 꼈다.

　지선은 마을로 가는 대신 검은 둥치가 장엄하게 정렬해 있는 낙엽송들 나라로 갔다. 그토록 빛나면서 화려한 군무로 떨어져 내리던 금빛이파리들은 더 이상 검은 둥치에 발붙일 곳이 없다. 검은 둥치들은 자신의 열매와 잎들이 안 아까웠을까. 떨어질 것들 다 떨어지고 직선의 둥치로만 서 있는 낙엽송 그들. 지선은 검은 둥치들이 친밀하게 느껴졌다. 검은 둥치들은 허전함 대신 지선의 제자리를 찾게 해주었다.

　지선은 토끼길을 따라 올라가서 담연선사와 앉았던 그곳에 앉아 검은 둥치들과 대화하다가 오곤 했다. 외로움이란 사치에 물들어버린 지선에게는 침묵도 훌륭한 대화였다. 거기에 앉아 오랫동안 홀로였을 소봉준의 외로움을 감지해보기도 했고 순조의 오랜 기다림을 감지해보기도 했다. 그러다가 종처럼 텅 빈 자신의 몸을 감지해보기도 했다. 때로는 검은 둥치들 사이에 무근수를 촘촘하게 심어보기도 했다. 무근수들은 조용히 서 있었는데 지선이 일어서면 흔적도 없이 사라졌다. 무근수. 너희들은 어찌해서 뿌리도 없니… 하기사… 그러니까 무근수지. 저 낙엽송 검은 둥치들 좀 봐라. 얼마나 믿음직하냐. 쟤들은 훌륭한 대들보도 될 수 있고 장작도 될 수 있지만 너들은 뭐냐. 만고에 쓸모없는 무근수.

　동안거가 시작되고 바람이 쌀랑해져도 지선의 발길은 낙엽송

군락지의 검은 둥치들로 향했다. 호젓했다. 그 쓸쓸한 호젓함이 좋았다. 고사리들도 이제 초록빛을 잃고 말라갔다. 칼칼한 바람 속에 앉아 있노라면 무근수가 나타나 바람에 가지를 흔들기도 했다. 지선은 낙엽송 둥치들 사이에 자신도 한 그루 나무가 되어 꼼짝 않고 오래 앉아 있었다. 그럴 때는 자신이 바로 무근수인 것 같았다.

 차츰 소봉준도 순조도 마음에서 떼 놓을 수 있게 되니까 지선은 뻔질나게 낙엽송군락지 숲을 갔다. 이제 다른 데는 아예 가지 않았다. 일이 끝나면 곧장 거기로 향했다. 오늘은 어디로 갈까 고민할 필요도 없었다. 집처럼 무조건 낙엽송 숲이 지선의 최종 목적지였다. 거기는 호젓하고 또 적막하고 무엇보다 직선의 검은 둥치들이 왠지 맘에 들었다. 매일 가다 보니까 희미하던 토끼길이 이젠 오솔길이 되려 했다. 이제 지선은 낙엽송군락지의 맨 꼭대기까지 진출했다.

 첫눈이 내렸다. 한 점 한 점 흩날리던 눈송이들이 점점 하늘을 가득 차지하고 날리고 있었다. 눈송이들을 보면 어쩐지 즐거운 마음이 되고 만다. 바람을 타고 눈송이들이 마구 흩날리자 지선은 빨리 낙엽송군락지가 가고 싶었다. 공양간 일이 마무리되기가 무섭게 방에 뛰어 들어가 커다란 스카프를 둘둘 휘감고 벙어리장갑까지 꺼내 끼고 안 쓰던 빨강 털모자를 쓰고는 한달음에 낙엽송군락지로 내달았다. 검은 가지 위로 흰 눈송이들이 쉼 없이 내려앉고 있었다. 검은 둥치 사이로 눈발이 휘날리는 광경이 너무 아름다워 지선은 그만 울먹이고 말았다.

"또 만났군."

뒤돌아보니 잿빛 털모자를 쓰고 쌍으로 스틱을 짚고 담연선사가 환히 웃고 있었다.

"어머, 스님!"

지선은 무척이나 반가웠다. 눈 오는 게 너무 아름다워 마음이 막 쓸쓸해지려는 참이었다. 눈이 내리는 속에 서 있는 스님도 확연히 들떠 있었다. 어른스님이라고 이렇게 첫눈이 내리는 날조차 점잖을 필요는 없다. 동심으로 돌아가는 게 더 정상이다. 그렇지 못하면 바보 아닐까?

"스님, 동심으로 이리로 오셨죠?"

"암, 오늘 같은 날은 어른 안 해도 되는 날이야."

"여기서 스님을 만나니 더 반가워요. 그날처럼요."

"나도 그래. 저기 더 올라 가 볼까? 가만있으면 눈 기둥이 되니까."

눈은 땅을 덮어갔다. 두 사람은 낙엽송 사이로 두 마리 토끼처럼 올라갔다. 검은 직선들 속에 서 있으니 다른 세상에 온 것 같았다. 차원이 다른 에스에프 세상이거나 이상한 토끼들 나라에 와 버린 것 같았다.

"전번엔 금빛이 하늘 가득했는데 이번엔 흰 눈이네요."

지선이 하늘 가득히 떨어져 내리는 눈 속에 서서 말했다. 그날 낙엽송들은 자유분방했고 황홀했었다.

"그날 대단했었지. 벽암록 27칙"

선사도 눈 때문에 들떠 있다. 눈썹에도 잿빛 털모자에도 눈송이가 내려앉았다. 눈은 사뭇 어지럽게 내리고 노 선사는 완전히 동심으로 돌아갔다. 지선은 눈송이를 손바닥에 받았다. 어느새 장갑도 벗고 맨손바닥으로 눈송이를 받고 있다. 눈송이는 잠시 머물다 지선의 체온 속으로 사라졌다. 가만! 스님이 뭐라 하셨는데?

"스님, 방금 뭐라 하셨어요?"

"내가 좋아하는 말이다. 체로금풍."

펑펑 눈이 내리고 선사도 지선도 둥치들도 금방 눈 기둥이 될 것 같았다.

"체로금풍. 벽암록 27칙. 한 중이 운문스님에게 와서 나무가 시들고 잎이 다 떨어지면 어떠합니까? 하고 물었는데 이때 운문의 대답이 체로금풍이야."

눈 내리는 산 속에서 지선은 벽암록에 있다는 한 구절을 듣는다.

"벗은 몸통을 금빛바람에 드러내는 나무가 되지. 라고 운문이 대답했다."

지선을 위해 노 선사는 설명을 덧붙였다

"벗은 몸통은 욕망이나 군더더기를 다 털어버린 상태를 말하고 금빛바람은 세상 모든 곡식을 익게 하는 가을바람이다."

지선은 문득 금빛바람 속에 있고 싶었다. 천지에 가득한 금빛바람 속에 벗은 몸통을 드러내고 싶었다. 체로금풍을 상상하며 지선이 잠깐 한눈파는 사이에 담연선사는 술래잡기하는 아이들처럼 잿빛 둥치들 속으로 숨어버렸다. 선사는 잿빛 둥치들 사이를 헤치고 간다. 와일드가 살아나는 순간이다. 눈이 펑펑 오니 바로 앞이 안 보였다. 잿빛 옷에 잿빛 모자여서 더 안 보였다. 선사를 쫓아가는 지선의 빨간 모자만 잿빛 둥치들 속에서 꽃인 양 드러났다. 함박눈은 낙엽송 숲에 소리도 없이 쉼 없이 내리고 스님을 부르는 지선의 소리가 함박눈 속에 묻혔다.

제14장

변화

소봉준은 담연선사와의 대화로 빙산이 사라진 듯했다. 그러나 그날의 대화로는 미진했는지 빙산은 균열만 간 채 불안을 조장했다.

무참히 서리 맞은 그의 인생에 찾아온 인디언 썸머. 소봉준은 온갖 초목의 눈을 틔우는 봄의 기운으로 백운사로 향하곤 했다. 그러나 백운사 경내가 보이는 경비실 즈음에 다다르면 그만 발길을 돌려 산으로 향하는 길로 접어들고 말았다. 그런 다음날이면 그는 새벽같이 한의원 문을 닫고 읍내로 나가 시외버스를 타고 서울로 가서 구인빈의 작업장에 박혔다. 창고 작업장은 천장이 높고 창문이 여섯 개나 달려 있어 빛과 바람이 잘 드나들었고 조수가 상주하고 있었다. 구인빈의 반김은 말할 것도 없었다. 열 번이면 열 번 모두 정월 초하루처럼 소봉준을 반겼다. 구인빈은 그가 조각에 목말라 나타나는 줄 알고 몸소 선생이 되어 팔을 걷어붙이고 소봉준에게 철저한 집중 지도를 했다. 시골 의사 소봉준은 천 년의 동면에서 깨어나 조각의 세계에 발을 들였다. 묵묵히 창고의 한쪽을 차지하고 조각에 빠져갔다. 언제나 모델은 그의 마음에 맺히는 지선이었다. 열망과 절망의 틈바구니에서 그는 조각에 자신을 파묻어버렸다.

 겨울이 깊어지고 구인빈부부가 두 달간 미국 여행을 떠나고 조수도 자신의 스케줄이 있었으므로 창고작업장은 문을 열지 않았다. 소봉준은 거북이한의원 유리문에 '휴업'이라고 종이 한 장을 써 붙여 놓고 서울로 와서 아주 창고에 박혀 라면을 끓여 먹으며 조각에 빠져갔다. 자신을 잊어버리고 나무를 다듬고 돌을 쪼았다. 창고작업장에는 조각을 만드는 데 필요한 건 거의 다 있었다. 자료들, 도구들, 조각에 대한 고대부터 현대까지 전 세계의 작품들이 수록된 책들. 그는 영감이 오면 곧바로 작업에 들어갔다. 떠오르는 대로 무엇이건 만들었다. 대상을 고심하지도 않았다. 처음에는 모든 모델이 지선이었으나 이젠 떠오르는 대로 무엇이나 만들었다. 먹을 것을 사러 마트에 갈 때만 창고 문이 한 번씩 열렸다. 몰두할 땐 지선도 생각나지 않았다.

 구인빈은 여행에서 돌아와 창고작업장의 문을 열었을 때 놀라서 입을 다물지 못했다. 한쪽 구석에 들어찬 작품들. 누가 이렇게나 많은 작품을 만들어 놓았나? 물어보지 않아도 소봉준 짓이다.

그녀는 천천히 작품들 사이를 걸어갔다. 높은 천장 실내에서 갖가지 포즈의 조각들이 집단을 이루고 있는 걸 보고 가슴 밑바닥으로부터 환호가 일었다. 그녀가 평생 만들었던 작품들보다 인간 소봉준이라는 작품이 더 커다랗게 다가오는 것이었다. 이럴 줄 알았어. 이럴 줄 알았다구. 작품들은 버릴 게 없었다. 그 아이는 타고났어. 타고나지 않고서야 어떻게 이럴 수가 있나. 그가 정말 본존불을 만든 사람이 맞는 거야. 구인빈은 저절로 터져 나오는 웃음을 막을 수가 없었다.

이른 새벽이다. 모연화랑의 순조는 누군가 문을 두드리는 소리를 바람 소리로 들었다. 게으른 눈을 떴던 잠이 다시 순조의 얼굴을 부드럽게 쓰다듬는데 좀 더 또렷하게 문을 두들기는 소리가 들려왔다. 바람처럼 제멋대로 두들기는 소리가 아닌 일정한 간격을 두고 똑똑 두들기는 소리는 분명 사람이었다. 긴장이 푸르게 날을 세우는 것을 느끼며 조심스럽게 문을 열었다. 눈을 비비고 자세히 보니 소봉준이 초췌한 모습으로 서 있는데 눈이 퀭하다. 왠지 가슴이 털컥했다.

"들어오세요."

순조는 냉기가 흐르는 싸늘한 화실의 소파에 그를 앉히고 목난로에 불을 지폈다. 무슨 일인지 몰라도 예삿일이 아니다. 아직 밖은

캄캄하다. 그가 아침이슬에 젖은 모양새로 문을 두드렸다면 별생각 없이 그를 맞았으리라. 그러나 이런 이른 새벽에 문을 두드렸다는 건 무슨 일이 터진 것이 분명하다. 그에게 대체 무슨 일이 터진 걸까? 그는 자루처럼 꼼짝도 하지 않고 소파에 앉아 있다. 순조는 난로에 불이 활짝 붙어 무쇠난로가 뜨거워질 때까지 그에게 아무런 말도 걸지 않았다.

난로가 달아오르자 실내는 곧 훈훈해지기 시작했다. 웅크리고 있던 소봉준도 실내의 공기와 함께 온기가 돌아오는 듯했다. 그는 혼자 사는 여자의 집에 아직 캄캄한 새벽 시간에 문을 두드린 비상식을 설명해야 했다. 순조가 앞 의자에 앉아 그를 말없이 보았다. 무슨 일이 일어난 거냐고 그녀 눈은 묻고 있었다. 그럼에도 소봉준은 아무 말이 없이 그냥 뻐꾸기처럼 눈만 껌뻑이고 있었다. 깡마른 얼굴에 눈만 살아있다. 난로 속 장작만 저 혼자 타고 소봉준은 영 말할 기미가 보이지 않았다.

"뭔 일 있어요?"

마침내 순조가 물었다. 침묵이 이어졌고 그 침묵은 너무 무거웠다.

"일주일을 한숨도 못 잤어. 돌아버릴 것 같아."

"왜요?"

"하루만 더 못 자면 나는 완전히 미칠 거야, 나는. 나도 나를 모르겠어."

말하는 그는 애처롭기 짝이 없었다. 순조는 저절로 모성 본능이 끓어올랐다. 들어보지 않아도 방금 무슨 일을 저지르고 나타난 건 아니다. 그렇다면 일단 안심이다. 꼭두새벽에 문을 두드리는 사람이라면 분명 혼자서는 처리하기 난처한 어떤 급박한 지경을 당했을 때다. 돌발적으로 살인을 저질렀다든가 하는. 그건 아닌 것 같다. 순조는 자리에서 일어났다.

"따뜻한 차 한 잔 드릴게요."

순조는 국화차를 우려서 애처롭게 웅크리고 있는 소봉준에게 내밀었다. 소봉준은 말없이 찻잔을 받아 두 손으로 감싸 쥐고는 후루룩 소리를 내며 마셨다. 불면의 고통이 목을 타고 흘러 들어가는 따뜻한 액체에 스르르 풀어졌다. 소봉준의 눈에서 물방울이 뚝 떨어졌다. 순조는 깜짝 놀랐다. 눈물은 한 방울에서 머물지 못하고 두 방울 세 방울 방울방울 흘러내려 찻잔을 감싸 쥔 손등 위로 떨어져 내려 바닥으로 떨어졌다. 새벽에 찾아온 남자가 한마디 말도 없이 눈물을 떨어뜨리고 있는 걸 바라보는 순조의 가슴은 전염이 되었다. 그녀도 물이 가득 차올라서 눈을 통해 흘러나와서 뺨을 타고 떨어졌다. 무슨 일이 있었는지는 모르겠으나 남자가 새벽에 찾아와서 눈물을 빗물처럼 흘리자 순조는 따라서 눈물을 흘리는 것이다. 새벽에 느닷없이 서로 아무 예고도 없이 두 사람은 국화 찻잔을 들고 마주 보고 눈물을 흘리고 있었다. 이 사람이 아무 사연도 없이 새벽에 문을 두드리지는 않았을 것이다.

그게 무슨 사연인지 말 안 하니까 알 수 없었다. 이유야 어쨌건 저렇게나 많은 눈물을 흘리고 있는 저 남자가 한없이 안됐다. 순조는 저절로 가슴이 아팠다.

순조는 일어나서 소봉준의 곁으로 가서 그의 손에서 국화꽃차가 담긴 잔을 빼내 탁자 위에 놓았다. 그리고 소봉준을 가슴에 안았다.

"맘껏 울어요."하고 말했다. 그러자 소봉준은 순조의 품에서 엉엉 울었다. 체면도 잊고 아무 생각도 없이 그냥 울었다. 장작 불꽃이 활활 타고 있는 난로 곁에서 그는 정말 맘 놓고 울었다. 얼마나 울었는지 동이 터왔다. 희미한 밝음, 새벽의 희미한 밝음이 스며들고 있었다. 마침내 소봉준의 눈물샘이 말랐다. 눈물의 온도는 측량불가에 속한다. 빙산도 녹일 것 같은 눈물이었다. 다 울고 난 소봉준은 거꾸로 순조를 끌어안았다. 그리고 마치 처음으로 여인을 끌어안는 사람처럼 미친 듯이 순조의 속으로 파고들었다. 그곳에 지선도 없었고 선애도 없었고 순조도 없었다.

소봉준과 순조는 이웃에 살면서 순조의 고독한 짝사랑을 공유해 왔다. 둘이는 종종 함께 술을 마셨고 술에 취하면 순조는 어김없이 세상에서 가장 냉정한 남자인 도혜스님에 대한 푸념을 시작했다. 소봉준은 순조의 일편단심을 너무나 잘 알고 있었다. 순조 본인보다 오히려 더 자세하게 더 많이 알고 있다 해도 과언이 아니었다.

지선으로 인해 소봉준 가슴의 차디찬 얼음이 녹기 시작하자 소봉준은 걷잡을 수 없이 사람에 대한 열망이 들끓어 올랐다. 돌이켜보면 고독한 세월이었다. 스스로 고독한 사자가 되어 주변에 누구도 얼씬거리지 못 하게 했다. 스스로 자신에게 그토록 가혹한 형벌을 때린 것이다. 스스로 만든 빙산에 균열이 가기 시작하자 소봉준은 지선에 대한 갈망 때문에 잠을 이룰 수 없었다.

그 새벽 가슴속의 응어리들이 눈물 속으로 녹아 흘러 나갔다. 순조와 한 몸을 이루고 난 후 지선을 떠올렸으나 달처럼 지선이 웃고 있을 뿐이었다. 순간 문득 알아졌다. 지선에 대한 열망 또한 생각이 얼어붙은 거라는 걸. 보태고 보태고한 생각이.

순조는 엄마와 같이 포근했고 순결했다. 소봉준은 비로소 오랜 고독에서 놓여났다. 지선에게 향했던 갈망이 엉뚱한 곳에서 봇물이 터져버린 것이다. 우선 잠을 잘 수 있었다. 자신이 의사라도 별수 없었는데 잠을 자니 살 것 같았다. 다음 날 순조는 이런 말을 들었다. 결혼하자. 단 한마디였다. 이말 말고 그는 다른 할 말을 찾지 못했다. 할 말은 하고야 마는 순조는 고개를 숙이고 말이 없었다. 순조는 머리카락을 움켜잡고 번민했다. 도혜와 지선에게 무어라 말할 것인가. 순조는 뺨이 부풀어 오르고 금방이라도 울음을 터트릴 것 같았다.

"내가 말할게."

간신히 그렇게 말하며 소봉준은 생각의 허망함 앞에 허탈했다.

그토록 치열했던 열망도 한갓 생각의 얼어붙음이었던 것이다. 소울메이트. 그것 또한 생각임은 부정할 수 없는 진실이었다. 소봉준은 혼이 달아나버린 것 같았다. 번민도 열망도 사라지고 없었다. 거기엔 체념이 작용한 걸 소봉준은 눈치채지 못했다. 인간의 체념 같은 건 아랑곳없이 밖에는 온종일 눈이 내리고 있었다.

다음 날 이른 아침 소봉준은 백운사로 가는 길을 혼자 걸어 올라갔다. 지선을 만나서 순조와 결혼하련다고 말하러 가는 것이다. 소봉준은 지선을 그렇게나 좋아했는데 순조 곁에 있는 게 너무 괴로웠다. 한시바삐 그 말을 해버리고 싶었다. 체념한 자의 양심이었을까.

어제부터 내리는 눈은 아직도 그칠 줄 모른다. 소봉준과 지선은 눈이 쌓여가는 마애불 가는 숲길을 걸어 올라갔다. 산길은 적막했고 더없이 포근했다. 가끔씩 툭, 하고 소나무에 얹혀있던 눈뭉치가 떨어졌다. 소봉준은 말이 없다. 지선은 이런 침묵이 좋았다. 마음 밑자락에 기쁨이 번져갔다. 지선은 소봉준의 손이라도 잡고 싶었으나 행동에 옮기지는 못했다. 발자국 네 줄이 백설 위에 찍혀 가고 또 묻혀 갔다. 발자국들은 다소 삐뚤어지고 가까워졌다 멀어졌다 했지만 이내 눈에 묻혀버렸다.

지선은 수차례 거북이한의원을 갔으나 그를 만날 수 없었다. 그가 지선에 대한 열망을 잠재우려고 구인빈의 작업실에 박혀버린 탓이었다. 그가 길 가운데 멈춰 서서 지선을 돌려세우고 말했다.

"나 순조와 결혼하려고 합니다."

지선은 가만히 선 채 소봉준의 눈을 보았다. 눈 속에 서서 지선을 바라보는 그의 눈동자는 왠지 슬퍼 보였다. 지선은 시선을 아래로 떨구었다. 발자국 위로 자꾸 눈이 내려앉는다.

"언제요?"

지선은 다시 발자국을 찍으며 그렇게 말했다.

"불원간."

소봉준이 중얼거렸다. 두 사람은 말없이 눈길을 걸어 올라갔다. 네 줄의 발자국이 눈 위에 선명하게 찍혔다. 약간씩 삐뚤어지면서. 이내 발자국들은 눈에 묻혀갔다. 눈 내리는 소리만 온 산에 가득했고 침묵은 계속 이어졌다.

"진실은 거짓보다 사람의 마음을 아프게 해요."

이윽고 지선이 말했다. 소봉준은 그만 지선의 팔을 잡아당겨 와락 끌어안았다.

"잠깐만 이대로 있어."

소봉준의 가슴은 쿵쾅거리기 시작했다. 우주가 굴러가면서 내는 소리였다. 지선은 가만히 서서 쿵쿵 가슴이 내는 소리를 들었다. 너무 오래 그러고 있지는 않았다. 긴 숨 한번 들이 쉬고 내 쉬는 사이였다. 두 사람은 다시 눈길을 걸어 내려왔다. 눈은 그들이 거꾸로 찍은 발자국도 덮어 갔다.

소봉준은 지선과 헤어져 그길로 버스터미널로 갔다. 한의원도 들르지 않고 순조에게도 들르지 않았다.

진실은 왜 사람의 마음을 아프게 하는가. 가슴이 쿵쾅거리며 소리치는 것은 진실이다. 순조와 결혼하는 것은 사기다. 사자사람의 가슴이 외치는 소리였다. 소봉준은 가능한 멀리 가려고 버스를 두 번이나 갈아타고 해남 땅 끝 마을에 도착했다.

물이 얼고 동안거는 깊어 갔다. 산책로엔 차가운 바람이 싸돌아다니고 마른 가랑잎들이 구른다. 스님들은 찬바람을 두려워 않고 여전히 포행을 나갔지만 공양간 보살들은 방의 공간을 애호했다.

쉬는 시간이면 지선은 방에서 금강경을 읽었다. 2600년 전 한 남자가 맨발로 인도 땅을 걷고 있다. 발바닥이 닿는 흙길은 뜨겁다. 몸에는 가사 한 장뿐 아무것도 갖지 않음으로써 우주를 품었던 그. 그가 아니었으면 누가 금강경을 설할 수 있었겠는가. 발자국을 따라가다가 지선은 기어이 울고 말았다.

밤에 자리에 누우면 소봉준의 가슴 뛰던 소리가 쟁쟁하게 들려왔다. 그 짧은 순간 진실이 부딪치던 그 쿵쿵 소리는 내가 생명을 살아가는 동안 소중한 에너지원이 되어 줄 거야. 돌아눕는 지선의 눈에 눈물이 맺혔다. 지선은 울보가 된 듯 걸핏하면 눈물이 났다.

아침까지만 해도 백 명의 스님들이 정진하던 백운사 문수선원이 일시에 잿더미가 되었다. 불타서 사라지는 데 채 한나절도 걸리지 않았다. 이 나라의 날란다가 아무 전쟁도 일어나지 않았는데 그만 사라져버린 것이다.

그날은 동안거 마지막 삭발일이라 모든 스님들은 김밥 두 줄 오이 한 개씩을 배낭에 지고 가벼운 맘으로 겨울 산으로 올라갔고 공양간 보살들마저 김밥과 따뜻한 커피를 보온병에 담고 오붓한 소풍을 떠났기에 백운사는 고요하기 짝이 없었다. 백운사에 내려앉은 보석 같은 고요를 시샘한 것인가? 느닷없이 선원의 한 귀퉁이에서 불길이 치솟아 바짝 마른 낡은 목조건물을 삽시간에 삼켜버린 것이다. 건물 한 채가 방 하나인 가장 단순한 구조인 선원은 탈 것도 없었다. 기와지붕 밑에 텅 빈 방. 그 큰 방에 있는 거라곤 스님 숫자대로의 좌복과 장군죽비 한 자루가 전부였다.

모두 산행을 떠난 선원에 한 명이 남아 있었다. 칠 년 묵언하는 묵언승이었다. 그가 처음 목격자였다. 해우소에서 일을 보고 목욕간에서 목욕한 후 천천히 밖으로 나오니 선원 동쪽 끝에서 연기와 함께 불길이 치솟고 있었다. 그는 너무 놀라 우선 선원 마당 한가운데로 튀어 나갔다. 불이야! 하고 고함쳐야 했다. 입이 떨어지지 않았다. 칠 년을 입을 열지 않았기 때문이었는지 도무지 입이 떨어지지 않았다. 불이야 외치는 대신 그는 쏜살같이 아래 큰 절로 뛰었다. 처음 그가 마주친 사람은 103세의 노장이었다. 그는 103세의 노장에게 손짓발짓으로 위의 선원에 큰일이 발생했음을 알렸다. 그러나 103세 노장은 도무지 이 중의 손짓발짓을 알아채지 못했다. 노력하다가 묵언승은 원주실로 달렸다. 원주실은 텅 비어 있었다. 원주스님도 이날은 등반에 참여했던 것이다. 그는 주지실로 달렸다. 주지스님도 없었다. 주지스님도 이날은 등반에 참여했던 것이다. 그는 공양간으로 달렸다. 보살들이 한 사람도 보이지 않았다. 모두 산책을 나간 모양이다. 그는 처사의 처소로 달렸다. 처사 앞에서 손짓발짓으로 선원에 불이 났다고 알렸다. 그는 입을 열어 '선원에 불이 났다'고 말하지 못했다. 처사는 온몸으로 말하는 묵언승의 가리킴을 따라 큰절 쪽을 보았다. 연기와 불꽃이 보였다. 더구나 선원이다! 처사는 미친 듯이 달리며 불이야! 불이야! 외치기 시작했다. 여기저기서 나이 든 한주스님들이 뛰어나왔다. 사람들은 일제히 선원으로 달렸다. 그들이 선원에 도착했을 때를 맞추어 우람한 선원은 털썩 주저앉았다. 난데없이 솟구치는 불길을 보고 산행 중이던 스님들이 부랴부랴 하산했다.

　비상대책회의가 열리고 임시선원이 미륵전으로 옮겨져서 안거는 이어졌다. 동떨어진 고즈넉함은 떨어졌으나 오히려 도량의 한가운데서 당당한 기개로 정진할 수 있었다. 미륵전에서 스님들은 다시 결가부좌하고 맹렬히 화두참구에 들어갔다. 슬럼프에 빠졌던 스님들조차도 용맹정진하는 기상으로 화두를 다잡았다. 선원이 불탄 그 때문에 스님들은 각자의 마음속에 엄연히 선원이 있는 걸 알게 됐다. 오히려 전에 보다 한 뼘 깊어진 정진에 몰두하게 되었고 언제 어디서나 확연히 잘 되었다. 죽비소리가 떨어져야 찾아지던 화두가 이젠 마음속 선원의 발견 덕분으로 그 자리에서 잡혀졌다. 젊은 스님들은 그 미세한 발견에 스스로 기쁨을 느꼈다. 그들이 불탄 현장을 처음 대했을 때는 이제 어디서 좌선하나 잠깐 막막했었다. 그러나 바깥의 선원은 습을 조복시키는 연습장에 불과하고 진짜 선원은 자신의 마음이었음을 발견한 것이다. 불 때문에 얻은 큰 수확이었다.

처음 불을 발견한 묵언승은 대중공사에 붙여졌다. 7년의 묵언은 대중공사에 부쳐졌고 결국 쫓겨났다. 절에는 옆에서 벼락이 떨어지고 사람이 죽어도 그걸 상관 말고 화두에 몰두해야 한다는 상징과 일화는 있다. 그러나 불났을 때 그의 대처는 죽은 수행이란 판단이 내려졌고 그는 파문당했다. 파문은 묵언승에게 말의 자유를 선사했다. 이제 벙어리에서 해방되어 마음대로 말하는 자유를 얻고 세상으로 나갔다.

왜 불이 났나? 그것은 미스터리로 남았다. 의문들은 대개 그냥 어둠에 묻히고 시간에 묻혀 흘러간다. 백운사 문수선원 화재사건도 낡은 전기시설이 주범으로 지목되었을 뿐이다.

선원의 재건에 관한 논의는 일사천리로 진행되었다. 우선 권선문이 작성되었다. 권선문은 여러 권의 공책으로 만들어졌다. 이걸 신심 많은 불자들 앞에 내놓을 작정이었다. 월광보살은 사방팔방으로 전화를 걸었다. 너무 신나서 길을 가면서도 웃었다. 불사를 하도록 처음 권해주었던 혜능 큰스님이 새삼 그리웠다. 그리운 만큼 열심히 권선을 하여 버젓한 선원을 다시 짓고 그걸 지었노라 큰스님께 자랑스럽게 보고하고 싶었다. 월광보살의 인연들은 굵직했다. 그녀는 화주를 받을 신도들 명단을 수첩에 적고 일일이 미리 전화를 해 놓았다. 동안거 해제를 하면 바로 권선문을 들고 순례를 돌 참이었다. 월광보살은 스타트라인에 서서 탕! 출발의 총소리가 나기만을 기다렸다. 그녀는 불탄 폐허를 매일 가서 돌았다. 폐허야말로 인생을 살 만하게 만들어주는 이유이기도 했다. 전혀 새로운 에너지가 어디엔가 숨어 있다가 분출하고 있었다.

동안거 해제를 기점으로 백운사는 일대 전환을 맞았다. 앞으로 선원이 복구될 때까지 백운사는 방부를 들이지 않기로 결정이 났다. 잠정적인 휴무에 들어간 것이다.

우선 월광보살이 권선문공책을 싸들고 떠났다. 담연선사는 한가로운 시간을 선물 받은 셈이다. 스피드와 와일드를 즐기는 담연선사의 행보는 아무도 모른다. 주지스님은 선원복구불사라는 큰 숙제를 위해서 융통성 있게 떠나고 머물렀다.

자연 공양간도 많은 사람은 불필요했다. 결국 보덕화만 남고 나머지는 다 정든 백운사를 떠나야했다. 보덕화는 아직 기도가 끝나지 않았으니 남아서 기도를 마무리해야한다고 너무나 강력히 주장했으므로 어쩔 도리가 없었다. 결국 가장 부적격자인 보덕화가 월광보살이 부재하는 백운사 공양간을 맡게 된 것이다.

백운사를 떠나기 전 지선은 담연선사께 인사를 드리려고 무설당으로 찾아갔다. 지선은 삼배를 올리고 담연선사 앞에 단정히 앉았다.

"스님, 저 이제 집에 갑니다."

앞에 앉은 담연선사는 담담하다.

"돌아가기 서운한가?"

"네, 서운해요. 스님을 자주 뵐 수 없는 게 젤 서운해요."

"그게 걱정이면 자주 오면 되제. 내가 좋아하는 곡차 사 갖고 자주 와."

선사가 좋아하는 곡차는 코냑을 말한다. 전에 순조가 말해주었다.

"자주 올게요."

지선은 감정을 다잡고 전부터 묻고 싶은 걸 말했다.

"집에 가서 어떻게 공부해야 될까요?"

담연선사는 앞에 앉은 보살이 결코 호락호락한 보살이 아님을 진즉에 알아보았었다.

"집의 어디에든 한 공간을 정해 놓아. 그게 젤 먼저야. 새벽에 일어나서 씻고 들어와서 향을 하나 피우고 먼저 원을 세워."

"원을요?"

"그래. 부처님 같은 깨달음에 대한 분명한 원이 반드시 있어야 한다. 삼라만상이 원을 돕는다. 원을 꼭 세워라. 이때 반드시 '금생에 깨달음 이루기를 발원' 해라. 금생이라는 원을 반드시 넣어라. 흔히 보살들은 내생에 남자 몸 받고 태어나서 출가하여 깨달음 이루기를 장황하게 원 세우는데 그러면 안 된다. 내생까지 가서 출가까지 해서 깨달음 이루겠다는 원은 무용하다. 이왕 깨닫겠다고 맘먹었으면 지금 당장 원 세우고 곧바로 공부해야 한다. 그리고 그 깨달음을 밝게 회향하겠다는 원도 깨달음만큼 중요하다. 부처님은 깨달음 후 평생토록 회향하셨다. 그것이 밝은 원이다."

"원이 그토록 중요한지 몰랐어요."

"그래. 중요하다. 원이 공부를 시켜주기 때문이다. 새벽 일찍 일어나. 세 시면 우주의 기운이 가장 밝을 때다. 그 시간엔 문수보살이 법문하는 시간이다. 금생에 온전한 깨달음을 이루어 밝게 회향할 수 있기를 원 세우고 화두참구를 해."

"화두요?"

"그래. 지선보살은 무근수가 화두다. 허리를 꼿꼿이 하고 무근수와 한 덩어리가 되도록 해."

지선은 화두에 대해 잘 몰랐고 무얼 물어야 할지를 몰라 가만히 있었다.

담연선사가 커피를 내주었다. 지선이 뜨거운 커피를 다 마시는 동안 선사는 말없이 커피를 마시는 지선을 보고 있었다. 잔을 내려놓으면서 지선은 담연선사에게 질문을 던졌다.

"아상은 어떻게 하면 없이할 수 있어요?"

"항상 배우는 마음을 내라."

"네."

지선은 담연선사께 삼배를 올리고 무설당을 나섰다.

제15장

한 개의 별을 노래하자

순조의 개인전 '나비'가 인사동 젬마화랑에서 열렸다. 오픈 시간까지는 아직 꽤 기다려야 하는데도 사람들이 자꾸 왔다. 긴 머리를 늘어뜨리고 화장을 곱게 하고 흰 원피스에 주홍 힐을 신은 모습 어디에서도 사하촌의 순조를 떠올릴 수 없었다. 평소 소년 같은 게 순조였다.

"너무 아름다워 놀랐어."

지선이 순조의 머릿결을 쓸어보며 말했다. 순조는 부끄러운 모양인지 말을 못하고 지선의 손을 꼭 잡았다. 소봉준은 보이지 않았다. 아마 무슨 피치 못할 일로 늦는 모양이다. 지선은 소봉준에 대해 묻지 않았다.

지선은 천천히 화랑을 돌았다. 순조의 나비들은 추상화를 보는 듯했다. 긴 세월 한 사람을 막연히 기다리며 홀로 남아서 그린 그림이다. 수도원 수녀처럼 산 삶에서 나온 결과물이라고는 믿기지 않았다. 꾸밈도 없던 여자. 순조의 나비들은 밝고 화려했다. 조소의 너무나 단순한 나비에 반한 여자가 그린 나비라고는 도저히 상상할 수 없다. 도혜스님은 그런 사람이고 순조는 이런 사람이니 같을 수는 없지. 지선은 고개를 끄덕이며 그렇게 생각했다.

순조는 찾아오는 손님들을 맞이하여 인사하느라 바쁘다. 그야말로 오늘의 주인공이다. 파란 아이라인으로 눈 화장을 한 얼굴도 한껏 밝았다. 오픈식이 시작되고 모두 중앙으로 이동했다. 지선도 사람들 뒤에 끼어 섰다. 작가를 따라 사람들이 화랑을 한 바퀴 돌았다. 지선도 그들을 따랐다. 순조는 웃으며 그림에 대해 말하고 있었는데 평소의 순조를 떠올릴 수가 없었다.

지선이 잠깐 화장실에 갔다 오니 한민철과 구인빈이 와서 순조와 반갑게 인사를 나누고 있었다. 순간 지선은 그들이 영락없는 한 가족 같은 느낌을 받았다. 불원간 소봉준은 순조와 결혼할 것이다. 그들은 한 가족으로 지내게 되리라. 지선은 자신이 그곳에 있어서는 뭔가 삐거덕거리게 될 것이란 생각이 스쳤다. 자신에게 향한 소봉준의 마음을 고스란히 느낄 수 있었기 때문이다. 발을 들이려다 말고 슬며시 발길을 돌려버렸다. 화랑은 만원이라 아무도 지선의 사라짐에 관심을 쓰지 않았다.

지선은 오픈 행사장을 빠져나와 거리를 걸었다. 쓸쓸함 같은 한 자락이 지나갔다. 홀가분함 같은 한 자락도 지나갔다. 주말 오후라 거리에는 사람들이 넘쳤다. 바쁠 것도 없고 가야 할 곳도 없다. 그녀는 토요일 오후의 인파에 파묻혀서 그냥 떠내려가고 있었다. 눈앞에 커다란 빌딩이 버티고 서있다. 플래카드가 거대한 건물 전면에 걸려서 나부끼고 있다.

한 개의 별을 노래하자. 다만 한 개의 별일망정.

빌딩에 걸린 그걸 읽는데 왠지 눈물이 흐를 것만 같았다. 그토록 숱한 별이 떴어도 별을 노래한 적이 있었던가. 나는 단 한 개의 별일망정 노래한 적이 없어.

지선은 빌딩 속으로 빨려 들어갔다. 지하 교보문고. 별만큼이나 많은 책이 가득 펼쳐져 있고 사람들은 편안한 자세로 책을 고르고 있었다. 수많은 책 중에 단 한 권의 책일망정 사려 하는구나. 지선도 한 권의 책일망정 골랐다. 그 책을 별인 양 계산대 위에 놓았다. 그리고 한구석에 주저앉아 책을 펼쳤다.

순조는 오프닝에 잠깐 얼굴을 나타냈던 지선이 아무 말 없이 가버린 걸 알고는 화랑의 그 화려한 나비들이 다 무채색이 되어버리는 걸 뒤늦게 알아챘다. 모든 나비들이 일제히 빛을 잃고 화폭에 그냥 던져져 있었다. 화랑에서 지선이 말없이 사라진 탓이다. 오늘 지선이 환하게 웃으며 나타나서 순조는 구원을 받은 것 같았다. 그런데 지선이 말없이 사라졌다. 순조는 아프리카나 아메리카나 아무데나 멀리멀리 가버리고 싶었다. 눈 오는 날 소봉준은 결혼하겠다는 말을 하고 오겠다고 백운사로 올라갔었다. 그길로 그는 사라졌다. 소봉준이 사라진 걸 알고 순조는 오히려 담담해졌다. 그 새벽은 세 사람 사이에 느닷없이 불어닥친 한 자락 광풍이었다. 순조는 담담한 마음으로 소봉준을 털어냈다

순조의 개인전 오프닝에 다녀온 지선은 쓸쓸했다. 그녀는 그 쓸쓸함에 항복하고 담연선사를 만나 뵙고 싶어 배낭에 칫솔과 선사께 드릴 코냑을 사서 넣고 버스를 세 번이나 갈아타고 온종일이 걸려 백운사에 도착했다.

백운사엔 담연선사도 주지스님도 월광보살도 출타하고 없었다. 불탄 선원을 복구하려고 다들 나가셨나 보다. 지선은 원주실을 찾아갔다. 이마가 넓고 날카로운 눈매의 젊은 스님이 지선을 맞았다.

"담연선사님을 뵙고 싶은데 언제 돌아오실까요?"

"모릅니다."

"저는 얼마 전까지 공양간에서 일했는데 제가 쓰던 방에서 하룻밤 지낼 수 있을까요?"

"주지스님이 출타하셨으니 제 맘대로 결정할 수 없습니다."

젊은 스님은 더 아무런 말도 없이 읽고 있던 책으로 눈을 돌렸다. 냉정한 스님의 태도에 지선은 도감스님은 계시려나 가보려는 마음이 순간적으로 일어났으나 얼른 그 생각을 지웠다. 한때 공

양간에서 일했다는 이유로 절에 와서 이 스님 저 스님 찾는 자신이 부끄러웠다.

지선은 원주실을 나와 공양간으로 가 보았다. 저녁공양 준비를 하고 있던 보덕화는 지선을 본체만체하고 하던 일을 했다. 예나 이제나 보덕화는 여전했다.

"잘 지냈어요? 수좌스님께 인사드리러 왔어요."

지선이 먼저 인사를 했다. 그제야 보덕화는 툭 한마디 던졌다.

"선원이 불타서 절에 아무도 없어요. 까마귀나 오지 불탄 절에 누가 오겠어?"

"까마귀가 와요?"

보덕화는 지선이 놀라자 보란 듯 말했다.

"까마귀가 왜 오겠어, 멍청하게!"

지선은 아차, 했다. 보덕화에게 속은 걸 이내 알아챘다. 참으로 알 수 없는 묘한 보살이다. 지선은 웃었다. 이 보살만이 홀로 백운사에 남아 있다.

"원주실에 스님 한 분이 계시던데 새로 오신 원주스님이에요?"

알고 있는 사람은 보덕화 뿐이다.

"수좌스님 상좌스님이에요. 몇 년 만에 나타났는데 수좌스님이 안 계셔서 기다리고 있는 거래. 참 미남이에요."

보덕화의 마지막 말에 지선은 폭 웃음이 났다. 미남스님. 미남스님이 중요한가? 그 차가운 스님이 바로 도혜스님임을 알았다.

한 개의 별을 노래하자 347

순조가 백운사 길목에서 한사코 기다리는 오매불망 순조의 짝사랑이었다.

"수좌스님 언제 오실까요?"

꼭 알려고 묻는 말이 아니라 그냥 지나가는 말로 물었다.

"그걸 내가 어떻게 알아."

보덕화가 퉁명스럽게 말했다.

사하촌으로 내려가는 들길엔 땅거미가 내려앉고 있었다. 들판 여기저기 피어 있는 개복숭아꽃들이 땅거미에 잠긴다. 보리성은 무얼 하고 있을까. 콜, 하고 그녀의 하이 톤의 목소리가 어디선가 금방이라도 터질 것 같다. 그렇게나 깔끔한 보리성이 그립다. 지선은 모연화랑도 거북이한의원도 지나치고 거리를 터덜터덜 걸어 내려가 백운중학교 앞 초록대문을 두드렸다.

이튿날 준이 엄마가 학교에 가고, 이웃 할머니가 준이를 데려간 후 지선은 배낭을 메고 다시 백운사 가는 들길로 들어섰다. 마애불에 인사드리고 낙엽송군락지에 가서 낙엽송 연초록 이파리들과 인사를 나누려는 것이다.

봄빛이 가득한 산과 들에는 모든 나무에서 연초록 이파리들이 세상 구경을 하려고 일제히 고개를 내밀고 있었다.

앞에 한 스님이 꽤 커다란 배낭을 메고 걸어오고 있었다. 어제 원주실에서 보았던 스님 도혜였다. 일 년을 살면서 스님들 공양을 지었던 공양주를 하룻밤 재워주기를 거부한 스님이다. 그들은 스쳤다. 스칠 때 지선은 합장을 하고 허리를 굽혔다. 마주 오는 도혜도 허리를 굽히며 합장을 했다. 두 사람은 말도 없이 스쳐 지나쳤다. 큰 배낭으로 보아 도혜는 아마 여행을 떠나는 모양이다. 모퉁이를 돌다가 지선은 뒤돌아서서 스쳐 지나간 스님을 쫓아갔다.

"도혜스님!"

지선의 소리에 도혜가 뒤돌아보았다.

"할 말이 있어요."

쫓아온 지선이 숨을 헐떡이며 말했다. 도혜는 말없이 서서 지선이 할 말을 기다렸다.

"순조보살이 지금 인사동 젬마화랑에서 개인전 해요."

이 말을 해주려고 도혜를 쫓아온 것이다.

"아, 개인전요."

도혜는 다만 그렇게 말하고 고개를 끄덕이며 잠시 생각에 잠겼다.

"은사스님을 만나러 왔다 하셨죠?"

도혜가 처음으로 지선에게 따뜻한 말을 건넸다.

"네."

"보살님은 어떤 경을 좋아하십니까?"

"금강경요."

길 가운데 서서 뜻밖에도 도혜는 지선에게 전혀 예상치 않은 말을 했다.

"금강경 일분은 고요합니다. 고요한 부처님의 일상을 보여줍니다. 부처님은 상이 없이 행동하십니다. 그래서 고요한 것입니다. 저는 일분을 제일 좋아합니다. 보살님도 일분을 읽으실 때 직접 부처님이 되어보십시오. 저절로 고요해지고 마음이 집중되는 걸 느낄 겁니다. 제가 왜 길에 서서 이런 말을 하냐하면 이 말을 듣고 실천하실 분이기 때문입니다."

금강경 일분. 지선도 수없이 읽었다.

도혜는 길 가운데 서서 쫓아온 지선을 위해 정성을 다해 말했다. 지선은 고스란히 그 정성을 느낄 수 있었다.

"스님, 감사합니다."

지선은 합장하며 허리를 굽혔다.

"스님은 왜 화가의 길을 접었어요?"

지선이 문득 생각난 듯 물었다. 말해 놓고 지선이 오히려 깜짝 놀랐다.

"그림이 어느 날 먼지로 느껴졌어요. 나라는 먼지가 먼지를 그리고 있으면서 기고만장했습니다."

두 사람은 크기가 다른 배낭을 멘 채 길 가운데 서서 누군가에게 함부로 말할 수 없는 비밀스런 얘기를 하고 있었다. 금방 헤어질 사람들이 아니라면 선뜻 꺼낼 수 없는 말이었다. 먼지 이야기를.

"제가 아는 도혜스님은 아주 냉정한 스님인데 순조보살에게 그렇게나 가혹하고 냉정한 스님인데 그 반대인 것 같아요."

지선의 말에 도혜는 잠시 생각에 잠기다가 말했다.

"제가 그런 건 그 보살님의 집착심을 보았기 때문입니다. 특히 여인의 집착심은 독사와 같으니 항상 경계해야 한다고 초발심자 경문에도 있습니다."

"그래도 순조보살은 너무나 단순하고 순수해요. 독사의 비유는 너무 잔인해요."

지선은 약간 흥분해서 반박했다. 잠시 도혜의 시선이 흔들린다.

"그 보살님은 아직 사하촌에서 화랑을 합니까?"

"그럼요. 벽에 스님의 그림 다섯 점을 걸어놓고요."

아직 서울의 개인전은 끝나지 않았다.

"순조는 지금 모연에 없어요. 인사동 젬마화랑에서 개인전 하고 있어서."

다시 한번 지선은 순조의 소식을 전했다.

한민철 부부가 젬마화랑을 들렀다. 그날이 전시 마지막 날이라 점심을 함께하려고 일부러 나온 것이다. 구인빈은 통 나타나지 않는 소봉준의 소식이 더 궁금했다. 어쩐 일인지 요즘 소봉준은 나타나지 않는다. 무슨 일이 있는지 그날 순조의 오프닝 때도 끝내 나타나지 않아 못 보고 그냥 돌아갔었다. 그들은 조촐한 한식집 방에 마주 앉았다.

"소 선생 다녀갔어요?"

자리에 앉으며 구인빈이 물었다.

"안 다녀갔어요."

순조는 볼멘 목소리로 대답했다.

소봉준이 있었을 때는 아직 아무것도 결정된 것이 없었고 그가 사라진 후에 구인빈이 갑자기 젬마화랑을 소개한 것이다. 소봉준은 순조가 언제 어디서 개인전을 하는지 모른다.

"소 선생은 전시하는 걸 몰라요. 어디 간다는 말도 안 하고 사라졌어요."

"차라리 좀 더 천천히 할 걸 그랬나."

구인빈이 순조의 서운함을 위로해서 말했다. 그들은 순조와 소봉준의 속사정을 알 턱이 없다. 소봉준이 사라진 까닭이 순조와 연관이 있는 것도 모른다. 순조는 입을 꼭 다물어 버렸다. 그가 갑자기 말도 없이 사라져버렸을 때 가슴이 아팠다.

"백운사 큰스님은 다녀가셨습니까?"

한민철이 물었다. 순조는 고개만 가로저었다. 담연선사도 어디론가 여행을 가서 돌아오지 않았다. 담연선사도 전시하는 걸 모른다. 지선만이 왔다갔다. 왔는데 말없이 가버렸다.

순조는 별말이 없이 식사를 끝내고 두 사람을 보내고 화랑으로 돌아왔다. 무심코 방명록에 눈길이 갔다. 거기 분명한 두 글자를 보았다. 도혜.

도혜라니. 도혜스님. 도혜스님 말고 그녀가 아는 또 다른 도혜는 없다.

"어떤 스님이 왔었어요?"

"네, 한 분 왔었어요."

큐레이터가 함빡 웃으며 대답했다.

"언제요?"

"선생님 나가시고 나서 바로였던 것 같아요. 꽤 오래 머물렀어요. 아무 말씀이 없어서 지나가던 스님인 줄 알았어요. 나가신 지 얼마 안 됐어요."

순조는 막연히 거리로 튀어 나갔다. 그리고 두리번거리며 거리를 걸었다. 저만치 승복 입은 사람만 보면 쫓아갔지만 도혜는 아니었다. 그가 왔었어. 그가 왔었어.

순조는 다음날 바로 백운사로 내려갔다. 무얼 어떻게 하겠다는 계획도 없었다. 그냥 무작정 내려갔다. 마음이 한정 없이 급했다. 백운사에 도착하여 담연선사께 삼배를 올리고 자리에 앉자마자 순조는 물었다.

"도혜스님 돌아왔지요?"

"또 갔어."

"그게 무슨 말이에요? 그새 가버리면 어떡해요."

"또 오겠지."

순조의 마음은 설렘에서 절망으로 곤두박질쳤다.

"잠깐 어디 갔지요? 곧 오겠지요?"

"순조야, 그는 멀리 갔다."

"어디로요?"

"몰라. 운수납자는 그 간 곳을 알 수 없다."

이런 걸 두고 사람들은 운명이라 하는구나. 하루 전에 도혜스님은 떠났다는 것이다. 그러니까 떠나면서 화랑에 일부러 들른 것이다. 하필 그때 나는 잠시 화랑을 비운 것이다. 순조는 멍하니 방바닥을 내려다보았다.

담연선사도 도혜가 그렇게 빨리 가버린 게 서운하던 참이었다. 그가 여행에서 돌아왔을 때 도혜는 벌써 여러 날을 스승을 기다리며 백운사에서 지냈고 도반들과 인도로 갈 계획이 있었다. 그래서 담연선사를 만나고 다음 날 바로 백운사를 떠나 인사동 순조의 개인전을 보고 간 것이다.

담연선사는 훌쩍 떠나버리는 도혜와 몇 년을 길목을 지키는 순조를 동시에 보았다.

"순조야, 마음 졸이지 말고 마음 턱 놓고 기다려라. 한가롭게 기다리라는 말이다."

스님의 따뜻한 한마디에 순조는 그만 울음을 터트리고 말았다. 담연선사 앞에서 부끄러움도 모르고 한바탕 울고 난 순조는 무설당을 나와 허탈하게 걸었다. 고개마저 들지 않고 땅만 보고 걷다가 고개를 드니 선원의 대문 앞이었다. 불타버린 선원의 대문 양쪽으로 주련이 걸려 있다. 입차문래 막존지해(入此門來 莫存知解) 이 문으로 들어옴에는 알음알이를 두지 마라. 예전에 이 문구에 대해 담연선사가 짧은 설명을 해주었다. 순조는 그 문을 통과해서 안으로 들어갔다. 마당을 지나 불탄 잔해 앞에 이르렀다. 모두 허무하다. 시커멓게 숯으로 변해버린 선원을 보니 까닭 모를 슬픔이 복받쳤다. 선원의 마당 가운데 서 있는데 뚝뚝 눈물이 떨어졌다. 모든 것이 허무했다. 전시회도 허무하고 삶이 통째로 허무했다. 자꾸 눈물이 난다. 이 인생을 끝까지 살아야 하는 걸까. 그만 멈추고 싶다.

순조는 그만 그 자리에 주저앉아 거기 떨어져 있는 나뭇가지 하나를 주워들고 땅을 두드리며 울기 시작했다. 순조가 할 수 있는 일은 우는 일뿐이었다. 자신이 불쌍하기 그지없다. 조소가 그린 손톱만 한 나비들이 존귀하게 느껴진다. 다섯 살짜리가 그린 것 같은 조소의 나비들이 사랑스럽게 느껴진다. 자신의 화려한 나비들이 까닭 없이 불쌍하다. 화폭에 꽉 찬 커다란 나비가 허망하게 느껴진다. 인생에서 남는 게 뭐냐구. 다 불타 종당엔 숯이 되고 마는 거야. 나도 죽으면 한 줌 재로 변하고 도혜스님도 죽으면 한줌 재로 변할 건데 나는 왜 이렇게 마음 졸이는가. 순조는 하늘을 한번 쳐다보고 아아, 탄식하고는 또 울었다.

"보살님!"

그런 소리가 들렸다. 언제 왔는지 한 스님이 나타나서 울고 있는 순조를 내려다보고 있다. 바로 도혜스님이다. 이젠 헛것이 다 보이는구나. 순조는 울음을 그치고 일어나서 막대기를 던지고 옷의 흙을 털었다. 가려는데 여전히 그 헛것이 그 자리에 서 있다. 다시 봐도 도혜스님이다. 순조는 고개를 갸웃갸웃하며 그 앞을 통과해서 몇 발짝을 걸었다.

"보살님."

또 부르는 소리가 들렸다. 돌아보니 여전히 그 헛것이 그 자리에 서 있다.

"뭐야, 넌."

순조가 그만 가라는 듯 말했다. 도혜는 순조 앞으로 몇 발짝 다가왔다.

"저 도혜입니다."

분명 사람이다. 헛것이 아니고 도혜스님이다. 순조는 그만 그 자리에 얼어붙어 버렸다.

"헛것이 아니고 진짜 도혜스님이라구요?"

순조가 울어서 벌겋게 충혈된 눈을 왕방울만 하게 뜨고 말했다. 이 여자가 정말 모연화랑 관장이란 말인가? 도혜는 울 수도 웃을 수도 없이 기가 막혔다.

"어제 보살님 만나려고 젬마화랑에 갔었습니다. 화랑에 없어서 못 만날 인연인가 보다 여기고 그냥 떠났는데, 아무래도 한번 만나야겠다는 생각이 들어서 일정을 하루 미루고 백운사로 도로 내려왔습니다. 보살님이 백운사로 올 것 같아서요."

장황한 설명을 하는 도혜는 예전의 냉정한 모습이 아니다.

"내가 불쌍해서요?"

순조는 마당에 함부로 퍼질러 앉아 울고 있던 제 모습을 도혜가 봐버린 걸 생각하면 쥐구멍에라도 들어가고 싶었다. 도혜에게 보여준 자신의 모습은 언제나 못난 모습뿐이었다.

"아, 아닙니다. 제가 불쌍한 존재죠."

도혜가 황급히 부인했다. 먼지의 아상을 세우던 자신은 불쌍한 인간이었다.

도혜는 순조를 만나려고 백운사에 좀 전에 도착했다. 은사스님이 방금 전까지 순조가 여기 있었노라고 해서 법당에도 마애불에도 가 보았지만 찾지 못해서 사하촌 모연화랑을 가보려는 참이었다. 그런데 뜻밖에 순조를 선원 마당에서 발견했다. 도혜는 순조가 불탄 마당에 퍼질러 앉아 울고 있는 걸 발견했으나 얼른 다가갈 수 없어 한참을 서 있었다. 순조는 부모가 죽은 듯 일어설 줄 몰랐고 그가 불렀을 때 도혜를 헛것 취급하는 해프닝을 벌인 것이다.

차츰 이성을 찾게 된 순조가 꺼먼 숯 더미를 손으로 가리키며 말했다.

"나도 스님도 불원간 저렇게 된다구요."

도혜는 그만 할 말을 잃었다.

"저렇게 된다는 게 슬픕니까? 그래서 웁니까?"

"스님은 안 슬픈지 모르지만 나는 슬퍼요."

그러나 순조는 저절로 진정되었다. 숯이 되는 건 먼 미래 일이고 지금 당장은 도혜가 돌아와서 바로 앞에 있다. 도혜는 말을 한마디 해주려고 되돌아왔지만 말 같은 건 필요치 않았다. 돌아온 것, 본 것, 목소리를 들은 것, 그것으로 순조는 진정되고도 남았다.

"보살님, 좋고 싫은 것에 너무 집착하지 마십시오."

순조의 반응은 도무지 예측 불가여서 도혜가 매우 조심스럽게 말했다. 여자들은 집착을 잘한다. 곧잘 집착해버리는 까닭에 인생을 힘겹게 산다. 특히 좋은 것에 너무 집착하여 중독되고 괴로워하는 걸 자주 보았다. 자식, 남편, 외모 등. 순조도 중증이다. 더구나 원인이 도혜 자신이다.

"좋은 것에도 집착하지 마십시오."

"좋은 걸 좋아하지 않으려면 뭐 하러 살아요?"

순조가 말했다. 도혜는 너무나 단순하게 말하는 순조가 오히려 신기했다.

"그렇군요. 그런데 보살님은 나를 좋아합니까?"

순간 순조는 도혜를 멍하니 바라보았다. 그냥 보기만 할 뿐 말이 없다. 웬일인지 '네'란 그 짧은 말이 목구멍에 걸려 나오지 않았다.

"중을 왜 좋아합니까?"

"나도 몰라요. 막지 마세요. 그건 제 거니까요. 스님은 제가 싫으면 싫어하세요. 그건 스님 거니까요."

순조의 눈이 파랗게 빛났다. 집착하지 말라고 자기 같은 출가자에게 집착해서 생을 헛되게 보내지 말라고 말해주려고 돌아온 것인데 순조는 막무가내다. 도혜는 화제를 바꾸었다.

"그림이 밝아서 놀랐습니다."

"알고 보면 부끄러운 그림이에요."

"아니요. 좋았습니다."

도혜는 따뜻한 마음으로 말했다. 이 보살은 왜 이렇게 당겨진 활처럼 팽팽한지 이해할 수가 없었다. 도혜는 순조의 마음이 그런 것이 자신 때문이란 걸 미처 몰랐다. 순조가 잠시 생각에 잠겼다가 입을 열었다.

"스님이 그림을 보러 오실 줄은 정말 몰랐어요. 스님이 그린 단순한 나비에는 존귀함이 있었어요. 나는 단순함의 그 비밀을 몰라서 마냥 화려하게만 그렸어요. 그래서 쥐구멍에 들어가고 싶어요."

순조는 도혜 앞에서 그림마저 부끄럽다. 도혜. 그리워하고 그리워한 사람이다.

"왜 이리 눈물이 날까요."

순조는 두 손을 들어 눈물을 이쪽저쪽으로 닦아냈다.

"우리 좀 걸을까요?"

도혜는 순조를 물끄러미 바라보다 말했다. 자기 때문에 고통받는 순조를 그냥 두고 떠날 수는 없다. 어떻게 하든 저 허망한 마음을 돌려놓아야 한다.

"네."

두 사람은 선원 마당을 걸어 나와 막존지해의 문을 통과해 마애불 가는 솔숲 길로 접어들었다. 말없이 걸음을 옮기던 두 사람은 마애불 가는 샛길로 접어들지도 않고 그냥 용운토굴로 뻗어있는 숲길을 따라 걸었다. 시간은 흐르고 있었지만 또한 시간은 멈추어 있었다.

봄비가 내리기 시작했다. 두 사람은 봄비를 그대로 맞으며 멈춘 시간 속을 걸어 용운토굴로 들어갔다. 해륜스님이 떠난 용운토굴의 새 주인은 보슬비에 젖어 들어온 두 사람에게 비를 닦으라고 수건을 내주었다. 그리고 따뜻한 차를 권했다. 두 사람은 찻잔의 따스함을 손바닥에 느끼며 향긋한 차를 마셨다. 목줄기를 타고 흘러든 차는 전신으로 퍼졌다. 순조의 몸속으로 들어간 차는 눈물이 되어 흘러나왔다. 용운토굴의 새 주인인 언호스님은 당황했다. 차를 마시는 내내 말이 없는 두 사람을 수상하게 여겼지만 내색하지 않았다. 스님들은 외부에 신경을 안 쓰는 사람들이다. 더구나 언호스님은 오직 자기에게 몰두하려고 용운토굴을 자원한 스님이었으므로 그들에게 말을 걸지 않았다. 자연히 세 사람은 침묵 속에서 차만 마셨다. 한 수행자의 치열한 공간인 그 작은 방에서 따뜻한 차로 몸을 녹인 두 사람은 말없이 그 방을 나섰다. 밖에는 여전히 봄비가 소리 없이 내리고 있었다. 용운토굴의 주인은 우산 하나를 내주었다. 두 사람에게 하나씩 줄 우산이 없어서였다. 순조는 우산을 쓰고 도혜는 비를 맞으며 숲길로 들어섰다. 중간쯤에서 빗줄기가 조금 굵어졌다.

"같이 써요. 감기 들어요."

마침내 순조가 입을 열었다. 순조가 우산을 도혜의 머리 위로 받쳤다. 도혜는 그 우산을 밀쳐낼 수가 없었다. 그래서 두 사람은 우산 하나를 함께 쓰고 나란히 걸을 수밖에 없었다. 한 우산을 둘이 잡고 있으니 그들의 손은 맞닿아 있었다. 몸은 서로 부딪치고 떨어지고 했지만 의식하지 않았다. 우산을 함께 들고 걸었어도 주위에는 보는 사람 하나 없었다. 남들이 보았다면 스님이 여인과 한 우산을 쓰고 길을 걷는다고 수군대기 좋은 풍경이었다. 말없이 걸음을 옮기던 도혜가 입을 열었다.

"보살님, 나는 부처님이 가신 길을 가는 사람입니다. 이 길은 보살님도 아시는 것처럼 다른 사람과 같이 갈 수 없는 길입니다. 혼자 걸어가는 재미없는 단조로운 길입니다. 나는 이 길을 택했습니다. 내가 잡은 끈의 끝은 부처님과 연결되어 있습니다. 그러나 보살님이 잡은 끈은 그냥 허공에 뜬 끈입니다. 나는 그 끈을 잡을 수 없어요."

도혜가 길 가운데 서서 순조의 눈을 바라보며 말했다.

"……."

"그러니 보살님, 소중한 보살님의 생을 덧없이 중에게 던지면 안 됩니다. 보살님이 잡고 있는 끈은 허공중에 날리는 허망한 끈임을 알아야 합니다. 열매를 맺을 수 있는 그런 끈이 아닙니다. 나는 보살님에게 이 말을 확실하게 해주고 떠나려고 백운사에 다시 온 겁니다."

도혜의 말은 간곡하고 단호했다.

"스님, 걱정 마세요. 전 매달리지 않을 거니까요. 덧없는 길이어도 괜찮아요. 꼭 열매를 맺어야 하나요? 열매를 맺어서 뭐 하려고요. 전 안 맺어도 돼요."

빗줄기가 제법 굵어졌다. 이제 두 사람은 옷이 젖는 걸 전혀 걱정하지 않았다. 우산은 두 사람의 머리만 비로부터 간신히 지켜줄 뿐이었다. 무어라 말할 것인가. 무어라 말해서 이 여인의 마음을 나로부터 떼어 놓을 수 있을 것인가.

"보살님, 그건 보살님의 소중한 인생을 덧없이 낭비하는 일입니다."

"낭비라구요? 나는 내 인생을 사랑해요. 덧없어도 사랑해요."

그렇게 말하는 순조의 얼굴에 엷게 미소가 번졌다. 저 미소가 허망한가? 도혜가 자신을 향해 반문했다.

제16장

신라석공

꽃샘바람이 지독한 초봄에 난데없는 눈발이 하늘을 컴컴하게 덮었다. 비정상적인 눈발이었다. 신록에 가끔 보이는 오월의 우박 같은 눈이었다. 이건 필시 예기치 못한 일이 일어날 징조였다. 거침없는 눈발이 무질서의 극한 선을 그으면서 하늘을 가득 채우고 있었다. 산중은 금방 잿빛 오리무중으로 휘몰려 들었다.

소봉준은 법당 앞 삼층석탑 앞에 서서 한 치 앞도 안 보이는 장관에 넋을 놓고 있었다. 대단한 날씨였다. 평생을 살면서 이런 짓궂은 날씨는 처음이었다. 불과 30분 전만 해도 멀쩡했었다. 필시 산신령님이 한바탕 장난친 건지도 모른다.

아니나 다를까. 눈을 뚫고 절 마당으로 올라서는 사람이 있었다. 이럴 줄은 꿈에도 모르고 큰절을 출발해서 여기로 올라오는 도중에 이토록 대단한 꽃샘 눈보라를 만난 것이다.

그 사람은 목청껏 큰소리를 내고 있었다.

"계신가!"

그 소리는 밖에 있는 소봉준에게는 역력히 들렸지만 문이란 문은 꼭꼭 닫고 있는 노장의 귀에는 들리지 않았으리라. 소봉준은 눈조차 뜰 수 없는 꽃샘 눈보라를 뚫고 마당으로 내려갔다. 마치 손님을 맞아들이려고 밖에 나와 있었던 사람처럼.

누굴까, 웅얼거리며 소봉준은 꽃샘 눈보라를 뚫고 올라온 객에게 다가갔다.

"어서 오십시오!"

아주 반갑게 환영하며 감싸듯 객의 어깨를 안았다. 도중에 얼마나 놀랐을까. 누비 두루마기로 보아 스님이었다. 객은 두 눈만 내놓고 온통 목도리로 머리를 둘둘 감고 있었다. 소봉준은 마루의 문을 열고 객을 먼저 들여보내고 그의 털신을 마루로 들여놓고 자신도 마루로 올라서서 신발을 안으로 들여놓았다. 그 사이 객은 머리를 감았던 목도리를 풀었다. 소봉준도 눈까지 눌러썼던 털모자를 벗었다.

"아아니!"

두 사람의 입에서 동시에 터져 나온 말이었다. 그리고 두 사람은 동시에 웃음보를 터트렸다. 예사롭지 않은 꽃샘 눈보라를 헤치고 북미륵암을 올라온 객승은 뜻밖에도 담연선사였다.

"여기 숨어 있었구나! 내 발이 저절로 이리 오더라니."

선사는 여간 통쾌하지 않았다. 뜻밖의 눈보라 속에서 소봉준을 찾은 것이다.

노장이 바깥의 소란에 빼꼼히 고개를 내밀었다. 그리고 노장도 이 소란에 함께 가담했다. 노장은 객이 누군지 알아보고는 한달음에 방문을 박차고 뛰쳐나와 선사를 얼싸안았다. 점잖은 스님들의 합장인사 같은 건 내던지고 바깥의 날씨처럼 거친 인사였다.

"이게 누구야!"

"나지 나야!"

두 노승은 한바탕 인사를 끝내고 방으로 들어와서 축축한 두루마기를 벗어 걸고 보일러를 한껏 올렸다. 소봉준은 이 소란의 틈바구니에서 인연이란 아무런 예고도 없이 비집고 올라오는 무엇이라는 생각 하나를 떨칠 수 없었다.

"스님, 우린 만날 인연이라 어쩔 수 없습니다."

소봉준은 먼저 말하고 담연선사께 삼배를 올렸다.

"부처님이 내 발길을 이리로 돌렸으니 내가 어쩌겠노."

노장과 담연선사는 함께 젊은 시절을 보낸 도반이었다. 담연선사는 만행 중 발길을 북미륵암으로 돌린 것인데 그 발길은 소봉준이 끌어당겼는지도 모른다. 늘 실행에 옮기지 못한 발길이었다. 만약 소봉준이 자석처럼 이리로 끌어당기지 않았다면 선사는 올해도 북미륵암을 지나쳤을지도 모른다. 담연선사도 소봉준을 만난 게 너무도 신기해서 선사의 품위를 지키지 못하고 마음이 아이들 마냥 부풀었다.

　세 사람은 차를 마시며 만남의 기쁨에 잠겼다. 그리하여 바깥의 눈보라가 언제 잠잠해졌는지도 몰랐다. 용이 등천하려고 소나기가 퍼붓듯 담연선사가 북미륵암에 오르려고 그토록 대단한 눈보라가 한바탕 휩쓸고 지나갔는지도 모른다.

　이튿날, 만남의 기쁨이 가라앉은 후 차를 마시는 세 사람은 사뭇 다른 사람들 같았다.

"여기서 무얼 하고 지내나?"

선사가 소봉준에게 물었다.

"매일 마애불 강의를 듣습니다."

소봉준의 대답은 어딘가 시큰둥했다.

"매일 들을 만한가?"

"성에 차지 않습니다. 그림의 떡이니까요. 맨날 마애불에 대해 떠들고 있으면 뭐 합니까. 그림의 떡인데."

"배부르지 않겠군, 그림의 떡이니"

"마애불을 직접 만드는 게 차라리…."

그렇게 말하다가 소봉준은 입을 다물었다. 이건 개울의 돌이 아니지 않는가.

"스님, 전생은 정말 있는 걸까요? 지난해 하안거 끝나고 순조와 지선보살하고 셋이서 경주 석굴암을 갔는데 자꾸만 제가 석굴암 본존불을 만든 거 같은 생각이 들었습니다. 너무 익숙했어요. 저는 사실 전생이 정말 있는 걸까도 확신이 없는데 그런데도 자꾸 그런 생각이 들었습니다."

소봉준은 전생이나 윤회에 대해 깊이 생각해 본 적이 없었다.

"스님, 망상이죠? 신라 때의 그 석공이 현재의 저라는 그런 전생은 없죠?"

소봉준의 눈빛은 아무것도 묻고 있지 않는 눈빛이었다. 답변을 원하는 것이 아니라 그런 망상이 자꾸 떠올라오는 상황을 요리하지 못해서 하소연하는 것이었다.

"스님, 내가 그 석공일까요? 자꾸만 내가 그 석공이란 생각이 밀려옵니다. 단지 망상일까요? 신라 때 아무개가 현대의 아무개라는 것을 정말 믿을 수 있을까요? 저는 이성적으로 못 믿겠어요. 어떻게 그게 가능해요? 그 숱한 생명들이 다 그런 전생의 꼬리표를 달고 태어난다고 어떻게 믿을 수 있어요? 그런데 본존불 앞에 섰는데 꼭 내가 만든 것 같은 생각이 드는 겁니다. 순조와 지선보살이 그럴 거라고 옆에서 부추기자 더 그런 생각이 들고 마침내 확신까지 드는 겁니다. 내가 망상하고 있다고 생각하다가도 한편에선 전생 일인데 그럴지도 몰라 하는 생각이 떨어지지가 않아요. 전생의 나. 알지도 못하는 신라의 석공. 이걸 믿어야 하나요? 스님, 전 조각이 재미있습니다. 조각할 때는 홀랑 빠져서 모든 걸 잊어버립니다. 그 탓일까요? 그래서 그런 망상이 생기는 걸까요? 만약 전생이 있다면, 있다면 말입니다. 아마 전 그 일을 했을 겁니다. 석공을 했을 겁니다. 노장님이 마애불 이야기할 때마다 그림의 떡 이야기를 하고 있을 뿐이라고 생각이 들거든요. 맨날 떠들면 뭐 하나. 그림의 떡 아니냐. 직접 새겨야지…."

여기서 소봉준은 노장을 보고 입을 다물었다. 350편의 마애불 논문으로 무장한 노장이 소봉준을 멍하니 보고 있었기 때문이다. 담연선사는 두 사람을 번갈아 보다 파안대소했다.

문 밖의 꽃샘 눈보라는 그쳤는데 문 안에는 엉뚱한 눈보라가 치고 있었다.

"전생 일이 궁금한가?"

"네."

"신라 석공의 일이 궁금해?"

"석굴암본존불 앞에 섰는데 자꾸 내가 본존불을 만들었다는 생각이 들어서…."

"네가 과연 신라 석공이었는지 고구려 연개소문이었는지는 너만이 알 수 있다."

"그걸 어떻게 알 수 있습니까?"

"테스트해 봐."

소봉준은 눈썹을 찡그리고 선사를 본다.

"테스트해 봐. 과학적으로 테스트해 봐."

"과학적으로요?"

"그래. 과학실에서 비커와 알코올램프로 실험하듯 테스트해 봐."

"그런 과학 실험과 전생의 신라석공 이야기는 차원이 다른 문제인데요."

"아니다. 긴지 아닌지 그냥 테스트해 보는 기 머가 어렵노. 그냥 만들어 봐. 본존불."

소봉준은 방망이로 뒤통수를 맞은 사람이 되었다. 머릿속이 하얗게 되더니 경찰차의 지붕에 달린 라이트처럼 빛이 번쩍번쩍 돌아갔다. 전생이 있니 없니 내가 진짜 본존불 만든 석공이니 아니니 생각할 거 있나. 그냥 만들어보는 거야. 내 전생 일을 타인이 어찌 알 것인가. 내가 알아보면 되지. 머리는 의심한다. 머리는 따진다. 전생이란 게 말이나 돼? 한다. 더구나 천 년 전의 석공이라니. 그럼 무량원겁 즉일념(無量遠劫 卽一念)은 뭐냐. 가슴을 믿어라. 손을 믿어라.

"너는 훌륭한 실험 도구를 이미 가지고 있다. 마음도 사대육신도."

소봉준은 이제 사고 작용을 멈추어버렸다. 이건 믿음의 문제였다.

"궁금하면 테스트해 봐."

담연선사는 여기서 말을 끊고 벌떡 일어나서 문을 열고 마당으로 내려섰다. 소봉준도 선사를 따라서 마당으로 내려섰다. 노장도 마당으로 내려섰다. 밖에는 꽃샘바람이 무심하게 하늘을 날아다니고 있었다.

 담연선사는 하루를 더 묵고 산을 내려갔다. 소봉준은 말이 없어졌고 노장은 이제 마애불 얘기를 꺼내지 않았다. 그 대신 젊었을 때 담연선사와 했던 수행 얘기를 했다. 담연선사는 가장 지독했다는 것이다. 용맹정진할 때는 경허선사처럼 송곳을 턱 밑에 대고 했고 지독해서 마침내 한소식 했다는 것이다. 자신은 한소식을 못 했노라 덧붙였다. 담연선사는 불쑥 찾아오곤 하는데 그 만남은 노장에게 큰 기쁨이었다. 한 사람은 북쪽에서 많은 스님들을 시봉하고 한 사람은 남쪽에서 마애여래를 시봉하면서 승려로서의 본분을 다한다는 것이다.
 소봉준은 노장에게 전생을 어떻게 생각하느냐고 묻지 않았다. 그건 함부로 물을 일이 아니었다. 자신도 살아오면서 한 번도 신중하게 생각해보지 않았었다. 신라 석공이라는 한 생각에 사로잡히고부터 전생이란 문제를 부각시키게 된 것이다. 신라 석공의 얘기가 아니라면 전생 같은 걸 무엇 하러 궁금해 할 것인가. 자타카의 숱한 전생담이 있지만 그걸 실제 이야기라고는 생각하지 않았다. 다만 방편이라고 생각했었다. 그건 무궁무진한 문학세계라 알고 있었다. 전생의 문제가 이렇게 자신의 이야기가 될 줄 몰랐다.

전생에 대해 물었을 때 담연선사는 답 대신 테스트해보라 했다. 그건 자신만이 알 수 있는 일이라 했다. 마음과 사대육신을 비커와 알코올램프로 삼아 전생이 있나 없나 테스트해보라 했다.

소봉준의 눈에 새로운 열망이 차올랐다. 까마득한 뿌리를 알고자 하는 한 줄기 빛 같은 열망이 차오르는 걸 그는 느꼈다. 마음속에 체념을 품고 한결 담백해진 소봉준은 전혀 다른 새로운 열망 때문에 또 뒤척였다. 테스트해 봐. 사대육신과 마음으로.

담연선사가 막 진리에 눈떴을 때였다. 젊은 진리 추구자들이던 소봉준과 도반들은 방학이면 담연선사를 찾아갔었다. 선사의 한마디는 젊은 그들에게 아스라이 깜빡거리는 등댓불이었다. 그때 들은 얘기들이 살아났다. 병아리 수행자들에게 해주었던 그 얘기가 신기하게도 고스란히 살아났다.

편안한 자세로 평안한 마음으로 가만히 지켜봐라. 조급한 마음을 내면 안 된다. 화두가 자꾸 끊어진다고 조급한 마음을 내지 마라. 고양이가 쥐가 사라진 쥐구멍을 지키듯 꼼짝 말고 지켜라. 그렇게 하다 보면 마침내 화두는 끊어지지 않게 된다. 화두를 순일하게 이어가는 비결이다. 그때 그들은 금방 끊어지곤 하는 화두를 놓치지 않으려고 화두가 일어나는 구멍을 꼭 지키고 앉아 있었다. 고양이처럼 꼼짝도 하지 않고 노려보았다.

지금 다시 선사의 '테스트해 봐' 한마디는 등댓불이었다. 사대육신과 마음으로 테스트해 봐. 네가 신라 석공인지.

그는 시도 때도 없이 절만 했다. 공양 후 한 바퀴 돌고 와서는 법당으로 올라가 절을 했다. 추위에 얼어붙었던 북미륵암 마애여래는 흐뭇한 미소로 소봉준을 반겼다. 소봉준은 소봉준대로 여래의 발아래 온 몸을 던졌다. 절이 깊어 갈수록 참회는 처절해갔다. 그토록 용서 못 할 죄였던가. 선애가 자신이 아닌 다른 남자를 사랑한 것이 도저히 용서할 수 없는 일이었던가. 선애. 아름다운 여인이었다. 나는 선애 때문에 행복한 사내였다. 선애는 행복했을까. 나로 인해 과연 선애도 행복했을까. 선애의 삶도 있다. 부부라는 이유만으로 선애의 목에 큰 칼을 씌우고 자신의 삶을 내팽개친 건 지독한 아상 아닌가. 어리석었다. 그걸 보고 딸의 마음은 얼마나 아팠겠는가. 아. 관세음이시여. 아버지가 없는 게 서러웠을 작은 소녀. 잘난 아상에 생채기가 났다고 가슴 속에 차디찬 빙산을 만들면서 살아온 어리석은 중생. 인생을 이리저리 함부로 끌고 가는 아상 네 정체는 뭐냐. 정체가 뭐 길래 그렇게 힘세고 안하무인이냐. 자비심이라고는 없었던 사내. 선애야 미안하구나. 순조의 따뜻했던 마음이 떠오르면 아상은 처참한 몰골을 하고 비명을 질렀다. 지선이 떠오르면 가슴이 아팠다. 아픈 가슴에 대고 절을 했다. 절을 할수록 가슴은 더 생생하게 아파왔다. 진실은 거짓보다 사람을 아프게 해요. 관세음이시여. 이 말이 안 들리게 해주소서. 그러나 쟁쟁하게 들려왔다. 왜 들리는가. 분명 소리는 없는데 왜 이렇게 쟁쟁하게 들리는가. 그걸 듣고야 마는 의식. 막으려 해도 막히지 않는 거기에 무턱대고 절을 했다. 소봉준의 절은 한 달 가량 계속됐다.

산에 봄빛이 완연했다. 온 산에 연둣빛이 불꽃처럼 일어났다. 이산 저산 연둣빛 불길이 번져갔다. 그 사이로 부드러운 바람이 강물인 양 흘렀다. 소봉준은 봄 산을 설치고 다녔다. 어디선가 석이버섯도 곧잘 따왔다. 노장은 흐뭇해서 석이로 국도 끓이고 전도 부쳤다. 등산객들이 하나둘 북미륵암을 올라왔다. 부지런히 석이버섯을 따 나르던 소봉준이 하루는 노장을 데리고 등성이 하나를 넘어 동쪽을 향하고 선 커다란 절벽바위 앞에 이르러 말했다.

"스님, 제가 여기에 마애여래를 탄생시켜 보려구요."

노장은 소봉준을 멀뚱히 바라보았다. 드디어 시작하는구나. 마침내 마애여래의 영험이 도래하는구나. 노장은 이날을 속으로 기다리고 있었다.

"여기가 어떻습니까?"

먼 아래로 마을이 꽃밭처럼 흩어져있고 논밭이 바둑판처럼 펼쳐져 있었다. 도로에는 솔방울 같은 자동차가 줄지어 달리고 냇물은 햇빛을 받아 빛났고 멀리 북쪽으로 백두대간이 달리고 있었다.

소봉준과 노장은 바위 앞으로 가서 가부좌를 하고 잠깐 마음을 모아보았다. 이때 마애여래를 탄생시킬 절벽바위 앞에 앉았을 때 두 사람의 가슴 속엔 똑같이 관음이 떠올랐다. 중생의 소리를 자비의 마음으로 들어주는 관음.

"이곳은 관음의 성소야!"

노장이 환희심으로 소리쳤다.

"여기 탄생하실 관음은 영험이 있을 것 같은데요."

소봉준도 자기도 모르게 그런 소리를 했다.

다음날 두 사람은 준비를 위해 광주로 나갔다 왔다. 안전 사다리도 사고 등산 전문점에 들러 자일도 샀다. 광주에서 사온 끌과 정과 망치와 자일 등의 연장들은 떡이나 과일인 양 불단에 올려졌다. 노장의 간절하고 천진한 설렘의 표현이었다. 임을 탄생시키려 하오니 밝게 비추오소서.

그러나 시골 한의사는 금방 시작하지 않았다. 무엇이 미진한지 얼른 시작하지 않았다. 매일 절을 했고 매일 산등성을 넘었고 온종일 관세음, 관세음 중얼거리고 다녔지만 막상 시작을 안 했다. 노장은 학수고대하고 기다렸지만 시골 한의사는 과묵한 사람이 되어 아무런 말조차 하지 않았다. 마침내 노장은 지쳐서 놓아버렸다. 때가 되면 하겠지.

소봉준은 두려웠다. 어쩌면 시공을 뛰어넘어 신라 석공을 만나게 될지도 모르는 것이다. 담연선사는 그토록 쉽게 간단하게 말했지만 소봉준은 담연선사가 아니었다. 담연선사는 한소식 한 사람이었고 자신은 쩨쩨한 사람이었다. 다섯 살 꼬마가 한 말 한마디를 듣고 사자사람 인생관까지 만들어서 자신을 고립시킨 사람이었다. 담연선사는 아주 쉽게 말했었다. 궁금하면 테스트해 봐 하고.

소봉준은 테스트가 아니라 불공 올리는 마음이었다. 그래서 매일 원을 세웠다. 이 손과 이 마음이 보름달처럼 원만하신 관음을 탄생케 하소서.

내일부터 시작해야지, 하고는 그 내일이 오면 또다시 부처님 발아래 몸을 던지고 절을 했다. 아무리 절을 해도 다리가 아프지 않았다.

모든 탄생이 잉태로부터 탄생까지는 얼마의 시간이 정해져 있다. 인간의 아이도 열 달을 기다려야 하고 매미는 칠 년을 기다린다 하던가. 마애관음을 탄생시키는 데도 필요한 시간까지 기다려 주어야 하는 것이 우주의 질서인지 모른다. 부처님은 6년의 기다림 끝에 탄생하셨다. 마애관음의 탄생은 얼마를 기다려야 할까?

마침내 시골 의사의 망설임과 두려움과 열망이 물동이에 차오르는 물처럼 꽉 차오른 날이 왔다. 맑은 어떤 하루 노장과 소봉준은 환하게 웃으며 산등성이를 넘었다. 그가 망치와 정을 처음 든 날 산은 연분홍 산벚나무 꽃비가 한창이었다. 두 사람은 발걸음도 가볍게 산등성이를 넘었다. 소봉준의 왼쪽 어깨에 걸친 배낭에는 연장이 담겨 있었고 오른쪽 어깨엔 자일이 걸려 있었다. 노장의 오른손에는 지팡이가 왼손에는 안전사다리가 들려 있었다. 그들의 마음은 활짝 핀 산벚나무처럼 환했다. 관음이시여, 관음이시여 오소서!

두 사람은 향을 사르고 탄생하실 관음에게 절을 올렸다. 이때 가까운 등성이의 산벚꽃잎들이 바람을 타고 날아올라 절벽바위 아래 사뿐 내려앉았다.

관음의 성소는 앞쪽은 절벽을 이루고 뒤쪽은 산을 이루어 소나무가 뿌리를 박고 자라고 있었는데 소봉준은 먼저 뒤쪽으로 올라가서 소나무 가지에 자일을 튼튼하게 묶어 늘어뜨렸다. 사다리에 올라가 허리에 자일을 묶고 관음마애불을 꺼내기 위한 작업에 들어갔다. 바위의 어디에 관음을 모셔야할지 벌써 다 가늠해 두었기 때문에 이리저리 헤맬 필요도 없었다. 그의 작업은 서슴없었다. 무수한 마애관음을 탄생시킨 전문가인 양 거침이 없었다.

소봉준은 매일 동이 트면 산등성이를 넘어 갔다가 해가 지면 북미륵암으로 돌아왔다. 노장은 정성껏 밥을 지어 날랐다. 노장이 도시락을 가져오면 소봉준은 사다리에서 내려와 함께 도시락을 먹었다. 둘째가라면 서러워할 외골수 둘이서 관음을 바위 위에 탄생시키려고 정성을 다했다.

관음을 탄생시키려는 마음으로 마음을 모으니 중생의 소리가 들려온다. 왜 부처님의 두 축이 지혜와 자비인지 생생하게 알겠다. 빙산으로 살았던 세월들. 관음의 마음으로 중생의 아픔을 들는 소봉준의 눈에 눈물이 고이고 눈물은 뺨을 타고 흘러내린다. 진실은 거짓보다 사람의 마음을 아프게 해요. 하고 말하던 지선의 소리가 들려온다. 선애의 배신은 아픔이었다. 그 아픔의 시작은 생각이었다. 탁구공만 했던 생각은 점점 자라 자신의 반생을 얼음 속에 가두어버렸다. 지선에 대한 갈망도 아픔이었다. 그 아픔도 시작은 생각이었다. 생각은 자꾸 커져서 잠을 태워버렸다. 불면은 지옥이었다. 그 지옥불이 느닷없이 순조한테로 옮겨붙었다. 순조의 일편단심을 망각하고⋯ 순조를 볼 면목이 없다. 도혜에 대한 순조의 일편단심을 누구보다도 잘 아는 자신이 순조에게 무슨 짓을 했는가. 아, 관음이시여.

돌을 쪼아내는 일은 실수를 용납하지 않는다. 한 번의 망치질만 허용된다. 돌을 잘못 쪼아 엉뚱한 조각이 떨어져 나가면 되돌릴 수 없다. 이제 저절로 소봉준은 무념무상이 되어갔다. 어언 관음의 얼굴을 새기는 일만 남았다. 관음의 얼굴인 동그라미는 거칠한 바위 그대로다. 선으로만 눈, 코, 입이 새겨져 있다.

한없이 부드러운 바람이 불던 날 소봉준은 사다리에 올라 자일로 허리를 감고 무심하게 정을 때렸다. 쩡! 하고 망치와 정이 부딪치는 순간 어쩐 일인지 관음의 얼굴이 사라지고 허공만 아득히 펼쳐졌다. 펼쳐진 우주공간엔 아무것도 없었다. 봄바람에 나뭇잎이 서로 스치는 소리만 선명하게 들렸다. 나뭇잎들이 스치며 내는 소리는 너무나 선명하여 그 소리만 존재하고 있었다.

얼마나 지났을까. 순간 정신을 잃었던 것이었을까. 소봉준이 정신을 차렸을 때 여전히 자신은 정과 망치를 들고 허리에 자일을 감은 채 사다리 위에 있었다. 알 수 없는 일이 일어난 것이다. 절벽바위에는 관음의 자태가 드러나 있고 관음은 여전히 둥근 얼굴에 선으로만 눈, 코, 입이 새겨져 있다. 그는 자일을 풀고 사다리를 내려왔다. 방금 무슨 일이 일어났는지 아무 생각이 없지만 너무나 선명하다. 푸른 우주공간. 그는 구속 없는 관음을 본 것이다.

내가 너무 상에 골몰해서 돌아버린 게 아닐까. 절벽바위엔 상호가 둥그스름한 한 관음이 드러나 있다. 서서 소리를 듣고 있다. 관음의 상호는 그냥 둥근 보름달이다. 눈, 코, 입이 선인 채로 완벽하다. 여기서 점 하나라도 찍으면 관음이 아니다. 관음마애불을 응시하던 소봉준은 망치와 정을 저쪽으로 던져버렸다.

그는 망연히 서서 자일이 걸려 있는 소나무를 보았다. 소나무가 고요히 관음을 향해 합장하고 있다. 바위를 보았다. 바위가 고요히 관음을 향해 합장하고 있다. 발 옆의 풀을 보았다. 풀이 고요히 관음을 향해 합장하고 있다. 던진 망치에 눈길이 갔다. 망치 역시 삐딱하게 선 채 관음을 향해 합장하고 있다. 멀리 물결치는 산맥을 보았다. 산맥들이 일제히 관음을 향해 합장하고 있다. 하늘을 보았다. 하늘도 고요히 관음을 향해 합장하고 있다. 천지만물이 관음을 향해 합장하고 있지 않은가! 소봉준은 만물이 합장하고 있다는 걸 알았다. 바람마저 합장하고 관음의 마음으로 고요히 불고 있다는 걸 알았다. 다 합장하고 있다. 다 관음을 향해 합장하고 있다. 소봉준은 뜻밖에도 천지만물이 합장하고 있는 관음임을 알았다.

소봉준은 사방을 둘러보았다. 멋있었다. 빙산이 들어있던, 영하 39도의 빙산이 들어있던 가슴에 기쁨의 불길이 일었다. 그 불길은 활활 타서 온갖 것들을 몰고 가버렸다. 그 불길은 대단했다. 눈보라였다. 아름다웠다. 고요했다. 소봉준은 껑충 뛰어보았다. 만물이 다 고요한데 저 혼자 껑충껑충 뛰었다. 절벽바위를 슬쩍 보는데 둥근 관음이 웃고 있다. 마음껏 좋아해. 괜찮아. 좋아하라구. 관음은 아이들처럼 깔깔 웃는다든가 발을 구른다든가 하지 않고 한 손을 들어서 손가락으로 반지를 만들어 보이면서 의젓하게 서 있었다. 보름달 같이 환하게 웃고 있었다. 이 연장과 사대육신과 마음으로 임을 탄생시키려 하오니 밝게 비추오소서. 원이 그랬었기에 소봉준에게 신라석공 같은 것은 아무것도 아니었다.

바람도 관음의 마음으로 고요히 불고 있다는 깨달음. 모든 관음에게서 자비의 눈빛을 발견하는 것은 각자의 몫이다. 소봉준의 마음은 한없이 따사로웠다. 소봉준은 벼랑에 떠오른 보름달 관음을 향해 두 손을 모았다.

그는 북미륵암을 내려와서 노장과 함께 밥을 먹고 차를 마시는 내내 저절로 미소가 퍼지는 걸 막을 수가 없었다. 내내 미소를 달고 있었다. 산정에 올라갈 때와 내려와서가 하늘과 땅만큼이나 변해있었다.

 자신은 순조에게 무릎을 꿇고 사죄해야 하는 사람이라고 괴로워했었다. 자신의 행위를 결혼이란 말로 사탕발림하려 했다. 그 착한 순조에게 사기를 치려하다니. 부끄러워서 도망쳐온 북미륵암에서 그는 무수한 관음을 보았다. 그 불면의 새벽, 순조가 관음이었음을 알았다. 대단한 집착심을 품고 자신을 조각가로 만들려고 일편단심 관심을 기울이는 구인빈 역시 관음이었음을 알았다. 흘러가는 개울물이 관음이었다. 개울물이 흘러가면서 자연스레 만들어 놓은 돌덩이가 관음이었다. 관음을 가지고서 구태여 관음을 만들고 걸작이니 하면서 법석을 떨었었다. 지선이 관음이었다. 자신의 덧없는 빙산을 녹인 관음이었다. 자신도 관음이었다. 통증을 호소하는 순박한 시골 사람들에게 자신도 관음이었다. 소봉준은 시골 의사로서의 생이 새삼스레 경이롭게 느껴졌다. 마음이 한없이 헐렁해지고 아무 생각이 일어나지 않았다. 소봉준은 다음날 첫새벽에 북미륵암을 떠났다.

 소봉준이 떠난 후 노장은 산정에 올라갔다. 아직 동이 트기도 전이다. 새로 탄생한 마애관음을 만나고 싶어 새벽이슬을 밟고 오른 것이다. 바위벼랑에 둥근 보름달 관음이 햇빛을 받고 수줍은 듯 떠올라 있었다. 눈도 코도 입도 선인데 노장은 의식하지 못

했다. 노장은 도통이라도 한 듯 희열에 사로잡혔다. 저절로 두 손을 모으고 아침햇살이 떨어지고 있는 마애관음을 향해 허리를 굽혔다.

제17장

블루마운틴

지선은 백운사에서 생활하면서 진리를 찾으려는 치열한 스님들을 보며 자신의 어렴풋한 갈증을 보았다. 누구도 대신 그 갈증을 가시게 해 줄 수는 없는 일이었다. 자신이 샘을 찾아내 시원하게 물을 마셔야 해갈되는 갈증이었다. 살아오면서 부처님과 정면으로 마주치지 못하고 늘 주변만 맴돌았었다. 부처님 같은 진리에 눈뜨고 싶었다. 지선이 사랑한 것은 진정 진리였다.

담연선사는 무근수를 열쇠로 삼아 진리의 문을 열고 들어가라 했다. 무슨 인연인지 그 많고 많은 말 중에서 무근수는 오래전부터 지선의 의식 속에 숨어 있다가 불쑥 모습을 드러내곤 했다. 그게 대체 뭘까? 지선은 한 건축설계 사무소에서 일하는 바쁜 생활 속에서도 문수보살이 법문하는 새벽 시간엔 정좌해서 향을 사르고 원을 세우고 정진의 끈을 놓지 않았다. 부처님도 평생을 맨발로 인도 땅을 돌아다니기 이전에 별을 보는 순간의 깨달음이 있었다는 사실이 절절하게 다가왔기 때문이다.

뿌리 없는 나무 무근수. 뿌리를 내리지 않는 나무. 뿌리가 없으면서 푸르른 나무. 뿌리도 없으면서 의연하게 서 있는 나무. 뿌리는 없지만 언제 어디에라도 살아 있는 나무. 거꾸로 심어도 되고, 옆으로 심어도 되고, 우주 밖에 심어도 되고… 위의적정(威儀寂靜)의 품위를 지키시는 나무. 지선은 무근수를 부여안고 씨름을 했다.

지선은 부처님성도일 전에 회사에 일주일 휴가를 내고 자주 가는 큰절의 한 암자에 방을 얻어 부처님과 마주하고 부처님 발자국을 따라다녔다. 중심으로 들어가고자 하는 서원 때문인지 부처님의 마음이 한층 가깝게 느껴졌다. 부처님은 중생들의 무지가 안타까워 팔만사천 경전이 산이 되도록 온 인도 땅을 맨발로 돌아다니시며 설하셨다. 부처님의 깨침이 중요하듯 부처님의 회향이 그토록 중요했음을 부처님의 맨발을 따라다니는 동안 저절로 알게 됐다. 지선이 블루마운틴을 오르려고 힘겨워할 때 부처님이 뒤에서 따라오시기도 했다. 걱정되시기 때문일 것이다. 부처님도 내가 부처님을 졸졸 따라가듯이 내 발자국을 따라오시는구나. 나만 부처님의 발자국을 따라다니는 게 아니구나. 그런 생각이 들며 지선은 다시금 마음을 다잡고 천군만마를 얻은 장군의 기상으로 부처님을 좇아갔다.

암자의 그 방에서 지선이 할 일은 아무것도 없었다. 순수하게 부처님만 생각하면 되었다. 성도일 근처에 부처님만 생각하려고 휴가를 내고 온 건 지선이 자신에게 준 선물이었다. 성도일이 가까워서인지 지선의 마음속에 인도에서 만났던 I am Buddhist 청년이 떠올랐다. 지선에게 그 청년의 이름은 아이엠부디스트다. 몇 년 전 수자타 마을 논둑에서 만난 그는 언제나 성지순례의 강렬한 꽃으로 기억되었다. 깡마른 몸매에 검은 머리를 흩트린 채 합장을 하고 명상에 든 싯다르타를 생생하게 보여 주려 했었다. 합장을 하고 눈을 아래로 하고 살며시 땅에서 발을 떼는 그는 정말 흔들리지 않고 미미하게 발을 들어 올렸다. 지선에게도 그렇게 걸어보라고 했다. 지선도 해보았다. 너무 천천히 하니 균형을 잡을 수 없었고 안간힘을 썼지만 흔들거렸다. 하얀 이를 드러내고 웃으며 아이엠부디스트는 이렇게 하라며 다시 시범을 보여주었다. 그때 검은 눈동자의 인도 청년은 말했었다.

"싯다르타는 명상에 들어 한 시간에 한 발자국을 떼면서 나란자라 강을 건너 보드가야로 걸어갔다. 이것이 붓다의 명상이고 붓다의 걸음이다."

성도 전 싯다르타는 수자타가 끓여주는 우유죽을 들고 원기를 회복하고 나란자라 강을 건너 성도지 보드가야까지 걸어간다.

인류 역사상 가장 아름답고 고귀한 걸음이라 지선은 생각했다. 이때부터 지선은 부처님의 걸음을 좋아했다. 그리고 부처님의 걸음을 닮고자했다.

성도 후 부처님은 깨달음을 혼자 소유하지 않으셨다. 부처님이 평생 걸으신 발걸음이 증명한다. 부처님이 보시기에 중생은 네 살짜리 어린이였다. 달빛에 비친 마당에서 달아나도 아무리 달아나도 자꾸만 쫓아오는 제 그림자에 놀라 자지러지게 울면서 도망가는 네 살 어린이였다. 겁내지 마라. 아가야. 그것 그림자야. 무서운 것 아니야. 그건 실체가 없는 거야. 무서워할 필요가 없는 거란다. 그림자에 그렇게 놀랐구나. 실상을 알지 못하니 두려운 거란다. 공포란 네가 만든 없는 놈이란다. 다니시면서 부처님은 훌쩍이는 네 살 어린이에게 말씀하셨다.

부처님은 목숨을 내놓고 진리를 깨달으셨고 평생토록 그 진리를 나누어주려고 걸으셨다. 아무것도 소유하지 않으셨고 아무것도 집착하지 않으셨고 아무것도 미워하거나 탓하지 않으시고 그냥 사랑하기만 하셨다. 팔십 평생을 그렇게 사셨고 오직 걸어 다니셨다. 가사 한 장이면 만족하셨던 부처님, 집도 없이 나무 밑을 즐겨 찾으셨던 부처님, 모든 것을 알고 계셨고 우주를 꿰뚫어 보는 불안(佛眼)을 갖추고 계셨던 부처님. 부처님의 사랑법은 걸어가는 것이었다. 볼품없는 부채로 진리를 가리고 있는 어리석음을 깨우쳐주려고 걸어가는 것이었다. 걸어가서 그 부채를 치우라고 말씀하셨다.

 그 암자의 방안에서 지선은 부처님을 닮은 발자국을 떼어보려 했다. 아이엠부디스트가 시범을 보여준 대로 붓다의 명상에 들어 붓다의 걸음을 떼어보았다. 미미하게 아주아주 미미하게 발을 들어 올리지만 붓다의 걸음은 호락호락하지 않았다. 합장한 손바닥에선 땀이 났지만 발바닥은 방바닥에서 좀처럼 떨어지지 않았다. 안간힘을 쓰기 때문이었다. 지선은 붓다의 명상을 생각하다 부처님의 머리카락 속에 집을 지은 새가 떠올랐다. 아마도 그 새는 부처님이 누군지도 모르고 무엇을 하고 있는지도 모르고 자란 머리에 집을 지었을 것이다. 지선은 그 새가 사랑스럽게 느껴졌다. 지선은 제 머리에 새집을 얹어 놓은 듯 고요히 발바닥을 뗐다. 처음엔 그랬지만 발은 바닥에서 미세하게 떨어졌다.

 지선이 자신에게 선물한 그 암자의 휴가는 오직 부처님만 따라다니려는 휴가였기에 금강경 한 권만 가져왔을 뿐이다. 지선은 그냥 부처님을 생각하며 쉬다가 한 번씩 금강경 읽으며 부처님의 발자국을 따라갔다. 성도절 새벽은 부처님이 별빛을 보고 깨달음을 이룬 그 새벽이고, 인류가 무지의 깊은 우물에서 별빛 속으로 길어 올려진 새벽이다. 이 새벽의 공기는 깨달음의 기운으로 팽팽하게 부풀어 올랐고 깨달음의 예감으로 서늘했다. 지선은 금강경을 펼쳤다. 정말 고요하게 경을 읽어 내려갔다. 겨울에는 더 추운 숲으로 여름엔 더 뜨거운 길가로 자신을 내몰며 목숨을 걸고 진리를 찾으신 부처님에 대한 고마움이 가슴에 가득 차올랐다. 상에 매달려 고생하지 마라. 알겠느냐? 부처님이 그렇게 말씀하고 계셨다. 그 말씀 한마디 해주려고 21년이나 설하시고 또 설하셨구나. 지선의 눈에서 눈물이 뺨을 타고 흘러내렸다. 삼독, 사독, 오독이 순식간에 끝났다. 지선은 화장실을 가려고 밖으로 나왔다. 암자의 화장실은 꽤 떨어진 곳에 있었다. 지선은 걸음을 옮기며 새벽하늘을 쳐다봤다. 하늘엔 푸른 별이 가득 떠 있었다. 성도절 새벽, 경내는 적정 속에 잠겨있었다. 고요하다. 내가 이토록 고요해질 수 있다니!

둥근 지구가 23.5도 기울어져 있기에 어김없이 또 봄이 돌아왔다. 지선은 봄에게 인사를 하고 싶었다. 온 나라에 봄이 왔지만 지선의 봄은 낙엽송 군락지의 연초록 이파리들 위에 내려와 있었다. 봄을 보려고 지선은 버스를 세 번이나 갈아타고 실로 오랜만에 백운사에 도착했다. 봄에게 인사를 하려고 지선은 봄빛으로 최대한 차려입었다. 연둣빛 물방울무늬 원피스를 입고 연분홍 스카프를 늘어뜨리고 블루 머리핀으로 머리를 묶었다. 완전한 춘색시였다. 뺨은 통통하게 살이 올라 한층 복스러워 보였고 그 속에 박힌 서늘한 눈매가 사람의 마음을 사로잡았다.

담연선사께 삼배를 올리고 고개를 드는데 선사가 편지 두 통을 지선 앞에 내놓았다.

"의사 선생한테서 온 편지네. 하도 안 와서 이 편지 못 전하고 죽나 했구만, 와 그리 못 왔나?"

담연선사는 편지를 무사히 배달해서 홀가분하다는 듯 말했다.

지선은 오래 백운사를 내려오지 못했다. 그간 설계사무실 일이 무척 바빴고 무근수를 풀지 못해서 더욱 내려오지 못했다. 무근수를 호쾌하게 풀고 담연선사께 그 답을 갖고 오고 싶었다. 무근수 숙제는 알게 모르게 지선에게 큰 짐이 되었다. 자나 깨나 무근수는 의식 속에 살아났지만 무근수와 어떻게 한 덩어리를 이루는지 알지 못했다. 점점 지선은 담연선사를 뵈러가는 일이 어려워졌다. 그러나 봄이 부추기자 안 올 수 없었다. 우주의 힘을 지선은 이길 수가 없었다.

"스님, 안녕하셨지요?"

그 말을 하는데 지선의 눈에 눈물이 맺힌다. 까닭도 모르게 맺히는 눈물이다. 눈물의 그 오묘한 비밀은 결코 말로 설명할 수 없다.

"그래, 무얼 하고 지냈나?"

담연선사도 지선의 눈물에 마음이 젖는다.

"무근수를 못 풀었어요. 힌트를 주세요, 스님."

"무근수가 퀴즈인가, 힌트를 주게."

"풀릴 듯 풀릴 듯 안 풀려서요."

"풀어지는 게 아니고 폭발해서 터져버리는 거야."

"조금만 힌트를 주세요."

"머리를 굴려서 푸는 퀴즈가 아니라 자꾸자꾸 의심이 쌓여가서 저절로 터져버리는 거야. 나는 그건 아는 줄 알았구먼."

지선은 그만 고개를 숙이고 입을 다물었다. 부끄러웠다. 금강경 독송밖에 안 한 자신이 진리를 알겠다고 힌트를 달라고 말한 게 너무나 부끄러웠다. 지선이 얼굴을 붉히고 고개를 들지 못하자 선사가 말했다.

"지금은 내가 선방에 가야 하니 그만 일어나지. 하루 자고 가나?"

"네."

지선은 겨우 대답을 했다. 담연선사는 선방으로 가고 지선도 낙엽송 숲으로 가려고 나섰다. 거기서 봄과 함께 소봉준의 편지를 읽을 참이었다. 지선의 주소를 모르는 소봉준이 백운사 담연선사에게 지선에게로 가는 편지를 보낸 것이다. 언젠가는 지선이 백운사로 선사를 찾아올 것을 믿은 것이다. 눈길에서 소봉준과 헤어진 지 일 년여가 흘렀다. 소봉준은 불원간 순조와 결혼한다고 했었다. 지선이 백운사로 선뜻 내려오지 않은 데는 그들을 마주치는 두려움이 있었다. 주소도 모르는데 그가 왜 내게 편지를 보냈을까? 내게 무슨 말을 하려 했나. 지선은 낙엽송 숲까지 가지 못하고 거기 길옆의 자그만 바위 위에 주저앉아 편지를 뜯었다.

지선보살님
여기 첩첩산중에 보름달이 뜨니 저절로 지선보살님이 그립습니다.
달님 때문에 철없이 이렇게 편지를 쓰고 싶어졌나 봅니다.
그날 나는 지선보살님과 헤어지고 그길로 버스를 타고 멀리 달아나서 고작 북미륵암으로 갔습니다. 갈 곳이 없었는데 북미륵암 노장님이 자꾸 오라고 꾀던 생각이 났던 게지요. 북미륵암에서 신라석공이 되어 마애관음 한 분을 탄생시켰습니다. 그때 나는 관음을 친견했습니다. 천지만물이 관음이었어요. 내가 관음의 마음이 되어버린 탓일까요. 모두가 관음의 마음으로 고요히 있었습니다. 바람마저 관음의 마음으로 불고 있었습니다. 그토록 차디찼던 내 마음이 봄바람처럼 부드럽고 한없이 따사로웠습니다. 나는 왜 그렇게 차갑게 살았나 웃음이 나왔습니다. 벌레 한 마리도 관음이었습니다. 그러니 나도 관음이었어요. 지선보살님도 관음이고 순조도 관음이었습니다. 내가 자신을 못 견디게 학대할 때 내 마음은 고스란히 빙산이 되었고 나는 죄인이고 슬펐습니다. 이제 나는 정반대입니다. 진정 관음을 알았기 때문입니다. 그러고 보니 세상 모든 관음이 내 마음에서 탄생했네요! 어떻게 탄생했나는 아직 잘 모르겠습니다. 잘 모르겠지만 나에게 선한 원이 있었기 때문 아니었을까요? 차디찬 빙산을 녹이고 본래 모습으로 돌아가겠다는 선하디선한 원. 내 마음속에 그만 나를 용서해 주고 싶은 원이 강렬했기에 부처님이 내 등을 밀어주신 것 같습니다. 본래 모습으로 돌아가니 내 눈에 부처님의 모습이 보이고 부처님의 소리가 비로소 들립디다.

  부처님은 우리를 중생으로 보셨을까요? 아닙니다. 부처님은 우리를 다 부처님으로 보셨습니다. 그대들은 다 부처다! 티끌만큼도 모자람 없는 부처! 이 말을 해 준 부처님이 나는 너무 좋아 어찌할 바를 모르겠습니다. 이 말은 우주의 가장 위대한 비밀입니다. 부처님은 이 엄청난 우주의 비밀을 깨닫고 평생토록 이 진리를 말해주러 걸어 다니신 겁니다. 사람들이 좀처럼 믿으려하지 않기에 평생을 걸으셨습니다. 그대들은 다 부처다! 티끌만큼도 모자람 없는 부처. 실로 우주는 원만무애의 관음으로 가득합니다. 관음을 친견하고 비로소 내 눈꺼풀이 벗겨졌습니다. 이제야 부처님이 보이고 내가 사는 우주가 보입니다.

  지선보살님! 우리가 티끌만큼도 모자람 없는 부처라고 부처님이 말씀하고 계십니다! 부처님은 여여한 말을 하시고 어리석은 말을 아니 하시고 진실만 말씀하시고 사실만을 말하고 두말을 안 하시는 이라고 금강경에 있지 않습니까. 부처님만큼 진실을 말씀하시는 이는 없습니다. 그러니 안 믿고 어쩝니까. 우리가 부처임을 부처님이 말씀하시니 믿을 수밖에 없습니다. 지선보살님! 그대는 모자람 없는 부처다! 부처님이 말해 주신 이 진리에 의지하고 우리 부처로 살아버립시다. 한 점 모자람 없는 부처로. 용감하게.

세상에 이 한마디보다 더 강력한 말이 있을까요. 너는 부처다. 이 믿음이 석굴암본존불의 불안(佛眼)을 표현해냈습니다. 본존불을 가만히 보십시오. 우주를 꿰뚫고 있는 불안을 부처 아닌 자가 표현할 수 있을까요?

관음을 친견하고 제가 이렇게 된 거 맞습니다. 어찌 됐으면 어떻습니까. 그대는 부처다. 이 진리보다 더 큰 진리가 있을까요? 나는 지선보살님께 이 말을 하고 싶어서 참을 수가 없어서 선사님을 통해서라도 전해주고 싶어서 이 편지를 씁니다. 전에도 무수히 들었어도 그땐 몰랐어요. 왜 그랬는지 참 모를 일입니다. 눈에 까풀이 한 겹 덮여 있었겠지요. 우리 다른 건 다 몰라도 우리가 부처라는 것만 알고 밝고 밝게 해님처럼 달님처럼 그렇게 삽시다. 우리는 중생이란 말은 뻥! 차서 저 우주 밖으로 날려버립시다. 보름달이 둥실 떠오르는 첩첩산중. 바람도 관음의 마음으로 합장하는 우주의 신비가 이 첩첩산중에 흐르고 있습니다. 나는 약초꾼들 무리에 섞여 매일 산을 탑니다. 약초랑 살고 있지요. 그만 약초가 애인이 됐네요. 매일매일 찾아 헤매니까요. 만나면 그렇게 좋을 수 없으니까요. 이 산 생활이 끝나면 수건을 목에 걸고 일곱 개의 계단을 밟고 내려가 개울에서 아침세수를 하고 싶습니다. 유치하고도 아름다운 개울의 동화가 새삼스레 그리워집니다. 유치해서 더 그리워지는 풍경입니다. 개울바닥의 돌들도 묵직하게 건져 올리고 싶어지네요. 제 DNA가 신라 때 만들어진 DNA니 어디 가겠습니까. 네가 부처라는 진리를 말해 주신 부처님이 너무 좋아서 이 신심을 뭉쳐 관음슈바이처로 살까합니다. 나는 부처고 나는 본존불을 만들었고 나는 슈바이처를 꿈꿉니다.

지선보살님, '나는 부처' 이말 앞에서 한껏 행복 합시다. 나는 중생이 아니라 나는 부처이니 얼마든지 행복할 수 있습니다.

거북이한의원은 10시에 열고 5시에 닫을 것입니다. 7시에 열고 12시에 닫는 별난 한의원이 관음의 한의원일까요? 싫어지네요. 관음의 마음으로 합장하는 슈바이처를 한 장 그려서 아무것도 없는 진료실에 걸어볼까 합니다.

언제 지선보살님을 북미륵암 봉우리로 모시고 가서 보름달 마애관음을 인사시켜드리고 싶습니다.

지선보살님! 이 밤 편히 쉬세요. 소봉준.

편지를 읽은 지선의 얼굴에 미소가 떠올랐다. 뭔지 모르게 기쁨이 밀려왔다. 지선은 꽤나 두툼한 편지를 접어 봉투에 담고 그냥 낙엽송 숲 쪽으로 걸었다. 편지는 두 통이었다. 지선은 다른 편지는 열지 않았다. 읽은 편지도 아직 감당 안 됐다. 소봉준의 편지는 지선에게 충격이었지만 신선했다. 첩첩산중에서 약초를 찾아서 헤매고 다닌다고 썼다. 무엇보다도 두 사람은 결혼하지 않은 건 분명하다. 결혼한 남자가 흡사 연인에게 보내는 것 같은 편지를 쓰지는 않을 것이다. 또 어떤 충격을 받을지 알 수 없어 다음 편지는 개봉을 보류했다. 편지는 어딘가 강렬하다. 소봉준은 관음을 친견하고 엄청나게 변한 것 같다. 그는 자신에 찬 모습이다. 빙산의 사나이가 어쩌면 저렇게 밝고 열정 가득한 사나이로 변했을까.

봄을 만나러 온 지선은 봄보다 먼저 만난 소봉준의 편지에 압도되어 그만 자신이 무얼 하러 걸어가는지도 모르고 산길을 걸어 낙엽송군락지에 도착했다. 지선은 눈앞에 펼쳐진 낙엽송연초록 우산들의 행렬에 그만 완전히 넋을 잃고 말았다. 낙엽송 검은 둥치들은 잔가지까지 모두 연초록 이파리들을 달고 거대한 연초록 우산을 펼치고 우뚝 우뚝 서 있었다. 장관이었다. 거대한 연초록 우산들은 골짜기를 따라 산등성이까지 장관을 이루며 펼쳐져 그 고요하기가 이루 말할 수 없었다. 낙엽송들은 연초록 우산을 펼쳐들고 아기들처럼 연초록 숨을 내쉬며 따사로운 봄볕 속에 색색 잠들고 있었다. 환상처럼 금방이라도 붕 뜰 것 같은 연초록의 숲.

지선은 낙엽송군락지 익숙한 토끼길로 들어섰다. 그러면서 자신도 모르게 금강경 일분 속으로 들어갔다. 부처님은 한 상도 만들지 않고 걸으신다. 문득 밀물 같은 느낌이 왔다. 눈앞에 온 우주를 꽉 채우는 무근수가 서 있었다. 지선은 자신도 무근수가 되어 온 우주를 꽉 채우며 연초록 숲속으로 걸어갔다. 가슴이 벅찼다. 가슴이 폭발해 버릴 것 같은 전율이 밀려왔다.

제4회 법계문학상 수상작
블루마운틴

*심사평 _남지심 (소설가)
*작가의 말

*심사후기

「블루마운틴」의 무대는 백운사다. 선방인 백운사에 수좌로 있는 담연선사를 중심으로 모여든 사람들이 이 작품의 등장인물들이다. 우선 작품의 중심에 있는 담연선사는 커피를 좋아하고 스피드를 즐기는 선승으로 묘사돼 있다. 흔히 선방수좌와는 그 모습을 달리하고 있다. 이 작품의 주인공인 지선은 부족함이 없는 중산층 여인으로 살다가 남편이 사업에 실패해 잠적해 버리자 허무감에 빠져 괴로워한다. 거기다 암까지 얻고 최악의 나락으로 떨어진다. 그 후 지인의 소개로 휴양 차 백운사로 와 공양간 일을 거들면서 담연선사와 인연을 맺게 된다. 소봉준은 서울에서 잘 나가던 한의산데 아내가 제자와 사랑에 빠지자 폐인처럼 집안에 처박혀 있다 담연선사를 따라 백운사로 온다. 그는 사하촌에 〈거북이 한의원〉이란 간판을 걸고 한의사로 살고 있다. 순조는 짝사랑하던 화가 조소가 어느 날 담연선사의 상좌인 도혜스님이 되자 도혜를 쫓아 백운사 밑에 와 작은 화랑을 열고 살아간다. 「블루마운틴」은 이들과 주변 인물들이 펼치는 이야기를 박진감 있게 그리고 있다. 그래서 독자들은 이야기를 따라가다 보면 때로는 미소 짓기도 하고, 때로는 머리를 끄덕이기도 하고, 때로는 애틋한 사랑에 가슴을 적시기도 한다. 「블루마운틴」은 읽기가 편할 뿐 아니라 재미가 있다. 그건 작품을 쓴 작가의 이야기 만드는 솜씨가 뛰어나다는 애기일 것이다. 늦게 자질을 발견한 강영애 씨에 대해 아쉬움이 느껴지지만, 그런 만큼 더욱 분발해 불교문학 작가로 우뚝 서기를 기원한다.

2020. 12.
심사위원장 남지심 (소설가)

*작가의 말

  이 소설은 젊은 사람이 쓴 글이 아닙니다.
  인생을 가을까지 살아버린 사람이 쓴 글입니다.
  봄에 씨를 뿌려 여름을 지나 가을을 맞아 추수가 끝난 빈 들, 그 빈 들에 서 있는 잎도 열매도 떨구어버린 나무와 같은 사람이 쓴 글입니다.
  그 사람이 십 대에 들었던 한마디가 어떻게 일생을 관통하는가를 소설이란 그릇에 담아 본 글입니다.

  무슨 인연인지 나는 평생을 다른 사람이 쓴 글을 평판해주기를 여러 번 했습니다. 작가들이 글을 쓰면 순수한 독자로서 평판해 달라고 해서 그건 했지만 내가 소설을 쓸 줄은 몰랐습니다.
  또 그것이 당선이 될 줄은 몰랐습니다.
  앞으로 나에게서 맑고 시원한 옹달샘이 마르지 않고 흘러나와 누군가의 목을 시원하게 축여줄 수 있기를 발원합니다.

우리나라 불교문학에 깃발 하나를 꽂아주신 운문사 법계 명성스님께 깊은 존경을 드립니다.

긴 불교 역사를 가진 우리나라에 불교문학의 길을 열기 위해 마음을 기울이시고 부족한 글을 뽑아주신 남지심, 장영우 심사위원님께 감사드립니다.

이야기하는 법을 가르쳐주신 한만수 교수님, 늦깎이에게 용기를 준 강영수, 나소웅에게 감사드립니다.

가까이서 멀리서 부처님께 다가갈 수 있게 해주신 모든 인연들에 감사드립니다.

2020. 12.

강영애